微小说集

没有结局的结局

MEIYOU JIEJUDEJIEJU

戴希◎著

中国出版集团
现代出版社

图书在版编目（CIP）数据

没有结局的结局/戴希著. --北京：现代出版社，2016.7（2023.7重印）
ISBN 978-7-5143-5128-6

Ⅰ. ①没… Ⅱ. ①戴… Ⅲ. ①小小说—小说集—中国—当代 Ⅳ. ①I247.8

中国版本图书馆CIP数据核字（2016）第144919号

没有结局的结局

作　　者　戴　希
责任编辑　李　鹏　陈世忠
出版发行　现代出版社
地　　址　北京市安定门外安华里504号
邮政编码　100011
电　　话　010-64267325 010-64245264（兼传真）
网　　址　www.1980xd.com
电子邮箱　xiandai@vip.sina.com
印　　刷　北京旺鹏印刷有限公司
开　　本　787×1092　1/16
印　　张　20
版　　次　2016年7月第1版　2023年7月第3次印刷
书　　号　ISBN 978-7-5143-5128-6
定　　价　59.80元

目录
CONTENTS

第一辑　祝你生日快乐

第二辑　其实很简单

第三辑　你看你看这蜂鸟

第四辑 一串佛珠

第五辑　死亡之约

第一辑

祝你生日快乐

DIYI JI

ZHU NI SHENGRI KUAILE

祝你生日快乐

芦苇岸和林馥娜在网上恋得很火。恋得很火时林馥娜忽然问芦苇案他老婆白玛的生日。不问不要紧，一问还真让芦苇岸十分吃惊，白玛的生日已近，就在3天后了。

“问我老婆的生日干吗？”芦苇岸觉得林馥娜真逗。

“就是提醒你——”林馥娜显得很大度，“应该送她一朵玫瑰，而且，你最好不要直接出面。”

嗬，有意思！打结婚后，芦苇岸就很少记起白玛的生日，更别说送她生日玫瑰。既然林馥娜如此通情达理，当然得送玫瑰给白玛，并看看她的反应了。

白玛生日那天，芦苇岸买了一朵很美很雅致的玫瑰，请快递送到青花中学。

“这朵玫瑰真好！可是——是谁让你送来的？”接过玫瑰，白玛在鼻尖下美美地嗅嗅，脸上很快地鲜花盛开。

快递员摇摇头：“我只知道送花者是位男士。他说，你知道他是谁！”说完，快递员头也不回，匆匆走了。

结局一

“听说有人给你送玫瑰啦？”夜晚入睡前，芦苇岸不动声色地试探白玛。

白玛一惊，马上矢口否认：“天方夜谭，压根儿没有的事！”“没有的事？你们学校都有人通风报信啦！”

“别人拿你取乐呢！”白玛用纤纤玉指轻点芦苇岸的鼻尖。

“哦，原来这样！”芦苇岸佯装大悟。

“怎么样？你老婆知道生日玫瑰是你送的吗？”翌日网聊，林馥娜调皮地问。

“她呀——”芦苇岸十二分地伤心，“不仅没有，仿佛还掖着藏着什么！”

“何以见得？”林馥娜追问。

“我问她是否有人送她玫瑰，她说没有。我说她们学校有人告诉我了，她说那是别人没事找乐。你看你看！”

林馥娜像蜜蜂采到了鲜花一样：“这就好，这就好哇！”

“还好，好在哪里呀？”芦苇岸心里酸酸地苦。

“傻瓜！难道你脑子里就一根筋？”林馥娜嗔怪道，“自己好好想想吧？”

结局二

“听说还有人给你送生日玫瑰？”夜晚入睡前，芦苇岸“酸不溜秋”地试探白玛。

白玛紧盯芦苇岸片刻，立马拧拧他的耳垂：“是你导演的滑稽剧吧？还装模作样、神秘兮兮的！”

芦苇岸嘿嘿地笑。白玛闪电般地亲了他一口。

“怎么样？你老婆知道生日玫瑰是谁送的吗？”翌日网聊，林馥娜调皮地问。

“当然！她说除了我还会有谁？说罢，又是轻轻拧我耳垂，又是闪电般地亲我，睡梦中还笑出声来。你看你看！”芦苇岸脱口而答。

“既然如此，”林馥娜沉思道，“咱们还是——分手吧！”

“分手？”芦苇岸一惊，“为什么？”

“因为你老婆心里只有你，她还深深地爱着你！”

“可是，你不也说过爱我吗？”

“那是一时冲动，没考虑你老婆的感情！”

“考虑了又怎样？”

“凡事都有个先来后到，先入为主。既然你老婆一直爱着你，我也只能……”

结局三

“听说有人给你送玫瑰啦？”夜晚入睡前，芦苇岸不动声色地试探白玛。

白玛一惊，马上矢口否认：“天方夜谭，压根儿没有的事！”

“没有的事？你们学校都有人通风报信啦！”

“别人拿你取乐呢！”白玛用纤纤玉指轻点芦苇岸的鼻尖。

“哦，原来这样！”芦苇岸佯装大悟。

“怎么样？你老婆知道生日玫瑰是你送的吗？”翌日网聊，林馥娜调皮地问。

“她呀——”芦苇岸十二分的生气，“不仅没有，仿佛还掖着藏着什么！”

“何以见得？”林馥娜追问。

“我问她是否有人送她玫瑰，她说没有。我说她们学校有人告诉我了，她说那是别人没事找乐。你看你看！”

“哦，原来这样！”林馥娜心中一动，“如果——我是说如果——你老婆真对你不忠，你怎么办呢？”

“还能怎么办？”芦苇岸异常淡定，“先和她简单沟通，看能否挽救我们的婚姻；如果不行，就……”

“就怎样呀？”林馥娜追问。

芦苇岸斩钉截铁：“分手呗！”

林馥娜一惊：“分手之后呢？”

“和你结婚！”

“如果——我不想呢？”

“你不会的！”

“何以见得？”

“我们网恋得如火如荼的！”

这时，林馥娜索性话锋一转：“江非，你个王八蛋！”

“你是谁？你怎么知道我真名？”

“我是白玛。江非，我们离婚！”

（原载2014年3月31日《文学报》，转载于《小小说选刊》2014年第11期、《绝妙小小说》2015年第1期、《天下书香》2015年2月号，选入《2014中国微型小说年选》《2014年小小说选粹》《2014中国年度小小说》，进入2014年中国小小说排行榜）

一包烟蒂

海烟这人烟瘾大，只要没睡下，两个小时内不抽烟，准会失魂落魄一般。

可在家里，海烟却从不抽烟。烟瘾发了咋办？赶紧溜到外边去，狠狠地抽，过足了瘾再回家。

为什么如此？因为海烟深爱骆英，好不容易追到她，和她携手走进婚姻的殿堂。而骆英很反感海烟抽烟，特别是在她面前抽，让她吸二手烟。由于烟瘾实在戒不掉，海烟别无他法。

有段时间，骆英出差在外。海烟无聊，便在家中帮骆英整理衣物。本想骆英回家时，给她意外的惊喜，让她看到家里变了个样，不仅不凌乱，还井然有序。

哪料整着整着，衣柜隐蔽的一角，忽然冒出包东西。小心打开，竟全是烟蒂！而且很显然，它们不是新生儿，年龄都不小了。

海烟气得脸煞白，心中大为不快。一个平素闻不得烟味的女人，应该十分讨厌烟蒂，干吗还要私藏？难道她——还有隐情？

朝等夜盼，骆英回来了。三两句寒暄之后，海烟很快拿出那包烟蒂。骆英愣，但立马又镇定下来。

“好家伙，你乱翻我的东西？”骆英气哄哄的，一副兴师问罪的模样。

“不是乱翻，夫人！想帮你整理好衣物，让你回来眼前一亮。哪料……”海烟尽量心平气和，“能向我解释一下，这是咋回事吗？”

“这……”骆英表现得不以为然，“有什么好解释的？既然你看着不顺眼，我把它远点扔就是！”

“谁都有自己的隐私。都什么时代了，海烟同志，你太不该乱翻我的东西！”骆英撂下一句话，揣上那包烟蒂，匆匆出门。

“好吧，是我错了。既然你可以扔掉它，我就当压根儿没见过。咱们，一切都是原来的样儿。”海烟软软地说。尽管他的心里，依然痛且苦着。

骆英不管。来到街边，犹豫再三，最后一咬牙，还是给艾川打了电话，约他去柳河公园见面。

艾川曾是骆英的同事，当然，他也早已结婚成家。

那时，骆英对艾川很来电。委婉地试探过艾川，感觉艾川对自己并不在意，也就未向他表露心迹。

一晃许多年过去。想不到艾川还是那么帅，那么有魅力。与艾川想见，骆英依然心动。

“骆英，找我这么突然，有什么事吗？”默默走过一段小路，艾川忍不住问。

骆英的脸唰地红了，小心拿出那包烟蒂：“艾川你看，这是什么？”

“烟蒂？”艾川惊问，“骆英你从哪弄来这么多烟蒂？”

“从你那里！”骆英瞥一眼艾川。

“我这里？”艾川一头雾水。

“是啊！我们在一起上班那阵，你不是偶尔抽抽烟？”

“那又怎样？”

"你抽完烟会留下烟蒂，然后……"

"咋啦？"

骆英愣愣神，继而嗫嚅道："趁你走后或你不在意，我会悄悄拾起，将它们一股脑儿珍藏。"

艾川觉得好笑："这些没用的烟蒂，你珍藏他们干吗？"

"因为——"骆英的心突突突地跳起来，"它们可都是你吸过的，与你相关，总散发出你的气息！"

"这，这，这——"艾川感动得不行，"你怎么现在……"

"我本想珍藏一辈子，哪料忽然被老公发现。弃之不忍，只好——"骆英颤抖着，把那包烟蒂递给艾川，"还给你吧！"

"这，这，这……"

海烟不动声色，在难以被人发现的僻静处，耳闻目睹夜幕下发生的一切，心里真像打翻了五味瓶。

咬一咬牙，拿出壮士断腕的勇气，他终于狠心戒掉过去怎么也戒不掉的烟瘾，从此一身轻松，和骆英也相敬如宾，过起温馨和煦的小日子。

（原载《天池小小说》2014年第5期，转载于《小说选刊》2014年第6期，选入《2014年中国微型小说精选》）

犯点傻

马新朝和马萧萧父子在小城开了家服装店。

起初，生意说不上好，但亦能勉强维持。父子俩守着这家服装店，不慌不忙，倒也潇洒自在。

一天，有位满头银发的老人精神矍铄地走进服装店。

“老板，这件西装是前天我过生日，儿子特意买了送给我的。今天试穿才发现，袖口有点破了，你能帮我换一件吗？”老人从手提袋里掏出一件西装，试图递给正在经营生意的马萧萧。

刚要递出，老人忽然想起什么，又把手缩了回来。他再次查看那个袖口，发现只是脱了点线，简单补几针就好，犯不着麻烦店里，便红着脸说：“其实也无大碍，算了，还是不换了。”

马萧萧松了口气。

老人转过身子，正要出店。马新朝却若有所思地直奔过来。

“老人家，您来这里也不容易。让我看看您的西装？”马新朝温和地招呼老人。

“线头脱了，说明还是有问题。这样吧，”看过那件西装，马新朝毅然吩咐马萧萧说，“你立马领老人家去换，一定要选好的，尽量让老人家满意。”说完，便把老人的西装轻轻放进衣柜。

老人换好西装，笑呵呵地走了。

马萧萧却撅着嘴，愁眉不展。

“爸，别人都准备走了，你干吗还追上去，非得给他换呢？”

马新朝微微一笑：“老人家既然来了，为什么不让他满意而归？虽然那西装只有很小很小的问题，又不是我们的问题！”

“不是我们的问题？”马萧萧大惊。

“是啊！”马新朝有意从衣柜里取出那件西装，“你看，我们没卖过这种品牌吧？”他翻出西装的招牌，让马萧萧看个明白。

这不看不打紧，一看，马萧萧更是丈二的和尚，摸不着头脑！

“爸，我明白了，那老头压根儿不是我们的顾客，他的西装根本就不是我们出售的。既然如此，你干吗还佯装不知，一定要我给他调换？这不是犯傻吗？”

“不错！”马新朝依然微微一笑，“生意人犯点傻，也许能凝聚人气和财气哩！不信你等着瞧，老人家甚至老人家一家子都可能成为咱服装店的常客呢！”

“父亲邪了！”马萧萧心想，头禁不住摇得像风中的树叶。

可出乎意料，第二天，那老人就迫不及待地来了。

“老板，真不好意思，只怪我看走了眼。我的西装儿子是在新汇服装店买的，你这是新江服装店。而且，你换给我的西装，牌子比我那件好多了。所以……”老人一进门就忙不迭地道歉。

马萧萧十分惊喜，准备取出那件西装和老人调换。正要去开衣柜，马新朝又满面春风地走过来。

“慢！”马新朝朝马萧萧一摆手，然后转向那老人，“老人家，换了就换了，何必反反复复？只要您满意，我们就高兴。不要再把这事放在心上，回去吧，就当我们交个朋友。怎样？”

老人一愣："这……"

"不好吗？"马新朝十二分的诚恳。

老人感激不尽地走了。

马萧萧又是一头雾水。

"爸，人家发现不是我们的问题，都主动上门道歉了，你干吗还劝人家不换？我们不是眼睁睁地吃大亏了？你为什么一而再地犯傻呀？"马萧萧几乎发怒了。

马新朝依然心平气和："我说过，犯点傻能凝聚人气和财气。也许，老人家和老人家一家子还真能成为我们的常客哩！不信，你等着瞧。"

马萧萧觉得滑稽，便用一种异样的眼光久久地打量着父亲。

说来也怪，一周后，那老人又兴冲冲地来了，而且带着自己的三个儿女。

这回，不只那老人，连老人的三个儿女也二话不说，每人买了一套西装，都是名牌的，还不和店里讨价还价。

马萧萧服了。

自此，新江服装店的生意越做越大、越来越红火。

马新朝过世后，马萧萧做起服装店的老板。他也学着当年父亲的口吻，对儿子马先发说："生意人犯点傻，也许能凝聚人气和财气哩！不信，你等着瞧！"

（原载《时代文学》2013年第8期上半月刊，转载于《小小说选刊》2013年第19期、《微型小说选刊》2013年第20期、《小小说月刊》2014年8月上半月刊，选入《2013年中国小小说精选》）

30年后的相聚

接到聚会的通知，同学们喜出望外。高中毕业30年了，30年里天各一方。大多数碰头甚少，有的完全失去联系。30年！30年会发生多少改变，30年可抒写多少传奇！人生又有几个30年呢？所以，接到通知后，有的同学一连好几晚翻来覆去、彻夜难眠。

是在小县城的一家三星级宾馆聚会。之所以让远在北京、上海等大城市工作和生活的同学都回这个小县城，是因为小县城离他们读高中的母校最近。

如今，教他们高中的老师大多已随儿女去成都、兰州等地定居，而且都已年迈体衰，行动诸多不便。所以，或者打电话，或者发短信，说明不来的原委，表达缺席的遗憾，向参加聚会的老师和同学们致以亲切的问候。

虽然能来聚会的只有当时的校长兼班主任张如雄和英语老师王大年，但他们二人的莅临却让同学们眼眸亮堂、心底温暖。王老师那时的头发就不多，30年后几乎秃顶了。张校长也满头雪白的芦苇花，他当年的头发可是乌亮乌亮的啊。当然，两位老师的脸上都刻满了岁月的沧桑，只是乡音未改、风采依然。

日月如梭，毕竟30年过去，同学们不再风华正茂、书生意气。他们变了，变得温和、沉稳与厚重，也积聚了父亲的宽仁与母亲的慈爱。

人到中年，如果不被提醒，见面后，许多同学已想不起对方的名字，有的甚至认不出对方了。一番寒暄，一番叙说，忽然忆起高中时的生活，年轻过的浪漫，脸上便红霞朵朵，眼里便泪光闪闪，于是紧紧地握手，亲切地拥抱，仔细地端详，深深地感叹，忘了时间的流逝，忘了周围的一切。

梅花香自苦寒来，不错的。经过30年的磨炼和进取，有的同学已成为一个部门或一个地区的行政领导，处级的不少，也有厅级的；有的同学当了教授和科学家，取得过国家级的科研成果，也桃李满天下；有的同学头上多了全国著名作家、诗人的光环，著作等身、粉丝遍地；有的同学升了国有大中型企业的负责人；有的同学从事个体经营生意兴隆；也有的索性在家做起全职太太，全身心地抚育儿女、打理家务……虽然职业各不相同，但都收获颇丰，而且，都有一个温暖如春的家。

久别重逢，如降甘霖。见面会上，同学们心潮激荡，生机勃发。每人都用5至8分钟的时间，简明扼要地向大家介绍自己的人生履历。当然，也有话语一开，就关不住闸门的，同学们也乐意倾听。

"一直难以忘怀，我曾气势汹汹地训过不少同学。有天清晨，大雨滂沱。我悄悄闪进教室，一把夺过坐在最前面的刘锡平同学手里的数学书，狠狠地向教室外的雨水中扔去。因为那是规定的英语自习课，我要确保大家的英语学习时间。"听罢同学们的发言，王老师十分激动，"如今想来，我当时的行为举止既自私又鲁莽，我对不起大家！"说到这里，王老师哽咽片刻，感叹道，"好在同学们发愤，高考大获全胜，为老师和母校争了光。这里，我代表老师们感谢大家！"

"我要纠正王老师的话，"这时，刘锡平坐不住，脸在烧，像个少女怀春似的羞涩，但又嗓音洪亮，"说句心里话，王老师英明！因为——我那时任性、偏科，如果不加严管，跛腿下去，高考肯定失利。让王老师费心劳神了，是我对不起王老师！向王老师道歉，感谢王老师！”

“是啊，我们对不起王老师！应该感谢王老师！”同学们异口同声。

王老师却腼腆起来：“这，这，这……亲爱的同学们，这让我如何是好？”

“同学们这样有出息，这样有作为，我一生还有何求？满足了，幸福了！但是，”张校长若有所思，很内疚似的，“我那时太专注于同学们的学习成绩，对大家的生活景况关心不够啊！你们是吃着辣萝卜和盐白菜考上大学的！当时，学校的条件确实艰苦，可我作为一校之长，又是你们的班主任，难道就不能偏点心，用点特权，尽力改善改善同学们的生活，让同学们吃好一点，油水多一点，身体结实一点吗？回想起来，实在对不起同学们！”张校长情不自禁地站起来，“我给同学们鞠个躬吧！”

“使不得，千万使不得！”杨福初赶紧摆动双手，“艰难困苦，玉汝于成。说实话，我们还真得感谢那时艰苦生活的磨炼，让我们战胜困难的意志越来越坚定，毅力越来越顽强，意志和毅力决定着人生的成败啊！”

“是啊，校长千万别苛责自己！”同学们都说，“校长不是常对我们讲，‘吃得苦中苦，方为人上人’吗？吃苦是福啊！”

“你看你看，这么一说，我还做得好，不能责怪自己啦？”张校长仍然不自在。

“当然，是我们对不起校长啊！”许明金忧虑片刻，鼓起勇气大声说，“校长，您家当时的房子就建在校园一旁的水沟边，您夫人特喜欢养鸡，养了不少，记得不？”

“记得，这怎么不记得？”张校长不以为然。

“可是，您的鸡隔三岔五地减少了，难道您没发现？”许明金下意识地问。

“怎么没发现？我家旁边还有稻田，稻田里有黄鼠狼，我家的鸡是被黄鼠狼咬死，偷吃的。”张校长不假思索。

许明金尴尬地笑笑：“眼见为实，您或者您的家人，亲眼看到过黄鼠狼咬死、偷吃您家的鸡吗？”

“这倒没有。”张校长漫不经心，“可是，如果不是黄鼠狼，还有谁会对我家的鸡下手？”

许明金不得不惭愧地低下头：“我们——我、潘文红、李学罡、毕则俊几个。肚子里没油水时，我们总是合谋偷走您家的鸡，结伴去餐馆改善伙食！”

“是啊！”潘文红、李学罡、毕则俊他们脸上都火烧火燎的，“这个秘密我们保守了30年，现在应该揭开了，我们那时少不更事，真对不起校长！我们向校长负荆请罪！”

说罢，他们不约而同，齐刷刷地站起来，向张校长深深地鞠了一躬。

“你们这些调皮蛋！”张校长一愣，旋即笑得像灿烂的菊花，“还真有种！这就好，这就好！亲爱的同学们，无心插柳柳成荫，想不到，我不自觉地帮了你们！”

“是啊！对不起张校长，感谢张校长！”同学们都满脸的感激。

见面会后，在张校长和王老师的带领下，大家重游高中母校。

仿佛受到了强烈的传染，一路上，30年前曾闹过别扭或有过摩擦的同学，都不失时机地凑在一块，真诚地道一声：对不起！说过，彼此的情谊，感觉比兄弟姐妹还亲！

（原载《小小说大世界》2013年第4期）

永远是朋友

确切地讲，她写的诗还不算诗：既没有诗的音乐美，又没有诗的哲理和精粹，甚至完全由一句句拦腰掐断的白话文拼结而成。我闹不明白：她何以对诗痴迷到那种地步，一有空就捧读雪莱、普希金、泰戈尔、艾青等的诗，就没完没了地写，写了一本又一本，全都拿来请我指教。当然，我也是个门外汉：一者，产量并不高；二者，质量也堪忧。只是见怪不怪，我的诗居然也能堂而皇之地在文学刊物上发表。于是，她把我当老师了。恭敬不如从命，我索性像指教学生一样指教了她半年。这半年，她进步不大，只在区区地市级小报上发表了三两首小诗，还是我给她动了近70%的“手术”，但她十分满意。交往时间一长，我们成了朋友。

虽说爱诗写诗，却没有诗一样的隽永和美丽，这是她终身遗憾的，后面的故事跟着就发生了：有个周末的夜晚，因为厌倦了逛马路、读小说、玩扑克等，我们寝室的几名男生寻欢作乐地对全班二十几名女生评头论足起来。经过激烈的辩论，我们按美丑顺序给她们打分排队，又给她们逐一取了绰号。她呢，几乎毫无异议地被排在最末，还被戏称为“丑小鸭”。理由？J君说，她的外表太难看；S君说，她说话做作、歌声尖酸刺耳；L君说，她每进教室，肥厚的屁股都像钟摆一样左右摇摆，还有……其实，那晚我并未参与对她的评判，因为毕竟有些碍于交情，于心不忍。

然而，第二天刚下晚自习，她就气咻咻地在校园内的那条小煤屑路上拦截了我。“我真的那样丑吗？”“不知道！”“装蒜，你以为你够得上美么？撒泡尿自己照照！”……天大的冤枉！我们终于闹崩了，从此不再谈诗，甚至远远地绕道而行。

冤家路窄。毕业前夕，我们偏偏又被安排在同一家医院实习。实习医院路途遥远，中午，我们只好就地搭餐。我没想到，三年过去，她会将以往的羞辱全忘，俨然换了个人，大大咧咧地向我走近。她主动向我谈起实习单位指导老师的印象，谈起工作中的体会和今后的打算。而且每次用餐，她都宁愿多买些饭菜，然后分给我一半，说我身体差，多吃点，长胖才像男子汉。俗话说，冤家宜解不宜结。想开了——闲暇时，我们又头凑在一起谈诗写诗。下班回校，公共汽车拥挤，她个儿矮小，上不去，我便抱着她的腰肢不顾一切地直往人堆里钻……很快，我们好得像兄妹了。

实习完，要毕业了，灯火阑珊之夜，她下意识地把我叫到咸加湖畔。凉风阵阵吹来，她心里也顿生莫名的忧伤，盯着我，她说：“时间不多了……”我说：“是啊！”“可你知道我喜欢谁？”说这话时她的头急速低下，脸红得像燃烧的晚霞。“这——”我沉默了。“我想你还在怨我的”，停顿片刻，她接着说，“那晚全怪我轻信人言，让你受冤屈了，我没想到你们宿舍的顽皮虫会存心捣蛋，而知道事情真相又在实习前夕……”我大悟之下立即大度起来：“这事只是一个调料，一段小插曲，无损大局的！”“那么——”她抬头望着我，目光灼灼逼人。“让我们永远是朋友吧？”我意识到我对她只有纯洁的友谊，我丝毫没有朦朦胧胧爱她的感觉。她的眼角很快滚落一颗晶莹的泪珠：“可是——”“我知道我们有共同的语言、共同的爱好，接触的时间也长，但感情这东西……”

就这样闷闷不乐地分了手，我以为她会痛恨我一辈子。然而，走上工作岗位后的第一个春节前夕，她从遥远的乌鲁木齐给我寄来了她精心制作的明信片：“祝福你，永远的朋友！”端详这娟秀而潇洒的工艺美术字体，不知怎的，我的眼眶湿润了。

一瞬间，她的形象竟丰满而美丽起来。

（原载《岁月》1995年第3期，选入《中国当代散文精选》第8辑）

爱的谎言

算命那当儿，夫妻俩谎称兄妹。

“妹”先算。报过生辰八字，瞎子说：“大姐，你的婚姻最多可持续2年，很快，将有一大款追你，你们相见恨晚，暗度陈仓……”

然后“哥”算。报过生辰八字，瞎子说：“大哥，你的生意迟早要栽，虽然现时红火，但发财与你无缘。这辈子，也不会再有真心爱你的女人，还是踏踏实实干事业好！……”

算完，“哥”捏了一把汗。从此生意不做，又去攻他的电脑。对妻子也好了，体贴、关心、爱护，什么都做，还再三恳求妻不要朝秦暮楚。妻说念你恩爱有加，就与命运对着干，成全你吧！两人鱼水相依，手足同情。夫的《简易快速高效电脑程序语言》一书亦很快发表，而且引起了不小的轰动。

但好景不长，妻终于遇上了车祸。临死前，想妻本该跟某大款红红火火过日子的，却因与命运为敌，落得结局凄惨。

夫泪飞如雨，十分内疚地对妻子说：“早知我会害了你，我该成全你的。”“哪儿的话，”妻两眼放光，“那是我与瞎子事先‘串通’，瞎子照我的意思说的。那时，你因手头有了钱就当家庭是旅馆，我真担心你寻花问柳，怕失去你啊！”

夫便哭得更伤心了。

[原载1994年11月13日《中国检察报》，转载于《微型小说选刊》1995年第3期、《当代闪小说》2013年第1期、新加坡《锡山》杂志第39期，选入《当代中国闪小说精华选粹》《闪小说·感恩篇·冰淇淋的眼泪》（中国当代闪小说超值经典珍藏书系）《中国闪小说年度佳作2014》《黄河湄南河上的星光》（中泰闪小说精选集）]

“红狐狸”与“北方狼”

或许是丈夫没有了往日的机智、幽默和浪漫，或许是丈夫失去了先前的温柔、体贴和钟情，或许是丈夫终日忙碌、自己时常闲着、丈夫的钱袋子日益鼓胀、自己又相信“男人有钱就变坏”，小青心里越来越空虚、越来越疑虑、越来越烦躁、越来越慌张。

这天，丈夫又打来电话，说有生意要谈，得很晚才能回家。独自吃着晚饭，小青感觉喉头似乎哽咽着一枚酸枣和一支黄连。

华灯初上，凉风习习。小青决定上街遛遛、消消闷气。走着走着，小青很快被街边的“浪漫世界”网吧所吸引，按捺不住心跳，兴冲冲地踱了进去。经人指点，小青学会了上网吧聊天室聊天，还给自己取了个“红狐狸”的网名。不一会，小青便和一个网名“北方狼”的网友聊上了。这家伙很大胆、很幽默、很钟情的。他说一直以来，特别是夜幕降临时分，他总能看见河对岸有只火一样燃烧的红狐狸，宛如精灵一般忽隐忽现。他憧憬了很久，极想冲过去逮住她，在与她彻夜不息地狂爱之后，一口将她咬死，血淋淋地吞进肚里。只可惜河面太宽，又长久没有结冰，他过去不了，过去不了也要天天在河岸守候嗥叫。红狐狸内心很感动，好像走过冰天雪地的寒冬，突然被强烈的春日的阳光直射。红狐狸说，她也看见了河对岸那只两眼闪着绿光、张着血盆大口、抖着獠牙利齿的北方狼，她渴望被他勇猛地追赶，被他疯狂地做爱，甚至被他野蛮地撕碎，那可是一种洪水般的刚烈，一种山火般的情意呵！北方狼全身颤抖，俨然终于冲出无边无垠的沙漠，眼前忽然亮出了花香扑鼻的绿洲。那晚，红狐狸与北方狼聊了很久、聊得很醉。

一来二往，网上春秋。红狐狸与北方狼的爱情在心灵深处潜生暗长、日渐丰茂。

这天刚一上网，北方狼便给红狐狸发来了一首情诗。诗云：

我爱你今天的这副模样——
河畔一朵幽香的花
在朦朦胧胧的雾霭中开放
明天的日子，也该是
脉脉的虎渡河边
清凉清凉的月光下
蓊蓊郁郁的树木
怀着蜜一般的核仁

以前与北方狼聊天，红狐狸觉得他既辣又刚且凶，如今收到北方狼的情诗，红狐狸感到他既真又善且柔。红狐狸情不自禁了。她虽然不会写诗，但前不久还是读到了一首好诗，于是赶快给北方狼发了过去。诗曰：

如何让你遇见我
在我最美丽的时刻
为这，我已在佛前

求了五百年

求他让我们结一段尘缘

佛于是把我化作一棵树

长在你必经的路旁

阳光下慎重地开满了花

朵朵都是我前世的盼望

借诗传情，两人心中爱的火苗越烧越旺，都感到魂不守舍，思念在飞了。于是双方约定：9月9日晚9时，两人在滨湖公园的前门见面，见面时，红狐狸怀抱一只玩具狐，北方狼手擒一只玩具狼。两人心花怒放、匆匆前往。结果：

（1）

北方狼是一个美丽动人的姑娘，全身散发出诱人的青春气息。北方狼原以为红狐狸是个英俊不凡的小伙、朝气蓬勃如冉冉升起的太阳。因为生活乏味、缺少新奇，也想无事寻欢、幽默调皮呢，哪知——两人起初面面相觑，继而捧腹大笑，笑声如银铃，被秋风吹落了一地。

（2）

北方狼是个既耳聋又腿跛的大龄男人，认识他的女孩没有愿与他携手同行的，他不甘心，偏要从网上感受爱情的滋味。两人见面时，北方狼扬扬自得，红狐狸忧郁不堪。

（3）

北方狼是个十四岁的小男孩，北方狼狡黠地笑着。红狐狸胃口大伤，头一摇，叹道："这么小就不正经，追花逐柳，没出息！"北方狼不以为然，他眼珠滴溜一转，说："阿姨，你花心就像我妈。我妈迷上网上情人后，把我和爸给抛了，我恨她！"又说："从此，我就想捉弄、报复像我妈一样花心的女人，为我爸出气。

你是我捉弄的第三个！”说着呜呜呜地痛哭起来。红狐狸目瞪口呆，看着北方狼，眼角也滚落了一颗豆大的泪珠。

（4）

红狐狸与北方狼都不敢相信自己的眼睛，当他们定睛再看，红狐狸发现北方狼乃自己丈夫小刚，北方狼发现红狐狸乃自己妻子小青！当此之时，两人就像发了疯的狮子，咆哮着冲向对方，很快臭骂和扭打成一团。不多久，红狐狸就鼻青脸肿，北方狼的脸上也血痕深深。

（原载《通俗小说报》2009年第9期，转载于《小小说大世界》2010年第4期）

童心

走出公园不远，遇见一个乞丐，一把鼻涕一把眼泪，正在街边向人行乞。那乞丐面黄肌瘦、老态龙钟、腿瘸手残、衣衫褴褛，嘴里叼着个破瓷碗，碗里已有些许人民币。

我十分恶心，正欲绕道而行。女儿却拖住我，大声问："爸，那老爷爷在干啥呀？""讨钱！"我告诉女儿。"那我们也给他一点钱吧？"女儿恳求道。"不行！"我摇头回答。"干吗？"女儿圆睁着眼。我赶紧凑近女儿，冲那乞丐没好脸地说："有人好逸恶劳，想靠行乞致富，所以伪装残疾、伪装穷困、伪装可怜，以此博取善良者的同情和施舍。这种骗人的把戏，报上披露过，我也见得多。"女儿不以为然："行乞的都好逸恶劳、伪装可怜吗？""那倒不一定！"我小心回答。"既然如此，你敢肯定他好逸恶劳、伪装可怜吗？"女儿紧逼一步。"那也不一定！""既然如此，我们何不给他一点钱，可怜可怜他？""万一他是伪装的，我们岂不上当受骗，助长好逸恶劳的恶习？”“万一他不是伪装的，我们岂不冤枉了他，错过了一次行善的机会？”说到这里，女儿又抱怨道，“你们大人，总是喜欢把人往坏的方面想。”“行了行了，你的意思是无论如何要给他一点钱？”“对，即使被骗了，我们也不会留下遗憾。”

我被女儿说服了，心想：女儿在公园玩一天，要花费一百多元呢，给那乞丐一丁点施舍又算什么？再说，女儿的爱心可嘉，值！于是掏出5元钱，叫女儿赶紧递给那乞丐。

奇怪的是，就在女儿高举5元钱即将奔过去时，那乞丐竟蓦地站起来，拔腿便跑，丝毫没有残疾的迹象。女儿在后边追赶：“老爷爷、老爷爷，给你钱！”那乞丐仿佛没听见，头也不回。女儿愈喊，他愈慌张，跑得愈快。

望着乞丐渐渐远去的背影，女儿一脸的无奈和茫然。我忽然明白了：乞丐的良心已被女儿的童心唤醒。这世上，最能征服和撼人心魄的，有时竟是冰清玉洁、天真无邪的童心啊！

（原载《短小说》2003年第6期，选入《当代中国闪小说精华选粹》《中国闪小说年度佳作2014》）

可敬的爱情骗子

方和芳相距遥远：芳在“千里冰封”的吉林读书，方在花团锦簇的昆明上班。

方和芳都酷爱文学：芳苦苦练笔三载，投稿近百篇，却无一篇变成铅字，心像浸泡在冰雪之中，很冷。方从事文艺创作七八年，发表小说、散文数百篇，已是小有名气的作家，心像呼呼燃烧的火苗，很热。

方和芳并未见面，. 是通过一本杂志认识的。那期的杂志发表了方的一篇小小说《爱的谎言》。芳经常要读这种杂志，读到这篇小小说后很感动，反复看了几遍不愿放下，眼泪吧嗒吧嗒地往下掉。芳对这篇小小说的偏爱渐渐转变成对方的崇拜。芳设法查找到方的通讯地址，斗胆给方写了封言直意切的求教信，说什么也要拜方为师。恭敬不如从命，很快，方就给芳回了信，答应做她的指导老师。

方的信对芳的启发和激励很大。按照方的指点，芳扬长避短，在写作上进步很快。不久，芳给方寄来了她呕心沥血创作的几篇千字散文，方极认真地读了，觉得其中的一篇《渴望飞翔》基础不错，认真帮她改过之后，方把这篇散文推荐给当地一家较有名气的晚报。很快，这篇散文就如愿以偿地发表了！

收到样报时芳心花怒放，自此一发而不可收，在短短一年之内，接连发表了四十多篇优美的散文。他们之间的通信亦日渐频繁，两人彼此分享着成功的快乐。

这次，芳又给方寄来了一封信，建议两人合写一篇小说，题目叫《想爱的感觉》。小说的前半部分她写好了，就等方续写后半部分。在信中，她还给方寄来了一张照片，照片上那位亭亭玉立、楚楚动人的少女，正在脉脉含情地望着方。小说的前半部分写得也情意绵绵、荡气回肠，字里行间都有爱的火花在跳跃闪烁。看了照片和小说，方怦然心动，抑制不住的情感就像拉开了闸门的潮水汹涌而出。于是，顺着一种强烈的磁力吸引，方把小说的后半部分写好了。写好后，方把小说连同自己的近照一同寄出，芳很快收到了。读着方摄人心魄、火辣火辣的文字，看着他目光炯炯、英俊潇洒的照片，她深深地陶醉了。小说寄出一个月后，很快又在全国一家很有名气的文艺刊物上发表了，而且产生了不小的影响。

光阴荏苒，一晃四年过去，芳大学毕业走上了社会。

这天，生活在昆明的方就要下班离开办公室时，忽然进来了一位漂亮的女孩，正在十分急切地打听自己。相互介绍后，两人都愣住了：方没想到芳会千里迢迢来到南国，从天而降地闪现在自己的眼前；芳更没想到方竟是一个靓丽无比的姑娘！

“每次，我称呼你大哥，你干吗都不更正呢？还有，之所以建议你续写那篇小说，并以我们两人的名义发表，意在向你传达一个信息……”芳的脸红得像灿烂的朝霞。

“我知道，但是——”方的眼里闪动着泪花，“这世上，还有什么比爱更有力量，更能影响一个人的成长呢？正因如此，当我发现你由崇拜而感激而深爱我时，我没有……你还很年轻，我只是想激励你不断地向文艺创作的高峰攀登，不断地走向成功！”方的心在剧烈地颤抖着，空气顷刻凝固了。沉默半晌，芳问：“那么，你的照片？”

“那是我男朋友的，我在给你制造一个假象，一个爱情的骗局，你怨我吗？”方不安地问。

对视片刻，芳忽然张开双臂，像拥抱春天一样激动地抱住了方：“谢谢你，大姐。这世上，有一种东西，也许比爱情更崇高、更宝贵呢！你对我的帮助和激励，我永志不忘，真的！”芳的眼里也闪着泪花。

（原载《南叶》2001年第2期）

考验

青不算高，不算苗条，也没有樱桃小嘴。但她很温和、文静、美丽。

我和青是经人介绍认识的。接触她才两个月，我就发现我们情投意合，个性相似，长得也如亲兄妹。记得日本的一位相学专家说过，相貌相似的男女缘分尤深。我因此时常庆幸能找到青，我把这看成是自己人生最辉煌的一页。

我们时常约会，时间：晚上9点；地点：十字路口；誓言：不见不散。这天，我照样提前20分钟赶到目的地，掏出一张《新民晚报》，一边在路灯下浏览，一边留意她的到来。时间过得很慢，我读完这张四开八版的报纸，才刚好9点。我四下望了望，不见她来。而此时又无事可做，便索性收起报纸，伫立街边静候。表针嘀嘀嗒嗒地走着，我的胸口亦怦怦直跳，成双成对的男女不知过去了多少，仍不见她的踪影。晚上10点，我开始犹豫徘徊。雨下起来了。街上溅起水花。没有避雨的地方，我淋得像落汤鸡。11点，她还是没来，我满肚子的怨气。但既然说过不见不散的，我一咬牙，还是决定等她。12点，我的心碎了。悻悻地回到宿舍，我只觉身上异常寒冷。

她并不向我道歉，不解释失约的原因，好像什么也不曾发生一样。尽管如此，她的心却向我靠近了一大步。她开始把我介绍给她的六亲四朋，开始向我谈起未来的生活岁月，眼里也燃起一团呼呼的火苗。

光阴荏苒，转眼又过去两个月，我们在一起的日子，充满着温馨，充满着诗情画意！

男女平等！我们决定改变约会的方式。这次，是她等我。

她果然提前5分钟到达了目的地。这天天气很好。她也打扮得楚楚动人。远远地，我看到她正在路灯下静候，我的心里好甜！可一咬牙，我还是回到了宿舍。"让她也体验一次失约的滋味吧，有起有伏，这才浪漫！"我想。11点多，我又去看她，老远，发现她仍在十字路口，痴了一般，但我还是没过去。这天晚上，一种报复成功的痛快与满足脉脉漫过全身。

我没有料到：她会庄严宣布分手的决定。"那次，我坐在舅舅家的阳台上，撑着青阳伞，目睹你在雨中依然等我，许久许久，觉得你是一个坚定不移的人。考验成功了，我兴奋得通宵未眠。我决定把心掏给你。而这次，你竟寻机报复，你的心胸太狭窄了，你不是堂而皇之的大男人，算了吧，就当朋友一场！"她掉着泪珠说。我呆了。"我也是考验你呀，而且……"我嗫嚅道。不知为什么，我未能把话说完。"此一时，彼一时嘛！"她说，冷冷地……

五年后，我们在沅江岸边不期而遇。我们都有了自己的孩子。我带着我的儿子，她带着她的女儿。没有了往日的羞怯不安，我们平静如水。我说："那天晚上，母亲心脏病突发，生命危在旦夕。我慌了，立即送她去医院抢救。回来，唉，我……""你干吗不早告诉我呢？"她大惊失色。我苦苦地笑了笑："此一时，彼一时嘛！"说这话时，她的眼里噙满了晶莹的泪花。我的心里亦阵阵隐痛。

（原载1994年3月13日《中国检察报》）

遛狗

因为妻子冯晏和女儿戈兰喜欢，戈麦家养了一只贵宾犬。这只贵宾犬只比成年猫稍大一点，快两岁了，名叫小强。

小强很聪灵，通心性。拉屎拉尿都自己进卫生间。白天家里没人，它就静静地守门或者睡觉。也玩球：有时把小皮球叼在嘴里，再扬头抛向空中。等球落地，又叼，又抛……有时用前爪推着比它身体大很多的篮球在房子里跑来跑去，那样子就像司机娴熟地驾着小车。家里人要回来了，听到上楼的脚步声，小强准会激动地跑到门边。门一开，马上人一样直立，两只前腿弯曲宛如抱拳，不停地给人送“恭喜”，嘴里哼哼唧唧的，仿佛久别重逢一般……

每天清晨6时，小强都要外出遛遛。心甘情愿地伸长脖子，让人套牢链子。套上链子出门，就欢呼雀跃、舞之蹈之。遛上半小时，便心满意足，摇头摆尾地回家。

遛狗这事儿，起初一直是冯晏的专利，冯晏也乐此不疲。

但有一阵子，冯晏身体不适，便嘱戈麦接替。戈麦忙，本不愿，可为了让冯晏高兴，还是答应了。

正是冬天，天寒地冻。清晨6时出门，天还未亮。好在大街上灯火通明，已有行人来回走动。戈麦就牵着小强沿街边遛。遛了一阵就换位置，小强主动跑到前面，牵着戈麦遛。遛到一个十字路口，小强忽然拐弯，把戈麦引进一条小胡同。小胡同的两边全是店铺：有超市、有花店、有餐馆、还有包点坊，等等。

本来，戈麦只是心不在焉地跟着小强溜达。可忽然，戈麦的眼睛一亮：胡同边有家包点坊热气腾腾，一男一女正有说有笑地张罗生意。女的明眸、清秀、娴静，瀑布似的披肩发，很标致很俊美的身段。小强不以为然，依然昂首前行。戈麦怦然心动，急忙扯住小强。在包点坊前不由自主地停下脚步，是想多看女的一眼。男的却以为戈麦要买包点，便满面春风地走过来："老板想要什么？"戈麦如梦方醒，赶紧支吾道："看看再说，看看再说！"男的依然温和："那你先看看吧！"转身去忙自己的活计。这时，女的应声望了戈麦一眼。女的双眼像清澈的湖水，在戈麦的心里漾起粼粼的潋滟。戈麦想多看，又怕男的发现。把包点坊的包点装模作样扫视一番，便跟着小强继续溜达。

回来，戈麦还感到暖，仿佛进了趟春天。

第二天，不等冯晏安排，戈麦就早早地起床，"干啥去？"冯晏惊问。"带小强出去遛遛！""你不是不爱遛狗的么？怎么太阳从西边出来啦？""哎，小强可怜！这段你又身体不适，我带小强遛遛，一是当作晨练，呼吸呼吸新鲜空气；二是也让你好好休息，尽一个丈夫的责任。""嗯，也好！"冯晏翻个身，继续去睡。戈麦则迫不及待地下床，带上小强匆匆出门。

小强真的很聪灵，通人性。一遛到那家包点坊，就下意识地停住脚步，还回头对戈麦挤眉弄眼。戈麦按捺不住内心的冲动，又情不自禁地向包点坊内窥探。似乎有电磁感应，女的也忽然抬头，脉脉地看了戈麦一眼。只一眼，如水的月光就汩汩淙淙地流入戈麦的心田，戈麦的心里倏忽疯长出一大片青葱的麦苗。"要点什么吗？"这次，是女的春风似的奔过来，嫣然一笑，声音柔柔的，很有磁性。"嗯——"戈麦一愣，赶紧点头，"老板，买3个豆沙包吧！""嗯，好！"女的就轻轻递给他3个豆沙包。戈麦的手指触碰到女的手指的一瞬，又有一道电流传遍他的全身。男的也似有感应，忽然停下手头的活计，上下打量了戈麦一番。戈麦接收到男的目光后，立马佯装镇静，牵上小强继续溜达。

回到家里，吃着还温热的豆沙包。戈麦感觉酥酥的、甜甜的、美美的。“怪呀！”戈麦就想。

想不到的是，第3次来到那包点坊，戈麦刚停下，男的就主动迎上来，热情的目光里透露出一丝机警：“要点什么吗？”“要——”戈麦的眼光赶紧从女的身上移开。“要3个酸豆角包！”戈麦略一思忖。“好咧！”男的迅速递给戈麦3个酸豆角包，并目送小强牵着戈麦离开包点坊。

这次，戈麦感觉男的目光里似有麦芒，但他却不能表现出惊慌。“多么秀美的女人！男的短短胖胖，一点不出色。他们居然很和谐！女的还乐和乐和地跟他吃苦！上帝不公平！”走在路上，戈麦脑海里蹦出一个念头，但很快又用力地摇头，“自己有什么特权评判人家的事？”

冬日的清晨，遛狗既要早起，又要经受寒冷，戈麦却执意揽下这等苦差，冯晏不假思索便准了。戈麦遛狗精神焕发，冯晏心里暗自庆幸。

这之后，每次遛完狗，戈麦要么买回3个豆沙包，要么买回3个酸豆角包。好在两种包点味道不错，冯晏和戈兰都爱吃。只是他们压根儿不知，豆沙包是包点坊的女老板卖的，酸豆角包是包点坊的男老板卖的，当然，也都是戈麦自己点的。戈麦吃豆沙包比喝蜂蜜还甜，吃酸豆角包却比喝陈醋更酸。

终于，春天到了。草长莺飞，花红柳绿，阳光明媚又温馨。

可那天遛狗，来到包点坊前，小强停住脚步，戈麦也停住脚步；小强一愣，戈麦也一愣：包点坊关门了！卷闸门牢牢地关着，冷冰冰的。

“兴许，包点坊的老板今天有事。包点坊的生意好，明天，门又会开的。”戈麦皱皱眉，安慰自己。

现在，每天看一眼包点坊的女人，顺便买一点包点回家，戈麦心里就踏实，就生活得有激情。

翌日，包点坊的门还是牢牢地关着，戈麦就感到忐忑不安了。

咬咬牙，戈麦依然相信包点坊的门一定会开。但每次怀揣希望而来，又带着失望而归。

最后一次，包点坊的门仍旧冷冰冰地关着。戈麦的双腿像灌满了铅，在包点坊前伫立良久。把包点坊的招牌看了又看：青番茄包点坊，经营：老面馒头、现磨豆浆、榨菜包、盐菜包、酸豆角包、粉丝包、豆沙包、富油包、鲜肉灌汤包。一向健忘的戈麦，却刻骨铭心地记住了这些。

戈麦不愿再遛狗了。"遛得好好的，怎么不遛了？"冯晏惊问。戈麦垂头丧气地："一个大男人，闲得遛狗像什么样？""有人讥讽你啦？""是啊！"很少说谎的戈麦，这回满是那么回事，轻易地骗过了冯晏。

而且，只要守口如瓶，永远无人知道，自打见过包点坊的女人，戈麦的脑海里就总是时不时地浮现出初恋情人郑敏的音容笑貌……

（原载《东风文艺》2014年第3期）

没有结局的结局

生日时，卉送给我一幅水彩画，为此，她花费了整整一个通宵。

卉那时在师大中文系读书，我在美术系。一次上学途中，我们乘同一辆公共汽车。慢慢认识了，她就大大咧咧地向我谈起莫泊桑、王统照、普希金，还拿出她自己写的一本散文诗给我看，一边向我解释其中的含义。我呢，则潇洒自如地向她介绍达·芬奇、拉斐尔、齐白石等名画家，还拿出自己秋游君山时创作的一组山水画请她欣赏，并坦白告知她所以创作这些画的真实意图。

回到学校，说不清怎的，她很快就热爱起绘画来，我也鬼使神差想爬格子了。我们因此常去学校后面的岳麓山上谈心和相互讨教。不出一年，我发表了好些抒情小诗，她也发表了不少中国山水画。我们高兴得不得了。

自然，她送给我的那幅水彩画是清新隽永的。记得最初接过那幅画，我的心里立刻有股暖流淙淙漫过。同寝室的同学也大都说这画有弦外之音，我就愈神思恍惚了。可好几天，当我在校园外的小石径上不期而遇她，发现她依然平静坦然一如从前，便怨起自己多情善感来。说真的，我不明白她何以送我这种画。

但轮到她过生日，我亦作了首格调相近的抒情小诗送她，诗云：思念/是一只勤劳的啄木鸟/在叮叮当当地啄你/金子般沉甸甸的心；思念/是夏夜阵阵袭来的凉风/在窸窸窣窣地轻吹你/冰晶般透明的门。你什么都可以拒绝/就是不能拒绝思念。同样不明白何以作此诗送她。只记得送她这首诗时，她很羞赧的，脸红得如桃花。当然事后，我也尽量表现得平静坦然一如从前。果不其然，她在苦苦失眠了整整一个夜晚后，竟也像我一样埋怨自己多情善感了。这是怎样的“恶作剧”呢？

时不我待！经过生日的故事，我们惶惶然地走上了社会。两年后，我们又匆匆忙忙地结婚了。有趣的是，我的妻子是她的同学，她的丈夫亦是我的朋友。只因过于忙碌，毕业后我们一直未能见面，往事也就如水一般渐渐地流远了。

一个偶然的机会，当我和她又一次不期而遇街头，见到彼此的孩子，我们的双唇竟抖动得如波浪，我们的脸霎时玫瑰般地红了。5年，5年了呵！

回到家里，一种强大而无形的力量立即驱使我找出她送给我的那幅双鹿戏水画，看得比以往任何时候都要醉心。惊人的相似，她也马上从箱底翻出我送给她的那首抒情小诗，读得比以往任何时刻都要动情。我们就像触了电，心里涌起从未有过的绝美的浪花。

但从此，我们害怕见面了。为什么？不知！

（原载《跨世纪》1994年第5期）

双赢

不是冤家不聚头，这话好像是冲着金克木和灰娃两夫妻说的。他们在一起，还真是大吵三六九，小吵天天有。而每每吵得凶时，妻子灰娃又总要摔一样东西：要么一只碗，要么一个茶杯，要么一把椅子……每次，只要灰娃一发威摔起东西，金克木就胆战心疼，像只缩头乌龟了。

这回，还没吃完晚饭，金克木和灰娃又开始为芝麻大的事儿喋喋不休地争吵。吵得火药味很浓时，灰娃又故态复萌，抓起桌上一只碗，狠狠地朝地上摔去。只听“咣当”一声，碗立马摔得粉碎。

可与以往判若两人：金克木不仅没有甘拜下风，反倒昂首挺胸、毫无惧色。

“你狠！饭桌上还有那么多碗，你摔，你都摔呀！”金克木端坐于桌旁，双臂交叉、抱胸，一副无所谓的模样。

“你以为我不敢吗？”灰娃一愣，凶巴巴地瞪瞪金克木，扬起的双臂像扫帚一样，狠狠地向桌面扫去。“哗啦啦！”桌上的碗筷顷刻像雨点般落地。

“你狠！你索性连这张饭桌也砸，砸呀！”金克木站起来，一边往墙边退让，一边激将灰娃。

“你以为我不敢？”灰娃又咄咄逼人地瞪一眼金克木，抓起一根大木棍就向饭桌猛击。

“好家伙！还有椅子呢？”金克木搓搓手。

“砸！”灰娃咬咬牙。

于是，椅子砸了。

“还有铁锅呢？”

“砸！”

铁锅又砸了。

“还有水缸呢？”

“砸！”

……

不一会工夫，他们家里能摔能砸的东西，就几乎全摔全砸了。地上天女散花、一片狼藉。

直到这时，金克木才像泄完了气的皮球，灰娃才像站到了胜利的凯旋门前。

吵架归吵架，吵完架日子还得过呀！第二天，等两人都心平气和了，他们又不得不结伴进城，去买锅碗瓢盆桌椅板凳……回家的路上，两人细细一算，买这些东西竟花了2000多元。对一个并不富裕的农村家庭，这可不是笔小钱呵！

灰娃的心里像刀割似的疼痛，十分懊悔自己太意气用事。当然，灰娃决不会把情绪写在脸上。她努力地克制着自己，不让金克木拿捏到自己的软肋。

金克木呢，心里也隐隐作痛，表面却装得十分慷慨：“老婆，只要你觉得消气解恨，以后我们吵得恶时，你还把这些东西一股脑儿地砸掉，就当是砸堆土坷垃，就当是砸别人的破烂货！”

灰娃吃惊地瞅瞅金克木：“砸了咋办？”

"陪你进城，买呗！"

"真的？"

"真的！"

金克木越说越轻松，灰娃却不由自主地低下了头。

灰娃软绵绵地说："下次再不砸了！天王老子要我砸，我也不砸了！"

"真的？"

"真的！"

金克木将信将疑。

没过多久，金克木和灰娃再度发生争吵。吵得不可开交时，灰娃又急火攻心，狠狠地抓起桌上一只碗。

金克木先是慌了，但转眼又镇静下来。

"砸呀！"金克木下意识地冲着灰娃大吼。

灰娃恼怒地瞪一眼金克木，把碗高高地扬起。可在空中停留了很久，碗还是紧紧地抓在灰娃的手里。

"凭什么要听你的使唤！"灰娃如梦方醒，出奇不意地反问。可不等金克木开口，灰娃立马又说："老娘今天邪了，偏不砸呢！"

"真的？"

"真的！"

"这，这……"金克木似乎黔驴技穷了。

其实：金克木心中窃喜；灰娃的心里，也暗自得意。

（原载2011年3月21日《羊城晚报》，转载于《小小说选刊》2011年第11期、《微型小说月报》2011年第7期、《微型小说选刊》2011年第22期，选入《2011中国年度小小说》）

你为什么不早说

清风徐来，鸟声啁啾。眼前的景色不错，伊蕾的心情也好。现在，她独自在松涛公园的一隅散步，尽情享受这自由自在的美妙时光。

忽然，伊蕾感到自己背上正有尖锐的东西在顶。轻轻回过头来，才发现自己遭遇了贼。贼手里的钢刀明晃晃、冷飕飕的。

贼凶神恶煞似的瞪着伊蕾："识趣一点，就不要让我动手。我若动手，你定要流血。听着，乖乖地把金项链取下来交给我……""我的天，羊怎么斗得过狼？"伊蕾脑海中闪过一个念头。慌乱中她颤抖着取下颈上的那串项链。

贼麻利地收好钢刀，一把夺过这金灿灿的宝贝，大摇大摆地扬长而去。望着贼鬼魅似的背影渐行渐远，伊蕾惊魂未定，好一阵心情才平静下来。然而出人意料，那贼不但不担心她报警，不但不趁早溜之大吉，反倒恼羞成怒、咬牙切齿地折转回来，把金灿灿的项链狠狠地朝地上一扔，气急败坏地冲伊蕾咆哮：“臭娘们，老子悄悄跟踪你好半天，费了九牛二虎之力，得到的竟是一串假冒货！既然知道它是假的，你怎么不早说？你安的什么心？”说着眼睛瞪得如牛大，仿佛要吃了她。

伊蕾并没打算躲开，她纹丝未动地钉在原地，昂起头问贼：“你怎么肯定这金灿灿的项链还会有假？”

“臭娘们，你还想耍我？我去过公园门口的那家珠宝店，他们鉴定的结果会假？再要骗我，找死啊你！”贼把牙齿咬得格格响。

伊蕾仍然面无惧色、昂首挺胸：“这位兄弟，我们夫妻俩都是下岗工人，哪有钱去买真金项链？但是丈夫真的爱我，弄串假的给我戴上，以假当真，让我体验体验、自我陶醉一下都不行吗？人活在世上，谁都有追求美好和感受高贵的权力吧？”

“这……”贼一下愣住了，“你，你怎么不早说呢？”

“我早说？”伊蕾心想，“我早说你会信吗？你还不……”

贼低下头，将项链从地上捡起来，塞进伊蕾手中。伊蕾接过项链，轻轻地说：“这位兄弟，我看你身强力壮的，去找份正经事做吧，干什么都能养活自己，都比干这个要强得多呀……”贼眼里有了一丝愧意，却没敢正眼看她，低着头用含糊的声音说了句“对……对……对不起了……”然后，撒脚就往公园门口跑去。

这时晚霞绚丽，公园的林荫道上也撒落了一层黄灿灿的碎金。

（原载2011年1月7日《湖南工人报》，转载于《微型小说月报》2012年第1期，选入《2011年中国手机小说精选》）

记得那时

辛笛是星河小学三年级的学生。

一天放学，背着书包蹦蹦跳跳地回家，忽然眼睛一亮——他发现了路上躺着的7元钱。

“是谁不慎掉下的呢？”辛笛的胸口突突突地跳得厉害。要知道，那可是5分钱就能买到1个鸡蛋的年代！

他机警地环顾四周，无人，赶紧弯腰去捡。揣进口袋乐陶陶地回到家中，好几次话已溜到嘴边，却被辛笛狠狠地吞回肚里，硬是没让爹妈知道自己捡钱的事儿。

7元钱绝不是小钱呵！晚上，辛笛翻来覆去地睡不着——他太兴奋了。

“拾金不昧！”“学习雷锋好榜样！”不知怎的，辛笛的脑海中又突然冒出这样的念头，“捡到钱不交是可耻的！至少也说明自己的思想觉悟低呗！所以，明天一上学，就得把钱交给班主任曾老师。”

“可是，7元钱全交吗？”辛笛又的确舍不得。“怎么办呢？”辛笛转眼一想，决定只向曾老师上交3元，余下的4元则自己揣着，“这样，既赚了大头，还可得到老师和学校的表扬，何乐而不为呢？”

于是，第二天一上学，辛笛就悄悄找到班主任曾老师，把在路上捡到的3元钱大大方方地交给他。

果不其然，上课的铃声刚刚响过，曾老师就笑容可掬地迈进教室，竖起大拇指赞不绝口地表扬了他，同学们也向他投来极度赞许的目光。

不仅如此，课间操时，校长孔孚还当着全校师生的面，浓墨重彩地推介辛笛，号召全校师生向辛笛学习。

学校的宣传栏里也贴出了文章：《学习辛笛，做雷锋式的好学生！》，文章的四周，还贴满了同学们热情洋溢的心得和誓言！

如此一渲染，辛笛就忐忑不安了。捏捏自己口袋里私藏的4元钱，他的脸又烫又红。“哪里是雷锋式的好学生？哪里值得全校师生们学习呀！”他感到羞愧。

可再把4元钱交给曾老师吗？老师、同学还有校长又会怎样看我？——哦，原来辛笛也是自私自利的孩子！

那么，就说自己又捡到了4元钱？——鬼才信呢！就你辛笛能捡钱？同学们都捡不到？思虑再三，辛笛决定，索性不上交那4元钱。

但接下来辛笛又寝食难安了，自己不配得到老师、校长和同学们的赞扬事小，更可怕的是，这样私心作祟做坏事，怕要遭报应的！善有善报，恶有恶报。爹妈经常这样念叨呀。

怎么办呢？经过一番苦思冥想，办法终于有了。

第二天，赶在同学们之前，辛笛悄悄把4元钱“掉”在了放学回家的路上。辛笛觉得这一招既无私又高明，不仅4元钱“交”出去了，还让别的同学捡到钱交给老师后，得到老师和学校的表扬，自己该是做了件“好事”吧！

可是一天过去，学校里没有同学得到表扬；两天过去，依然没有；一周过去，也没有……

辛笛开始后悔了，他好几次跑到自己“掉”钱的地方，很仔细地想找回那“丢失”的4元钱，但是没有找到，也许，这钱是被哪个同学捡到后私藏了；又或者，是被一阵风刮走了吧。

想到这里，辛笛狠狠地拍了拍自己的前额：“唉！”

（原载2011年10月11日《新课程报·语文导刊》、香港《新文学》2011年第10期，转载于《小小说选刊》2011年第19期）

测试

甲、乙、丙、丁、戊5个男人的年龄分别为20多岁、30多岁、40多岁、50多岁和60多岁。他们女人的年龄也和他们差不多。这5个男人是忘年交，隔三岔五小聚，相处得很和谐。

有天，他们相约去一家餐馆。酒足饭饱之后，又欲无事寻欢。猜拳？说段子？玩小牌？似乎都无兴致。沉寂片刻，戊一拍脑门，提议每个人都给自己女人发条短信："亲爱的，我爱你！"看女人们怎么回信。甲、乙、丙、丁都说这招妙、有趣，异口同声表示赞成。

于是，5个男人都拿出手机，给自己女人发同一条短信。

短信发出后，5个女人的回信如下：

甲女人："亲爱的，我也爱你！"

乙女人："老公，你是不是喝多了马尿（啤酒）？"

丙女人："喂，你没有发神经病吧？"

丁女人："老头，你的短信发错了人！"

戊女人：“死鬼，你什么时候上的西天？”

收到短信，每个人都高声念给大家听。听罢，5个男人都忍俊不禁，笑出了眼泪。

（原载2011年12月23日《湖南工人报》）

男人的心

杨邪最怕陪老婆苏笑嫣逛商场，苏笑嫣却最喜欢要杨邪陪同。每次逛商场，杨邪就像坐监牢，度日如年。而苏笑嫣呢，却总是乐此不疲：这里看看，那里瞧瞧，半天选不中一件商品还春风满面；当然，如果有幸选中了某件，那可就要心花怒放。常常这样，杨邪饥肠辘辘、全身乏力了，苏笑嫣还兴致勃勃、精神抖擞。

即便如此，只要苏笑嫣有要求，杨邪还是不得不陪。这第一嘛，与苏笑嫣谈恋爱之前，苏笑嫣就有言在先。他们达成过君子协议，婚后也不能单方面毁约。第二，本来就很漂亮的苏笑嫣，婚后因为爱的滋润越发魅力四射，让不少男性眼睛发亮。如果惹她不舒服而变心，对杨邪是很危险的。说得更明白些，万一苏笑嫣跟别的男人走了，那是杨邪无法承受的灾难。所以，要逛商场，杨邪只能硬着头皮，陪！

星期天的阳光很灿烂。一看天气甚好，苏笑嫣又向杨邪发出邀请。苏笑嫣还带上了活蹦乱跳的女儿杨粼。杨邪则远远跟在他们身后，算是陪着。

进了商场也一样，苏笑嫣牵着杨粼的小手，这里瞅瞅，那里察察；这里问询，那里打探。兴趣盎然，津津有味。杨邪却戴着一副墨镜，双手插在裤袋里，远远跟随她们，不时盯盯苏笑嫣肩上的坤包。那神情就像侦探或贼发现了目标，准备行动前既小心翼翼又镇静自若。

不知跟了多久，杨邪无意间发现，有个身材和他差不多，戴着副墨镜，双手插在裤袋里，文雅如他的年轻小伙，也在不声不响地打量苏笑嫣，审视和揣摩她肩上的坤包。

似有心理感应，那小伙也注意杨邪了，认定杨邪同样对苏笑嫣产生了兴趣，而且杨邪比他更早更快地瞄准了目标。

悄悄交换眼神之后，那小伙一溜烟来到杨邪身旁。轻轻碰了下杨邪的肘关节，便附在杨邪的耳边窃窃私语说："哥们，马上行动吧，弄到银子平分。你在这里打掩护，我去那边下手？"

"不，"杨邪摇头一笑，"兄弟，我比你手脚更麻利，还是你在这里站岗放哨，我摸到那女的身边去试试身手！"

"这……？"那小伙不悦，犹豫。

"爸爸，爸爸！"这时，杨粼忽然掉转头来，冲着杨邪激动地大喊，"快过来，快过来呀，妈妈已选好衣服，就等你付钱呢！"

"哦——那好！"杨邪如梦方醒，不由自主地抬头。

"怎么？弄了好半天，你们竟是一家人！"那小伙大惊，先是乌龟似的缩头，然后拔腿就往外跑。

"哎，别急，我们还没谈好哇！"杨邪望着那小伙远去的背影，兴致勃勃地调侃。

苏笑嫣不知杨邪这边在演什么戏，提着一件时髦的衣服，好奇地问："杨邪、杨邪，你刚才和谁打招呼？你们在谈什么呀？"

杨邪就眉飞色舞地奔向苏笑嫣："不期而遇一个好朋友，我们谈笔生意哩！"

"谈生意？"苏笑嫣追问，"谈什么生意呀？"

“这个嘛？成了再告诉你吧！”杨邪神秘兮兮的。

“也好，付款吧！”苏笑嫣拍了拍杨邪的肩膀。

买好衣服回到家中，杨邪迫不及待地把自己关在房里，装模作样看书的同时，手心里悄悄地捏了把汗。

从此，只要苏笑嫣一提逛商场，喊不喊他杨邪陪同，杨邪都要毅然前往，俨然肩负了某种神圣的使命。

苏笑嫣既高兴又好奇，就问：“杨邪、杨邪，以前请你陪我逛商场，你都像做作业一样被动和潦草；如今即使不要你陪，你怎么也像寻宝似的主动和热心呢？”

“因为——”杨邪有点羞涩似的，“我比以前更爱你呗！”

“滑头！”苏笑嫣虽然嘴上这么说他，可心里却比喝了蜜还甜。

（原载《百花园·小小说原创版》2011年第8期，转载于《微型小说选刊》2011年第23期，选入《2011年中国小小说精选》，获评2011年度全国小小说优秀原创作品奖）

挂号

匆匆赶到这家大医院，目睹余盛康医生的办公室外，等候看病的人早已排成长龙，比蚂蚁移动得还慢，他就心急如焚。

他试着挤上前去，直接敲余医生的门，无奈办公室外太拥堵，不仅没人让路，不少人还眼里有刺。他想对门外的人说点什么，可话到嘴边又咽了下去。考虑来考虑去，还是转身去挂号室挂号后，也加入这条长龙，随人流缓缓前移。

实在太慢了！移了半天他思忖，会不会排上一整天都轮不到自己，还得第二天赶早又来排？或者，最快也得等到余医生下班前？

急火攻心，他又想到前面去插队，可依旧无人成全。

“对不起，我有很急很急的事，要先看余医生，我只占用几分钟，看完就走！”他憋不住径直奔向余医生的门前，小心翼翼地对正在排队的人说。最前面的人却立马横在他面前，下意识地挡住他。

“要耍花招了，你当我们是傻子吧？”有人嘲笑道。

“即便余医生的亲爹来了又咋样？现在是上班时间，上班时间他也不能会客！”有人板起面孔。

“你……？”他欲言又止，还是回归原处，继续排队。

“正值大年三十，每个等候看病的人都像热锅上的蚂蚁。”他转念一想，“都不容易啊，罢了，罢了，何必这时与人冲撞，闹得大家都不开心？”

还好，在医院下班之前，终于轮到了他。他长长地嘘过一口气，再回头望望后面，等待看病的人仍然排着长龙。如今看病是电脑叫号，只要尚存一丝希望，这些人都宁愿等到最后一刻。

终于叫号了，他赶紧推门进入余医生的办公室。

“请问，您哪儿不舒服？”当他轻轻坐在余医生的办公桌前，余医生边问边抬头。

只一瞬，余医生就愣住了。“爸，怎么是您？您怎么……？”余医生惊讶。

他微微一笑，立马递给儿子一瓶矿泉水：“马不停蹄看病人，累死累活一整天，想必你忙得喝口水的时间都没有。快，先润润嗓子吧！”

余医生迫不及待地拧开瓶盖，咕咚咕咚，一口气喝完了一瓶矿泉水。“爸，实在对不起，今年，儿子又不能回家过年，不能陪陪您和老妈！三年，连续三年了，每年春节儿子都脱不开身，儿子实在……很惭愧很惭愧啊！”余医生喟叹。

他立马向儿子摆手：“康儿，快别这样说！清早给你打电话，你说病人多工作忙，真的不能回家，我还有点儿怀疑。但现在，一切我都看到，你什么也不用解释了！”

这时，余医生瞥见了办公桌上的挂号单。“爸，真是难为您了！这么大老远来，这么大年纪了，您还像病人一样，挂号排队啦？”

“不挂号排对行吗？你上班时间不能会客，我怎么见你？”他乐呵呵地一笑。

余医生的眼角却滚出一颗泪：“也是啊！爸，快告诉我，是不是有哪儿不舒服？”

“没有哩，就是想看你一眼！”他立马安慰儿子，“放心吧，我会把这里的情况如实告诉你妈！家里你不用操心，只管好好看病人，千万别出差错啊？”说完，他稳稳地站起来，拍拍儿子的肩头，转身，向办公室门口走出。

望一眼父亲佝偻的背影，余医生眼角的泪珠无声地滴落。

他前脚刚走，后脚就有个病人抢火似的进了余医生的办公室。抖擞一下精神，余医生又开始一丝不苟地给那病人看病。

（原载2016年5月8日《扬子晚报》，转载于《微型小说月报》2016年第4期）

因为那狗

那只银狐狗全身披着雪白的绒毛，长着一双清澈灵动的眼睛，体形俊美，性情可亲，见到他们就摇头摆尾、活蹦乱跳，仿佛见到了自己的主人。

胡扬的目光一下被它粘住，王小妮也蹲下身去逗它。两人都很喜欢它。王小妮便试探店老板的售价。“300元！”店老板说。王小妮和胡扬对对目光，迫不及待地买下了它。

那时王小妮和胡扬才结婚，不仅房子是新的，家具是新的，人是新的，就连刚买回的小狗也是新的。房子的采光很好，房内的阳光明媚。小狗白花花的，整天在房内跑来跑去，更像一团晃动的阳光。

有一段时间，除了工作、写作、生活和社交，两人的兴趣和精力几乎全用在小狗身上。空闲时，胡扬就为小狗准备骨头、牛肝等好吃的东西，还在客厅里耐心驯狗，教狗做各种滑稽打趣的表演；王小妮呢，则三天两头为小狗洗澡，小心翼翼地给小狗梳毛，把家里打扫得明窗净儿，还天天抽时间带小狗上街溜达。

两人婚后的日子像小狗一样单纯、生动、活跃、亲昵，爱情随着小狗一同成长，也在报刊上发表清新的诗歌，溢情的散文、雅致的小说，事业上取得了不小的成功。

光阴荏苒。一晃小狗长大了。长大了的狗还真的像只动人的银狐。每天王小妮和胡扬上班去后，狗就在家里机警地转悠，看房子。王小妮和胡扬下班回家时，听到钥匙插入锁孔的声音，狗就会激动不已地跑到门前迎接，在他们的脚边和身后不停地转啊嗅啊，还像仪仗队员一样站立，举行隆重的欢迎仪式，嘴里哼哼唧唧的，仿佛在倾诉心声，又像在快乐地歌唱。清晨，狗醒得早，醒来后就跑到他们的房前，扬起前爪既轻又亮地敲门，直到他们醒来，起床和开门。

狗成了他们的宠儿。仿佛三口之家，相处如深秋之夜那融融的月光。王小妮和胡扬的爱情也达到了和谐与甜美的极致。

天有不测风云。不知哪天，王小妮下班回家，发现狗竟在他们的床边拉了一堆屎，撒了一泡尿，又脏又臭，恶心作呕。王小妮火了，一边破口大骂，一边把狗头按在那屎和尿上，令狗去闻去舔。又把狗屎狗尿弄到卫生间的便池边，教狗以后拉屎拉尿只能蹲在卫生间里指定的位置。可狗就像得了健忘症，翌日又旧病复发。气恨之下，王小妮扬起扫帚，把狗痛打了一顿，直打得狗汪汪大叫。痛打归痛打，不想狗依然顽固不化。这令王小妮特别失望。

更有甚者，不知何时，狗开始啃咬家具。桌子、椅子的脚，床和沙发的腿，都被啃咬得破损不堪。多次教训无用，胡扬忍无可忍。盛怒之下，操起木棍打瘸了狗的右腿。可狗很快好了伤疤忘了疼，甚至变本加厉。胡扬深恶痛绝。

王小妮和胡扬从此没有了笑脸，这个家庭也随之闹起了别扭。无论交朋结友的方式，家庭收支的安排，鸡毛蒜皮的小事，都难得达成一致性的意见，都成了点燃火药桶的导火索。两人心烦意乱，倍感不快。

终于，王小妮忍不住对胡扬说，把狗弄走吧，这日子没法过了！胡扬也说，是呵，你看这家……

于是，选择一个有阳光的日子，王小妮和胡扬匆匆把狗弄出家门，送瘟神一般，把它送给了一家小超市的老板。此后，家里没有了狗屎狗尿的奇臭，家具也不用担心被狗啃烂咬坏了。

可从此，无论两人怎样努力，家里沉闷的空气并未随着狗的离去而消散，和美的氛围也不再笼罩，狗的离去还似乎带走了什么。

无奈之下，王小妮和胡扬协商卖掉房子，忐忑不安地离了婚。

后来听说，换了主人的狗不仅瘸了的右腿不瘸了，而且痛改前非、活泼可爱，又成了新主人的新宠。

只是王小妮和胡扬，再也不能回头了！

（原载《芒种》2011年第10期）

爱情，这玩意儿

山曼端庄文静，从事园丁工作。确切地讲，是她追求完好。她给宗好买潇洒大方的服装，送他哲思隽永的书，为他缝被子洗衣裤，房间收拾得整整齐齐。甚至家里有好吃的也忘不了给他“偷”去。只是她做的比说的多，羞赧得很。晨儿就不同，她陪宗好进歌舞厅，陪他溜冰，陪他去公园照千姿百态的相。他们在一起，经常是嘴上涂满蜜，海阔天空。晨儿在一家党政机关做文书。可熟悉内情的人却说，她很少主动找宗好，还频频结交异性朋友。

我们因此力举宗好选择山曼。因为我们都觉得山曼人漂亮、心善、诚实可靠，是个会理家而且疼爱丈夫的好女人。

但经过反复揣摩，宗好还是决定选择晨儿。他有他的理由：有天晚上，他与晨儿去公园的假山里谈心。山曼找他时，单位同事故意哄她，说他喝多了酒，摇摇晃晃进了公园。山曼一听，果真急出一身冷汗，心急火燎地去公园找他。沿途，还一遍又一遍地高呼宗好的名字，俨然他已落水遇难。宗好据此认为，山曼易被人支使，而且神志痴呆，面对复杂多变的社会，她能不上当受骗？晨儿则不同：当她发现宗好酷爱小说，而投出去的稿件又几乎原封不动地被退回，便灵机一动，教他带两条云烟去报社收买编辑。结果，宗好的处女作发表了。宗好据此认为，晨儿聪颖活泼，能助他成就大业。就这样，他与晨儿喜结良缘，婚后的日子甜蜜温馨，气得山曼死去活来。

婚后不久，宗好搭乘晨儿弟弟的中巴车去河西找朋友。不料为抢乘客，其弟跟另一辆中巴车司机大吵起来，继而大打出手。对方人多，宗好火了，操起手枪便“点将”，不该发生的憾事发生了。作为公安干警，宗好知法犯法，其结果自然是锒铛入狱……

月余，晨儿终于撇不住告知亲朋好友，她说宗好坐监期间她对他关怀备至，也破费了不少钱。可宗好太自私，就没想他连累了她，就没想主动向她提出离婚。唉，这男人思想境界太低！当然啦——见人们一色地沉默不语，她每每又说，我并不真想同他离婚，只是他若能主动提起这事，感动之余，我会加倍地与他患难与共，生死相依……

这话传到宗好耳里，宗好呆若木鸡。多少次，他喃喃自语道：要是山曼还没结婚。

山曼的确还没结婚，而且后来便经常去探监，带着深深的同情。只是当宗好再向他倾吐满腹的心酸与旧情时，山曼会平静如水地说：其实，这世上什么都会变的。离开时她遇上了晨儿。

（原载1994年11月25日《西安公安报》）

宁愿相信前世有约

薇现在是夏夜按摩店的盲人按摩师。3年前，她在春晓职业技术学校学习推拿按摩时，认识了那儿的按摩师钢。

钢的心里忽然划过一道闪电，他已经喜欢上薇。虽然薇4岁就患上视神经萎缩，左眼完全失明，右眼视力仅0.1，但薇是豁达坚强的80后女孩，有新月般妩媚的脸蛋，笑容像夏花一样灿烂。她穿着时尚，形象鲜亮。又好学上进，精通盲文，电脑操作自如，能弹奏悦耳动听的古筝。

薇呢，也情不自禁地喜欢钢。钢帅气健康、聪明仁孝。虽然父母都是聋哑人，但他毫不嫌弃，也绝不自卑，总是怀着拳拳之心，精心地呵护他们。

钢向薇发起暴风骤雨般的爱情攻势。薇很快小鸟依人，做了钢的战俘。在众人惊讶的目光中，钢和薇一脸和煦的阳光，手牵手走进了爱情的殿堂。

婚后，他们相亲相敬、互帮互助，小日子过得和和美美、温馨浪漫。

然而，天有不测风云。那天因眼底出血住进医院，诊断结果：钢患上了视神经血管炎。幸亏薇及时护送钢去医院，幸亏医院救治迅速有力，出院时，虽然右眼视力只有0.05了，但钢毕竟保住了左眼。要知道，这种病任其发展，将会导致双目失明！回头一惊，钢对薇充满感激。

薇做梦也没想到：出院不久，钢就变得判若两人。经常对她冷若冰霜，没碴找碴冲她发火，口口声声不爱她了，定要与她尽早离婚。有次，竟动手打她。

即便如此，薇也默默忍受、死活不从。薇想等钢发泄够了，日子还会复原。哪料钢竟手挽手带着个女孩回家，理直气壮地说他爱上了女孩，要和女孩喜结连理枝。那个女孩也与钢一唱一和，没有丁点羞怯。薇的心里有把锋利的刀子在剐，一咬牙，她与钢分道扬镳。

故事到此本该结束了。不想未出半月，钢又因背痛难忍、不能弯腰而入院。钢四顾茫然、万念俱灰。

就在这时，薇忽然拄着盲杖，来到他的病床前。

钢心头一热，但马上气喘吁吁道：“薇，你怎么还来看我？我都结婚成家了！”“结婚成家了？”薇莞尔一笑，“你呀！就别演戏了！怎么还想骗我？”“骗你？”钢惊问。“是呵！”薇用手指轻点钢的前额，“因为担心已患上脊柱结核病，自己迟早要住院治疗，一旦住院，手术费就要4万元！拖着不治吧，自己轻则下肢瘫痪，重则危及生命。所以，你非常不安、痛苦。感觉不仅不能再给我幸福，还将要沉重地拖累我，就变着法儿与我闹离婚。我不干，你才花钱雇请了一个女孩，要她假扮你的女朋友！”“你怎么知道这么多？”“我不只知道这么多！”“那你还知道什么？”“治疗视神经血管炎后，有段时间，你感觉自己时常低热、盗汗、食欲不振，背痛疲倦，机警之下悄悄去医院检查，一检查，又发现自己患上了脊柱结核病……”“谁告诉你的？”“你妈！”“唉，我妈怎么能告诉你这么多！”“为什么不能呢？”

“薇！我一个大男人……”钢颤抖着，欲坐起来，但事与愿违。“什么都不要再说，也别动！”薇轻轻拍拍钢的肩膀，“佛说，千年修得共枕眠。让我们共渡难关吧！”“共渡难关？”钢无力地摇头，“4万元手术费可是个天文数字！要知道……”“我知道：你父母为治疗你的眼病，花了不少钱；你的母亲患上胃癌，治疗胃癌又花了不少钱。他们已经一贫如洗。但是，相信我，你还有我呢！”薇坚定地说。轻轻地摸着钢的手，感觉钢已瘦得皮包骨。薇禁不住泪流满面。她决心救钢。

“可是，4万元手术费让人焦虑，怎么办呢？”从医院回来，薇翻来覆去，一夜未眠。

天明来到按摩店，薇如泣如诉地告诉老板自己的困境，老板感动之余向薇捐款，还提前给薇预支薪水；按摩店的员工听了薇的倾诉深表同情，也纷纷为薇奉献爱心；按摩店还尽可能多地安排薇给客人加点，虽然每个点的提成费只有3元！

薇鼓起勇气向网友们发帖，网友们一样乐善好施。

薇也瞒着父母，拄着盲杖，穿过车流如织的街道，匆匆去医院给钢送盒饭。有天把盒饭送到钢的手里，还没说上几句话，薇就头一歪，趴在钢的床边呼呼睡着了。看着薇疲惫不堪的模样，钢心疼。

为了让钢愉悦心情，薇找医院领导苦口婆心地恳求。于是，每天傍晚，薇都会端坐于钢的床边，在病房里声情并茂地给钢弹奏时而如草长莺飞、时而如泉水叮咚的古筝。

钢的心情好多了，又习惯了有古筝相伴的日子。可是那晚，薇却没带古筝来。钢惊问怎么回事？薇笑答手术费凑不够，卖了！卖了？钢忐忑不安、心如针扎。薇却拉起钢的手：没事，以后有了钱，再买吧！

手术费凑齐了。手术前，薇又特地去商场，买了个红色的平安结回来。薇把平安结虔诚地挂在钢的胸前，钢紧紧地握住了薇的手。

手术成功！薇心花怒放。情不自禁地俯下身子，在钢的耳畔轻轻地吟唱起王菲的《传奇》：“只因在人群中多看了你一眼，再也不能忘掉你的容颜。宁愿相信我们前世有约，今生的爱情故事不会再改变……”

钢听得抓紧薇的手，热泪盈眶。

金风送爽，阳光明媚。钢终于痊愈，要出院了。钢望穿秋水等薇接他回家，薇却一溜烟地消失了。只托人给钢送来一张字条："天上白云飘飘，地上鲜花朵朵。不要迷恋薇，薇只是一个传说。"

（原载《百花园·小小说原创版》2010年第12期）

婚事儿

对赵木斧来说，追到毛春晓就像做了个充满诗情画意的梦，他怎能不喜出望外？当然，此生能和赵木斧携手相伴，毛春晓心里也比喝了蜜还甜。

一个英俊，一个俏丽。周围没人不说赵木斧和毛春晓是龙凤呈祥、天造地合的一对。

你没见过赵木斧的父母看到毛春晓时乐得合不拢嘴的样儿，你也想象不到毛春晓的爹妈就只差把赵木斧当珍宝捧在掌心。

无巧不成书，赵木斧的老爸赵北夫和毛春晓的父亲毛屠岸还是私交很深的好朋友。

所以，当赵木斧和毛春晓领回结婚证，定下半年内举办婚礼的黄道吉日，偌大的喜讯从天而降，赵北夫和毛屠岸两家从此春意盎然，天天宛如过年。

按照当地习俗，赵北夫很快为儿子买好新房，新房建筑面积200平方米。赵北夫虽是处级领导，经济状况不差，但为儿子买房却也让他手头一紧。

赵北夫测算了一下，如果要继续装修房子且装修得美观些，花费大概与买房相当。

怎么办？他眉头一皱，欲让毛屠岸资助一下。

毛屠岸夫妇是卷烟厂技术骨干，收入都不低。他们若出资装修房子，不会伤筋动骨，产生经济危机。赵北夫揣摩。

于是，阳光明媚的日子，赵北夫热情洋溢地给毛屠岸打电话，请他参观女儿女婿的新房。

毛屠岸十分爽快地答应了。毛屠岸答应一爽快，赵北夫的心里也就爽快。赵北夫断定，毛屠岸是聪明之人，只要点拨一下，他必心领神会；只要他心领神会，装修之事应该有戏。

“亲家你看，这房子还可以吧？”把毛屠岸领进新房，赵北夫笑容可掬地问。

“嗯，当然！”毛屠岸春风满面地点头。

“200平方米的房子，应该能住了啵？”

“能，能住了。”

“这客厅怎样？”“气派！”

“餐厅呢？”“不错！”

“主卧室你看看？”“很好！”

“副卧室呢？”“舒服！”

“书房行吗？”“行！”

“电脑房呢？”“也漂亮！”

……

两人一边转悠，一边对答如流。

赵北夫察言观色，感觉气氛融洽、时机成熟，便问：“亲家你猜猜，买下这房子花了多少钱？”

“大概——”毛屠岸略一思忖，“120万元吧？”

“亲家神算，还真花了这么多！只是——”

“只是什么呀？”

“现在嘛，”赵北夫不动声色地打量一下毛屠岸，“还得抓紧装修房子。但——”

“没问题呀，你只管好好装修。你办事我还不放心？”毛屠岸飞快地安慰他。

“这个鸟人！”赵北夫心里抱怨，“怎么……”他脸上的肌肉抽搐一下，但很快又舒展了。他不能把失意挂在脸上，不能因此与毛屠岸磕碰。于是，笑了笑，又道：“这就好，这就好！”

毕恭毕敬送走毛屠岸，赵北夫心里老大地不快。可失望之余，赵北夫仍想，房子你不装修也罢，按照本地习俗，你毛屠岸嫁女儿也该嫁台小车啵！

就这样等到赵木斧和毛春晓喜结良缘，赵北夫伸长脖子、踮起脚尖盼望，结果仍未如愿！

赵北夫难受极了。

他想不到，毛春晓出嫁前夕，毛屠岸悄悄塞给了她一张银行卡，卡上有存款100万元！毛屠岸小心叮嘱毛春晓，这可是给她的私房钱，千万别告诉任何人，也不要轻易动用。

“你干吗不买台好车送女儿？众目睽睽之下有多风光！”老婆憋不住，曾悄悄问毛屠岸。

毛屠岸便下意识地反问道：“嫁过去的车子女儿女婿会共用，共用的过程会不断地折旧。一段时间后小车报废了，咱女儿还有什么？”

“房子！”老婆脱口而答。

“不对！”毛屠岸狠狠地摇头，“房子虽是不动产，但它毕竟为赵北夫所购，户头肯定是赵木斧的，为赵木斧的婚前财产。现在离婚率不断升高，离婚现象司空见惯。按新婚姻法，婚前财产属于谁，离婚后就判给谁。所以，只要女儿和女婿离婚，房子和咱女儿就没关系！”

“难怪你不愿出资装修房子的！因为女儿和女婿一旦离婚，我们装修的投入就是白搭！”老婆一下茅塞顿开。

“这么看来，你悄悄给女儿 笔私房钱，还真是高明、有远见！”老婆感叹。

毛屠岸便笑：“何以见得？”

“因为吧，”老婆也笑，“这是咱女儿婚前的存款，永远属于女儿！”

“是啊！这才叫学法、懂法、用法。”像在给自己的学生授课，毛屠岸有板有眼地说，“毕竟时代在变哩！”

时代在变！赵北夫何尝不知？为儿子买新房时，他不假思索就立了儿子的户头。他知道这是儿子的婚前财产，按照新婚姻法，即使将来儿子的婚姻生变，离婚后房子也会判给儿子。他原想让毛屠岸装修房子，增加儿子的婚前资产，没想毛屠岸也猴精猴精的，鱼儿就是不上钩！赵北夫也向儿子灌输过新婚姻法，希望儿子学法、懂法、用法。

赵木斧和毛春晓都被自己父母的良苦用心所感动，也都对他们的滑稽之举感到好笑。难道时代变了，就没有相敬如宾、白头偕老的婚姻了？如果结婚之初就要想到离婚，那还结婚干吗？……

三思之后，赵木斧和毛春晓签了份协议：两人不分你我，婚前婚后所有的一切皆共同所有，包括房子、存款，所有动产和不动产。毛春晓还拿出父母给的私房钱，都请公证处予以公证。

两人适时把协议展示给自己的父母，他们惊讶之余眉头却舒展了。

（原载《天池小小说》2014年第10期，转载于《微型小说选刊》2015年第2期）

玉兰花开

玉兰花开，满院子清香四溢。

从幼儿园接来女儿，他感觉除了温馨还是温馨。

深深地吸一腔沁人心脾的花香，就要牵手活蹦乱跳的女儿回家。

忽然，一朵被风雨折断的玉兰花引起女儿的关爱，女儿赶紧撒开脚丫子跑过去，小心翼翼地捡起它。

“爸，我也要把这朵玉兰花插在佛前！”女儿一脸的天真清纯。

他的脸立马阴沉下来：“那怎么行？”

“怎么不行呀？”女儿眨巴着水灵灵的眼睛。

“你看这花，虽然洁白，但毕竟枯萎了，一点香气也没有。”他启发女儿。

“不嘛，就要把它插在佛前！就要让它再开一次！”女儿撅着嘴，噔噔噔地跑上楼，一闪身进入佛堂。

目睹女儿满是那么回事地把花插进佛前的花瓶，再蹑手蹑脚地向花瓶里添加清水，然后用粉嘟嘟的小手一瓣一瓣地分开花瓣……口中还念念有词的，他的心里仿佛鹅羽撩拨一般。

可感动之余，他依然禁不住直摇头。因为女儿一松手，那朵玉兰花的花瓣便蔫头耷脑地又凑在一块，有几片还没精打采地飘落地上。

“这花怎么开呀？”他觉得荒唐可笑。

“不行，为了不伤女儿的自尊，更为了不扫佛祖的颜面，明天赶早，我还得偷偷把这朵玉兰花扔出去！”他思忖着，一边在心里祈祷，“女儿年幼无知，只求佛祖宽恕！阿弥陀佛！”

可翌日匆匆送女儿去幼儿园，接着匆匆赶往单位上班，鬼使神差，他一疏忽竟忘了此事。

等到下班从幼儿园接回女儿，女儿一声不吭就直奔佛堂。

“爸，我那朵玉兰花开了，开了！”宛如石破天惊，女儿高兴得手舞足蹈。

听到女儿惊呼，将信将疑地跟进佛堂，眼前的情景还真让他双眸一亮：那朵玉兰花竟然开了，很精神很骄傲地，淡淡的花香如美妙的音乐轻轻荡漾。

女儿呢，先是屏声静气地向花瓶里添加清水，然后把鼻翼凑近花蕊嗅了又嗅，忙完便像个虔诚的教徒，心无旁骛地伫立佛前，双手合十……

他再也抑制不住，眼角的泪花玉兰一般盛开，很生动、很亮。

［原载《山东文学》（下半月刊）2014年第3期］

装修

因要装修房子，请了一个瓦匠、一个漆匠和一个木匠。3人的年龄都在40岁左右。

每天太阳初升，他们就穿着迷彩服和黄胶鞋来了。来后先依次上卫生间洗脸漱口、方便方便，再一起蹲在墙角吧嗒吧嗒地抽烟。烟雾缭绕中，他们悠悠然有如神仙一般。抽完烟，才各忙各的事去。

“幸福的花儿竞相开放，爱情的歌儿随风飘荡……”不一会，房间里响起悦耳的歌声，是瓦匠蹲在地上，一边小心镶嵌地面砖，一边情不自禁吟唱的。唱罢《我们的生活充满阳光》，瓦匠又充满激情地吟唱《在希望的田野上》。漆匠被深深感染了，也一边扬起刷子，在墙面利索地刷着墙漆王，一边用嘴当笛，兴致勃勃地吹奏《牧羊曲》。似乎还很动听的。“停一停，停一停！”木匠不想被遗忘，也一边乒乒乓乓地钉着房顶的装饰条，一边迫不及待地叫嚷道，“我给你们讲个故事——”咽了一下口水，木匠赶紧说：“汉剧团有个女演员，近60岁了，晚上常去一家歌舞厅跳舞。有个20来岁的毛头小伙，不知怎的成了她的舞伴。跳来跳去，眉目传情，小伙子竟爱上了女演员！”“真的？”漆匠的刷子在漆桶里浸了一下。“真的！”木匠又抡起钉锤钉进了一枚钉子。“后来，”木匠说，“他们还手牵手登门拜访小伙子的父母呢！可惜第一次，门槛还没迈进，小伙子的父母就高高地扬起扫帚和拖把……”“啧啧，有趣！”瓦匠瞄着地面砖说。“是呀，”木匠得意起来，“只是棒打鸳鸯不散，小伙子和女演员硬是做了夫妻，感情还蛮好呢！”“当真？”瓦匠和漆匠几乎异口同声。“骗你们是狗！”木匠赌咒发誓道。

房子里满是飞扬的灰尘、刺鼻的墙漆味和叮叮当当的敲打声，我偶尔进去一下都难受得要下地狱，他们整天置身其中却像进了天堂。我问他们干吗这样快乐？回答干脆简单：“老板请咱做工，咱能赚钱呗！”我担心如此下去，房子装修质量不保。他们就把胸脯拍得山响：“老板尽管放心，我们不是只做一家生意就‘金盆洗手’的！快乐着精神就好，精神一好做事有劲，做工质量反而更高。”“真是这样？”“不骗老板，装修完了请验收，不满意我们不要钱！”“好，一言为定！”“一言为定！”

装修完毕，我心里悬着的一块石头终于落地。真没料到，他们要价不高、干活又快、质量也优。激动之余，我要请他们上红松酒店吃晚饭。“真的？”他们欣喜若狂，“老板好人好报。我们回家一趟立马就去。”“还要回家？”“是呀！”

一个小时后，他们西装笔挺、领带飘飘，皮鞋贼亮、脚下生风，精神抖擞地跨进酒店。“迷彩服和黄胶鞋都脱了？还洗头洗澡梳妆打扮了一番？”我眼前一亮，惊问。“那当然，老板给足了咱面子，咱也要充分尊重老板是不？”我笑，心头为之一震。

饭桌上，因为彼此信任，谈吐十分投机。喝罢一瓶红酒，我就弄清了他们的生存状态。

瓦匠：家住城郊的乡下，儿子读高中成绩不错。为让妻子安心做完全家庭主妇，他不让妻子干农活，累死累活硬是养着妻儿两个。

漆匠：屋漏偏遭连阴雨：自己被企业买断下岗后，尚有几分姿色的老婆又跟一大款跑了，还狠心把正在读初中的女儿扔给他不管。

木匠：家里有老父老母病恹恹的，外面有老婆患宫颈癌在住院救治。没有丁点外来援助，他已欠下一屁股债呢！

处于这样沉重的生存状态，他们居然过得悠然洒脱、快乐未央。为什么呢？就因为他们心态阳光！

我庆幸这次，不仅把房子装修得好好的，还好好地装修了自己的心灵。

（原载《中国铁路文艺》2009年第10期，转载于《微型小说选刊》2010年第1期、《永州日报》2011年6月25日）

儿女

老太太七十七岁生日一过，老头儿就溘然长逝了。

他俩年轻时相濡以沫，年老后相互搀扶，生前的时光都沐浴在暖暖的春日里，小日子过得宁静而温馨。

如今老头儿不在了，老太太朝思暮想，心中时常涌起如潮的怀念和悲伤。

可祸不单行，未出半年，老太太又患上严重的帕金森氏综合征，生活一下不能自理了。

幸好有小儿子寸步不离地跟着她。小儿子任劳任怨、耐心细致，把老人照料得井井有条、一丝不苟。

一日三餐，小儿子总是精心安排，既充分考虑营养调剂，又尽量做到色香味俱全，努力让老人吃得爽快更有益健康。

家中卫生，那是每天小清洗，每周大扫除，始终保持明窗净几、清新典雅的居住环境。

帮老人穿衣、背老人下床、抱老人上桌、给老人喂饭菜、扶老人如厕、助老人服药、为老人洗头洗澡剪指甲、替老人按摩捶背、安抚老人睡觉……从晨曦初露到夜阑人静，每天小儿子都像不知疲倦的机器，一刻不停地匀速运转。

小儿子还定时拧开音响，放放老人喜欢吟唱的《莫斯科郊外的晚上》；或者抱起琵琶，亲手弹弹老人爱听的《梁祝》。如果有时间，他也端坐在沙发上，陪老人看电视，老人要看哪个频道，他就调到哪个频道，不厌其烦，直至老人眉开眼笑。

天气晴好的日子，吃过早饭，小儿子就把老人背到户外，小心放到轮椅车上，然后推着轮椅车在小区院落里转悠，让老人一边沐浴清新的阳光，一边欣赏明丽的风景。

总之，只要是对老人好或者有益的事儿，小儿子做起来肯定无微不至、乐此不疲。

有时，老人恨自己吃喝拉撒甚至大小便清理都要劳累小儿子，自己简直就是个废物，心烦意乱或心疼小儿子了，也猛然撞墙，想一命呜呼，却总被眼明手快的小儿子及时制止，小儿子还和和气气地安慰老人，极力劝导老人开开心心地过好每一天。

“没肝没肺，你不是人！”

“装腔作势，老子不要你的虚情假意！”

……

“老子一刻也不想看到你，你给老子滚出去，滚得越远越好！”

当老人故意刁难、挖苦小儿子，对他怒目而视，尖酸刻薄地吼叫，咬牙切齿地辱骂，小儿子依然视而不见、听而不闻，依然对老人满面春风、关怀备至。老人黔驴技穷、无可奈何。

世上哪有丁点儿脾气都没有，长年累月对老人悉心呵护、从不懈怠的儿女啊！可自己的小儿子偏偏就是这样的超人！老人一方面觉得自己前世修得好，今生得了福报；另一方面也感到自己亏欠小儿子太多，实在对不起小儿子。老人的眼眶里经常有泪光闪烁。

其实，为老人尽孝，大儿子也责无旁贷，可大儿子有大儿子的难处呀。

大儿子在美国的芝加哥当教授，教中文，他事业第一，一心扑在教研上；自己又是大诗人，酷爱诗歌创作，每天都要挤时间码码字儿；中美两国遥遥万里、远隔大洋，回趟国着实不易，还要花上价格不菲的机票……

听说大儿子的感情生活也多有不顺：娶过5个老婆，先是美国的，继而韩国的，接着日本的，然后南非的，最后是法国的，娶了离，离了娶，只有美国的老婆还为他生了个儿子……

偶尔，大儿子能给她寄点美元，虽不多，但老人觉得已不错了。老人知道，大儿子已加入美国国籍，美国人可不兴孝顺这一套。大儿子还有点中国心，还没有忘本变质呢！你能要他怎样？

老人想起二十多年前，大儿子以他们那儿文科全市第一、全省第二的考分考上北京大学中文系时，多么地光宗耀祖啊！当然，如今的大儿子已成名闻遐迩的大诗人、超级大国老美的大学教授，更是为他们家族的脸面贴足了金！

只是，如果……如果大儿子也在身边，小儿子就不会孤立无援、独自操劳了！老人也想。

十年后，老人又撒手人寰、驾鹤西去。

临终前，大儿子来电说，法国的妻子正好生了崽儿，他要照顾妻儿，脱不开身，就不回国为老人吊丧了。

依然只有小儿子不离不弃地守护在老人身旁，陪伴老人度过她人生最后的时光。

“谢谢你，亲爱的儿子！”老人要走时十分吃力地说，然后眼角就沁出一滴清泪。

小儿子霎时感动了、颤抖了。小儿子知道，老人的这一滴清泪，既凝结了她对大儿子的眷眷之心，也蕴含着她对自己的深深感激。尽管小儿子一直认为，他照料老人很正常、理所当然。

老人走了，小儿子依依不舍、闷闷不乐，极度的悲伤之下，也不想再活了。

办完老人的丧事，小儿子就毅然决然，选择了自杀。小儿子自杀的方式不是服毒，不是割脉，不是跳楼，也不是撞墙，而是倒地摔碎自己，并自毁电脑内的自动程序，卸下身上充电和驱动用的高能电池。小儿子不是自然人，他是机器人！

亲爱的读者，请原谅我，前面忘了说明：老人还有个女儿，成家立业后定居北京，在一家外企做高管。收入是很高，善心也好，但人太忙，忙得一塌糊涂，用她自己的话说，就是根本没时间照看老人。所以，机器人实际上是女儿花钱买来，请他照料老人并代她向老人尽孝的。

（原载《芒种》2016年第7期）

父亲的心

姐姐匡惠比妹妹匡雪大2岁，她们却在同一个班上读小学。

匡雪爱读书、肯钻研，考试成绩总是不错；匡惠贪玩、学习马虎，考试后经常愁眉苦脸。

父亲匡万里当过兵，对姐妹俩要求很严。每次考完，成绩差者回家没准挨揍。

母亲郑玉丽心疼女儿，起初好言劝阻，后又竭力阻拦，但都无济于事。父亲怒发冲冠时，在母亲面前也凶神恶煞似的。母亲无奈，只好避而远之。

每次考完，看到姐姐挨打的惨状，听着姐姐嘤嘤的哭泣，匡雪就全身发抖、内心惶恐。

匡雪也想考差点，不让姐姐难堪，但她毕竟怕打啊！父亲那么凶、那么毒，仿佛被揍的不是自己的亲生女儿，而是一头猪、一只老鼠或者他要食肉寝皮的仇敌。没法，为了不使自己鼻青脸肿，她还得拼命考好。

真是度日如年！好不容易熬到5年级上学期。

那次考数学，匡雪又得了91分，匡惠却只75分。当老师宣布完考分，拿到成绩单时，匡雪心里很踏实。

姐姐又要挨打了！匡雪想，真是于心不忍啊。可是有什么办法？幸亏每回都有姐姐做挡箭牌，不然，水深火热的就是她了。

万万没有想到的是：回家后看过成绩单，父亲竟会青面獠牙，冲着她虎吼狼嗥，要对她拳脚相加！

匡雪惊慌、纳闷。

“爸，我考了91分，您还要打我？”她十分不满。

“那你看看你姐考了多少？”父亲掏出匡惠的成绩单，在她的眼前晃了晃。

匡雪下意识地瞥了一眼：天啦，匡惠的成绩怎么变了？成了95分！

“爸，姐姐她……！”匡雪很愤怒。

“她怎么啦？”父亲追问。

匡雪又飞快地盯过去，发现匡惠虽在强打精神佯装镇静，但眼神却已掩饰不住心虚与内疚。

只一瞬，匡雪就陡生怜悯，犹豫了。

“姐姐真的不错。这次她考得比我好，她读书很用功。”匡雪忽然改口。

“既然如此，兔子和乌龟赛跑的故事，我还得让你记牢！”父亲咬紧牙关说。

接下来，匡雪挨了父亲一顿毒打，但匡雪始终挺住，不哭。

倒是匡惠，跑得远远的，躲在一旁默默地落泪，眼泪就像断了线的珠子。

说来也怪，自此，匡惠俨然换了个人，读书发愤努力，成绩真与匡雪不相上下了。

父亲也一反常态地温厚，不再紧盯成绩单、动辄大发雷霆。

光阴荏苒。几年后的高考，匡惠考上了湖南大学，匡雪则被南开大学录取。那段时间，父亲几乎天天乐得合不拢嘴。

“可是，爸爸，”上大学前夕，匡惠忐忑不安地走近父亲，“有件事的真相我不得不告诉您啊！”

“你想重提那次数学考试？”父亲微微一笑，“还是别说了吧，我知道你悄悄地改了考分！”

匡惠大惊：“妹妹告诉您啦？”

父亲赶紧摇头：“没有哩！你以为你把7改为9改得天衣无缝，我真的看不出来？”

“您是说您当时就已发现？”匡惠脸红。

“是啊！”父亲回答，“退一步来说，即使当时你蒙骗了我，出现这么大的异常，事后我也会问问老师啵！”

“唉！”匡惠感叹。

直到这时，匡惠才知道什么是情同手足，什么叫父爱如山。她被妹妹和父亲的良苦用心深深感动，眼泪禁不住夺眶而出。

［原载《时代文学》（上半月刊）2015年第3期、《散文百家》2015年第7期，转载于《小小说选刊》2015年第8期、《读写月报·初中版》2015年第12期］

灯光

天还未亮，我就漫步于台湾新竹市郊的一条小街。

我的如意算盘：不受任何打扰，好好呼吸呼吸黎明前清新的空气，欣赏欣赏夜色中新竹的美景。

没有行人，亦无车辆通行，出奇的静谧！

我正好可以随心所欲：或者伫立街头侧耳聆听，东张西望；或者背倚街边大树沉思默想，当然也可发愣打盹。仿佛这小小的世界只属于自己。

忽然，有车灯在身后亮起。一辆宝马车像被磁铁吸引，紧随我不离不弃。我走，它也走；我停，它也停；我加速，它加速；我放缓，它放缓……

显然是在跟踪我！我想，可它这样做究竟为了什么？

要打劫？我穿戴并不大气，丁点没有炫豪的做派；要抓坏蛋？我中规中矩的模样，怎么也不像呀；那么，要查路吗？没必要犹犹豫豫，停下来问问不就得了！

狗咬耗子，多管闲事！我感觉如芒刺扎背，但还是佯装不知，依然若无其事地漫步。

可相持好一阵，情形依然这样，我就百思不得其解了：这宝马车的车主怪呀！在如此僻静之处，他竟不怕我突生歹念，抢夺其钱物、豪车甚至谋财害命？

我决定试探试探他。便猛然转身，紧盯车主，迎着宝马车疾走，蓦地在车旁打住。想以此吓唬吓唬他。

奇怪的是，车主不但不紧张，还利落地打开车窗，探头关切地问："朋友，你是不是迷路了？想去哪儿？我可以送你！"

我心头一热。"可我身无分文，钱包弄丢了呢。"我故意说。

"没关系，我送你，不要钱！"车主微微一笑，又在掏腰包，像要捐助我。

这下我感动不已，赶紧对他说："谢谢你，朋友！我就住附近一家宾馆，只想早起，一个人蹓蹓。"

"哦，原来是这样！"车主终于嘘了口气，准备驾车离去。

"慢！"我挥手叫住他："你怎么一直亮着车灯，紧随于我身后？"

"嗯，是这样的，"车主笑了："我怕你夜色中看不清路，帮你照明啊！"

热泪顷刻模糊了我的双眼。"谢谢你，朋友，你太善良了！"我颤抖着说。

"谢什么呀！"车主又一笑，"举手之劳，成人之美。换了谁不都一样？"

（原载《天池小小说》2015年第4期）

啊，太阳

班主任邵永刚预言：半年后参加高考，只要发挥正常，雨馨考上北大极有可能。退一步而言，如果考不上北大，考个“985”重点一本，绝对是瓮中捉鳖。雨馨品学兼优，同学们时常投以深深羡慕的眼光。雨馨也憋足劲儿，心里充满星星般的憧憬。

可老天就爱捉弄人。雨馨忽然头痛、恶心、呕吐、气促、心跳加快，还出现多汗、低烧和牙龈出血症状，感觉虚弱乏力，总提不起精神。老师和同学们看雨馨也是一脸苍白、病恹恹的。

万般无奈之下，雨馨只好向学校请假，让父母送自己去医院检查。

结果犹如当头一棒：雨馨竟患上了白血病！白血病就是血癌呀，谁不谈癌色变？好在雨馨的病正处早期，只要抓紧治疗，不会危及生命。如果奇迹发生，还能治愈呢。

通过父母、医生、学校的宽慰、开导与鼓励，雨馨积极乐观，全力配合院方的化学药物治疗与中医辅助治疗，一段时间过后，病情大为好转。又坚持一段时间的治疗与调养，雨馨竟基本痊愈，可以出院了。

谢天谢地！雨馨喜出望外。恨不得插上翅膀飞回学校，立马潜心投入紧张的复习迎考。因为一个月后，同学们就要迎接期盼已久的高考，为美好的理想奋力一搏了。

雨馨更是心急如焚，痛下决心要争分夺秒，把失去的光阴夺回来，把住院治病耽误的课程火速弥补，尽早赶上甚至超过同学们的复习进度。

心中有一个金色的梦想啊！雨馨咬紧牙关，做好返校迎考的充分准备。

可夜晚一照镜子，她的心就掉进了冰窟窿，她犹豫了、心疼了：过去那瀑布似的秀发已无影无踪，如今光秃秃的像个啥呀！青春期的女孩谁不爱美？可如今——如今只能光着头上学读书，多羞，难堪死啦！雨馨在镜前颤抖。她禁不住流泪了，眼泪像珠子，一颗一颗地砸向地面。

母亲也伤心难过，悄悄将雨馨的期盼与苦恼一并告诉了邵老师。

邵老师大惊。

母亲前脚一走，他后脚就直奔教室。

"同学们，有个秀发飘飘的姑娘，因为突如其来的大病，经过长时间不间断的化疗，现在成了光头。如果——她想返回你们之中，你们能不嫌弃她，并给她以关爱和鼓励吗？"邵老师深情地扫视全班，忧心忡忡地问。

同学们一怔。

"是雨馨吧？听说她受了很多的苦，是个坚强的好女孩。我们不会歧视她的！"

"前途是光明的，道路是曲折的。哲学课上，老师您教导过我们，每个人都会遭遇不幸，而友善与关爱就像太阳，能把我们人生的旅途照亮。"

"哦，对了，雨馨治病耽误的课程，我们当千方百计帮她补上！"

"请邵老师放心，同窗共读，情同手足，我们不会让您和雨馨失望，我们知道该怎么做！"

……

同学们你一言我一语的，邵老师欣慰地笑了。

可走出教室，邵老师还是放心不下。这些涉世未深的毛孩子，他们会不会逞口舌之快？会不会表里不一？但如果——连自己的学生也信不过，他又能想出什么妙法？既然没有其他选择，他也只能斗胆一试。

于是，邵老师鼓足勇气，毅然拨通了雨馨母亲的电话。

第二天，当邵老师满面春风其实内心忐忑地带领雨馨母女走进教室，他们一下愣住了：全班30多个学生，不论男女，竟全部剃成了光头！他们友善地微笑着，教室里，掌声似春风吹拂……

“肯定是班干部杨坚他们弄的，这些鬼东西！”邵老师愉快地想。

此时，他看班上30多个闪亮的光头，每个都像一枚鲜嫩的太阳。

而雨馨母女，也早已热泪盈眶。

（原载《当代小说》2014年2月上半月刊，转载于《微型小说选刊》2014年第11期，选入《2014年中国微型小说排行榜》）

一堂刻骨铭心的解剖课

上人体解剖课，深入细致地了解和认知人体亦即人类自身，起初感觉新鲜、有趣，学习热情就高，精力也很集中。

但时间一长，接触的老是“心脏位于胸腔纵隔内，两肺之间。呈圆锥形，大小近似本人拳头，重约200克”啦；“成人共有206块骨头，按其所在部位分为躯干骨、颅骨和四肢骨三部分。躯干骨有51块，颅骨有29块，四肢骨有126块”啦；“小肠是吸收营养物质最主要的部分。食物经过小肠，基本完成消化与吸收”啦……诸如此类、没完没了的知识，在书本上学过之后，又去解剖室反复解剖用福尔马林保存的人体标本（实际上就是人的尸体），便愈来愈觉得枯燥甚至恶心了。你没有闻过福尔马林吧，那种刺鼻难受的气味！

大一那年，幸亏方冰教授教我们人体解剖学。美貌如花又善解人意的她，对我们学习上表现出的情绪变化，早已洞若观火。

那天花香鸟语、阳光明媚。方教授迈进教室时，也是一脸温馨的笑颜。要知道，方教授做学问极其严谨，弄得平素的表情也很沉静的。同学们感到惊讶，眼前一亮，便齐刷刷地注视她。

“同学们，你们是不是觉得——上解剖课乏味？”走上讲台，方教授和颜悦色地问。

“是呵！”有同学响亮地回答。

“那好！”方教授神秘兮兮地，“过去，我们对人体的生理结构解剖得够多了。今天呀，我就用你们做标本，来解剖人类的心灵和情感！”

“用我们做标本？”“解剖人类的心灵和情感？”同学们一愣。

“哇噻！”教室里生动和热闹起来。

“怎么解剖？”有同学迫不及待。

“我请同学们做张试卷——两道选择题？”方教授一双玉手轻轻撑着讲台，用柔柔的目光征求同学们的意见。

“好！”同学们异口同声。

试卷发下来，上面真的就两道选择题。

第一题：他非常爱她。她的姣容闭月羞花，身段婀娜俊俏，气息清纯甜美，性情温润善良。可是有一天，她遇上了车祸。通过住院救治，虽然保住了性命，但脸上却留下了难看的疤痕，身体也有些残疾了。请问，他还会爱她吗？

可选答案：（A）一定会；（B）一定不会；（C）可能会也可能不会。

第二题：她非常爱他。他不仅长得帅气、品行出众，而且已是富可敌国、大名鼎鼎的企业家。可天有不测风云，他的企业突遭致命打击破产，他现在一无所有了！请问，她还会爱他吗？

可选答案：（A）一定会；（B）一定不会；（C）可能会也可能不会。

“哈，有趣！”同学们略一思忖，很快上交了试卷。方教授让曾卓和晓雪上台，一个唱票，一个监票，在黑板前公开统计答题情况。

结果：第一题选答案（A）的学生占10%，选答案（B）的学生也占10%，而选答案（C）的学生则占80%；

第二题选答案（A）的学生占30%，选答案（B）的学生占20%，选答案（C）的学生占50%。

“看来，女人比男人重感情。或者说，在情感天地里，女人的青春美丽比男人的声名财富更珍贵、更重要！是这样吗？”方教授看看答题结果，眯了眯眼。

有同学眉头一皱、点头。但多数人却沉默不语。

“我在想，你们都认为这两道题中的‘他’和‘她’是对恋人吧？”方教授不动声色地问。

“那当然！”同学们脱口而出。

“可题目中并未交代‘他’和‘她’是对恋人呀！”方教授启发道。

“但我们的直觉已告诉我们！”同学们仍然自以为是。

方教授就微笑着摇头：“世间之事，恐怕没这么简单吧？”

“难道：第一题中的‘他’和‘她’就不能是父女关系？第二题中的‘她’和‘他’就不能是母子关系？”方教授进一步点拨道。

“是呵！我们怎么想不到这一层呢？”拍拍脑门，同学们恍然大悟。

“能想到就好！”方教授感叹道，“现在，把第一题中的‘他’和‘她’定位于父女关系，把第二题中的‘她’和‘他’定位于母子关系。想想看，你们又怎样答题？”方教授又一次给同学们下发试卷。

教室里气氛庄重肃穆，静得只有笔尖在试卷上掠过的沙沙声。方教授还注意到，同学们眼眶湿润，眼里都有亮晶晶的东西。

试卷很快收齐。这次统计结果：第一题与第二题，选答案（A）的学生都是100%，没有一个学生选答案（B）和（C）了！

“看来，在我们心灵和情感的深处，父母之爱都是最可信赖的！实际上，也只有父母之爱最无私无畏、最永恒坚定、最崇高伟大！所以，同学们，无论何时何地，你们都要想到父母的爱；无论何时何地，你们都要善待自己的父母呵！”看看答题结果，方教授颤抖着深情地说。

光阴荏苒，逝者如斯。许多年过去，不知为什么，那堂解剖课仍然历历在目，让我们常忆常思，心河上总泛起粼粼的微波……

（原载2010年9月16日《常德日报》，转载于《散文选刊》2011年第3期，选入《2010年中国小小说精选》，获团中央宣传部、《新民晚报》《故事会》等单位主办，《故事会》杂志社承办的“2012青春励志故事征文大赛”三等奖）

因为母亲

他是杀人不眨眼的凶手，他的身上沾有十四个无辜生命的鲜血。

他又是狡兔三窟的罪犯，全国通缉两年多了，警方使出浑身解数，也未能将其抓获归案。

可再狠毒的男人，内心也有最柔软的地方，也有最柔软的时候。两年后，他想母亲了，通宵达旦地想！实在熬不住，竟斗胆潜回了老家。他只想见母亲一面，让母亲开开心就走。作为独生子，从小娇生惯养。但父亲过世早，他是跟着母亲长大的。

侦察员很快得到情报，并迅速向警方密报。

机不可失！警方立马实施抓捕。四名刑警从天而降，直抵他的藏匿之处。在一番周密的策划和部署之后，一个刑警小心走到他母亲的住宅前，扬起手轻轻地敲门，与此同时，另外三个刑警则机警地守候在大门边和楼道口，随时准备应对险情和组织夹击。

听到敲门声，他不动声色地来到门前。从门上的猫眼里，他窥探到了外面的动静。虽然外面的人穿着便装，但他已确定是刑警无疑。

“谁呀？”他故意装得漫不经心。

“社区干部！”敲门的刑警沉着应答。

他“哦”了一声，又问：“干吗来的？”

“综治工作迎检，上门查验户口。”

“好吧，稍等一下，我穿好衣服就来开门！”他阴笑。随即返回房间，从枕头下摸出手枪，十分麻利地上足子弹，然后，悄悄把手枪藏在裤子口袋里。

当他蛇一样顺溜地滑向门边，露出狰狞面目，准备陡然开门，同时举枪射击，他的母亲却忽然进入客厅，站在了他的身后。

“儿啊，外面来了什么人？”母亲小声询问。

“妈，查户口的！”他回头看着母亲，满头银发的母亲目光如同秋阳。他的心暖了一下。

“那你把户口本找出来，给他们看看就是！”母亲微笑道。

“好吧！”他愣怔一下，旋即若无其事地走向房间。

待母亲蹑手蹑脚走到门边开门时，他又咬牙把已上足子弹的手枪悄悄地放回枕头底下，然后十分无奈地翻出户口本，大摇大摆地来到客厅。

“老妈妈，很抱歉，我们打扰您了。现在，我们要带您的儿子去社区，核实核实户口信息。您就——先休息休息吧！”敲门的刑警心平气和地安慰他的母亲。另三人则鹰一样敏锐地盯着他，一边十分迅捷地把他围住，一边机警地摸着裤袋里已经上膛的手枪。

“那好，咱们走吧？”他手举户口本，一脸的泰然自若。

临出门，他又若有所思地回头：“妈，关上门，您安心休息休息啊？”

虽然他表现得波澜不惊，四个刑警却不敢有丝毫的马虎。看似最安全的时候，往往也是最危险的前夕。这个道理，他们都懂。

直到他们终于平安地下楼，他的母亲轻轻关上房门，他服服帖帖让他们戴上手铐，仔细搜查他后没有发现凶器，他们才禁不住嘘了一口气。

这时，四个刑警都深感惊讶不解：往日比狼还凶残十倍的他，今天怎么变得像羊一样温顺了呢？

路上，一个刑警终于憋不住问道："以前，你作案老谋深算，杀人如割韭菜。今天，怎么会没带刀枪，还这样文质彬彬？"

"你们不敢相信了，是吧？"他苦苦一笑，"说真的，你们都要感谢我的母亲！要不是我的母亲在家里，要不是她始终在现场看着我，今天你们四个又要倒在我的枪口之下！"

"为什么？"一个刑警好奇地问。

"因为，"他眼里闪烁着泪花，"我实在不愿在我的母亲面前开枪杀人，让他亲眼看见他的儿子何等的凶残！所以……"

"所以怎样啦？"

"我又一狠心，把枪藏在枕头底下了！"

（原载《小说界》2016年第1期，转载于《小小说选刊》2016年第8期、《微型小说选刊》2016年第9期、《微型小说月报》2016年第4期）

第二辑

其实很简单

DIER JI

QISHI HEN JIANDAN

其实很简单

光天化日下，一个歹徒正在抢劫，旁若无人；被抢的女人拼命抱紧自己的坤包，死活不放。

“抓强盗、抓强盗啊！”女人几乎在歇斯底里地叫喊。

大街上人来人往。有的视而不见，有的驻足远观，有的且看且退。谁也不敢制止歹徒行劫。不仅不敢制止，连呵斥一声的举动也没有；不仅不敢呵斥，就是悄悄用手机报个警也无人肯试。

沉默。好一阵可怕的沉默。

沉默过后，有个戴着眼镜、文弱书生似的小伙儿忽然一声怒吼，像狼一般冲向歹徒。

歹徒大惊，立即掏出一把尖刀，目眦欲裂地瞪着小伙：“狗咬耗子是吧？再不识趣老子捅了你！”

小伙愣怔一下，仍然像狼一般猛扑上去。

很快，小伙摇摇晃晃，蹲了下去。但片刻，又咬紧牙关站立起来。虽然被锋利的尖刀刺中下腹，但小伙强忍剧痛，没有倒下。他一手紧紧抓住刀柄，不让尖刀深入；一手像钳子，死死钳住歹徒的手腕不放。

女人趁机挣脱，嗷嗷大叫，挥拳砸向歹徒。

歹徒的脸红一阵白一阵，一时不知所措。

众人被小伙的英雄壮举深深感染，群情激愤，一窝蜂地冲向歹徒，七手八脚，将歹徒摁倒在地。

有人赶紧掏出手机报警。

警车风驰电掣般赶到。

警察怒不可遏，给歹徒戴上了冰冷的手铐。

人们小心扶住小伙儿，请求用警车送小伙儿去医院。

“儿子，我的儿子！”听到小伙儿吃力的呻吟，人们才发现小伙儿的身旁还站着个小男孩。小男孩五六岁的样子，被刚才惊心动魄的一幕吓呆了。

警车一路鸣笛，将小伙儿送到医院。

幸亏没有刺中要害。几天后，小伙儿的伤情得到缓解。

有关部门要给小伙儿评见义勇为的大英雄，小伙儿所在的单位竟炸开了锅。

“他可是我们单位最胆小怕事的人呵！”

“平常谨小慎微得不敢踩死一只蚂蚁！”

“说歹徒不费吹灰之力抢劫了他我们还信！他会赤手空拳与扬着凶器的歹徒搏斗，太邪！”

……

这样的议论传出，记者深感蹊跷。

“当时，那么多人鱼不动、水不跳的，你一个弱不禁风之人，何来胆量挺身而去？特别令人震惊的是，面对歹徒凶狠的尖刀，你为什么还敢奋勇向前？”记者找到病榻上的小伙儿，下意识地探问。

小伙儿犹豫道：“你是想听真话，还是……？”

“当然想听真话！”

“那好，只是我的话你千万不要对外报道。”小伙儿的脸上飞过一朵红云。

记者认真地点头。

“当时，我的儿子憋不住拽了一下我的手，‘爸，抓歹徒、抓歹徒哇！’我的儿子才6岁，还是稚气未脱的小毛孩，我堂堂一个大男人，总不能在他面前装孬种，让他都瞧不起吧？”

记者一愣：“就这一点？”

“对，就这一点！”

（原载《小说界》2013年第1期，转载于《小说选刊》2013年第2期、2013年4月6日《南方农村报》、《小小说选刊》2013年第6期、《小小说月刊》2013年第6期、《经典阅读·中学版》2013年第7期、2013年6月11日《城市金融报》、2013年10月27日《新民晚报》、2013年10月28日《鲁中晨报》、《小小说大世界》2013年第12期、《文苑》2014年第2期、《天池小小说》2014年第5期、《视野》2014年第8期、《杂文选刊》2014年9月（下半月版），选入《2013中国年度小小说》《2013中国小小说年选》，获黔台杯·第二届世界华文微型小说大赛二等奖）

每个人都幸福

苏浅老师教的是一群有先天性残疾的孩子。他们都喜欢苏老师，乐意找苏老师交心。

“苏老师，我真的不幸福！”一天，孙方杰突然对苏老师说。孙方杰是个双目失明的男孩。苏老师一惊：“你为什么这样想？”“因为我看不见花草鸟虫，看不见蓝天白云，看不见真诚友好的笑脸，我——什么都看不见啊！”孙方杰的脸在抽搐。“哦，我晓得了！”苏老师拍拍孙方杰的背。

又一天，许敏冷不丁地对苏老师说：“苏老师，我太不幸福了！”许敏是个双耳失聪的女孩。苏老师一愣，很快在纸上写道：“你为什么不幸福？”“因为我听不到风声雨声，听不到歌声琴声，听不到亲切悦耳的赞美，我——什么都听不到啊！”看过苏老师的问话，许敏回答。一串热泪无声无息，滴落在纸上。“哦，我清楚了！”苏老师拉拉许敏的手。

“苏老师，我感觉不幸福！”没过几天，余笑忠又对苏老师说。余笑忠是个双腿残疾、坐在轮椅上的男孩。苏老师温和地看着余笑忠："告诉我这是为什么？""因为我不能翻越高山，不能横穿沙漠，不能自由行走，我——哪儿都去不了啊！"余笑忠声音颤抖。"哦，我明白了！"苏老师摸摸余笑忠的头。

几日后，李南打着手势告诉苏老师："苏老师，我很不幸福呢！"李南是个哑巴女孩。苏老师爱怜地望着李南，也打着手势反问："你为什么感觉这样？"李南又痛苦地打着手势："因为我不能说话，不能唱歌，不能讲故事，我——不能用口表达心声啊！""哦，我知道了！"苏老师亲亲李南的脸。

……

越来越多的孩子向苏老师诉说自己不幸福，让苏老师心里越来越不安、越来越沉重。"不能让孩子们悲观、沮丧，不能啊！"苏老师急了。"可怎样才能让这些如花的孩子乐观、振作起来，让他们笑对人生、积极进取呢？"苏老师茶饭不思地冥想。

苦思多日，苏老师的脸才由阴转晴。她迫不及待地把孩子们招拢来，让他们坐在讲台下。

苏老师首先问孙方杰并在黑板上写道："孙方杰，你要怎样才幸福？""能睁眼看世界呀！"孙方杰脱口而出。"就这一点？""对，就这一点！""嗯，好！"苏老师点点头，还把他们的对话写在黑板上。

接着，苏老师问许敏并在黑板上写道："许敏，你要怎样才幸福？"许敏不假思索："能耳听八方就幸福了！""就这一点？""对，就这一点！""嗯，好！"苏老师又点头，也把他们的对话写在黑板上。

然后，苏老师问余笑忠并在黑板上写道："余笑忠，你要怎样才幸福？"余笑忠立马回答："能自由行走就幸福了！""就这一点？""对，就这一点！""嗯，好！"苏老师点点头，又把他们的对话写在黑板上。

再后，苏老师打着手势问李南并在黑板上写道："李南，你要怎样才幸福？"李南激动地打着手势回答："能开口说话就幸福了！""就这一点？"苏老师打着手势追问。"对，就这一点！"李南又打着手势回答。"嗯，好！"苏老师还是点头，同样在黑板上写下他们的对话。

……

孩子们聚精会神地听呀、看呀，兴致勃勃地和苏老师进行沟通。他们猜不到，苏老师的葫芦里到底装的什么药。苏老师呢，也一直满面春风、不厌其烦地询问着、试探着。

“孩子们，”当最后一个孩子大胆地吐露了自己的幸福观，苏老师亮开嗓子、噙着泪花说，“知道吗？你们每个人只有一点不幸福，却有许多意想不到而又弥足珍贵的幸福。比如李南吧，不能开口说话是她的不幸，但她能看、能听、能走……这些，都是其他孩子苦苦追求的幸福呀！换句话说，你们每个人的幸福都比不幸多得多！是不是——”苏老师下意识地停了停，充满深情地感叹道，“每个人都幸福？！”她把这句启示用红粉笔端正醒目地写在黑板的正中央。

仿佛有把神奇的钥匙，打开了孩子们阴郁的心扉。他们豁然开朗的面颊上，慢慢地爬出蚯蚓一样生动的泪。

（原载《中国铁路文艺》2009年第7期，转载于《小说选刊》2009年第9期、《小小说选刊》2009年第18期、《教师博览》2009年第12期、《优秀作文选评（小学版）》2010年第9期、《新语文学习（小学高年级）》2011年第5期、《作文成功之路（下）》2010年第6期，选入《2009中国年度小小说》《2009年中国小小说精选》《2009中国微型小说年选》《中学生创新阅读·2009名家励志故事排行榜》《草是风的一面旗帜·校园小说白金版》《21世纪中国最佳小小说2000—2011》《中外经典微型小说大系》）

里程碑

化学老师鲁藜是古渡中学高一年级43班的班主任。

43班新生入学不久，还未教学生们做化学试验，鲁老师就先拿他们做试验品，做了一个古怪的试验。

鲁老师把该班54名学生平均分为3组，每组18人。第一组安排数学老师匡满带队，学生何叶任组长；第二组指定语文老师席君秋带队，学生林立升任组长；第三组则由他自己带队，学生吕布布任组长。按照预先确定的计划，三组学生同时从古渡中学出发，徒步去三个不同的村庄。

第一组出发时，匡老师只叮嘱学生们跟他走，至于去哪儿、有多远都别问。当然，问了也无可奉告。他说到了就到了。

第二组动身前，席老师先告诉学生们，他们要去的地方是通什村，距离古渡中学10公里。

第三组要走的路程也是10公里，他们的目的地是哈尔盖村。一上路，鲁老师就向学生们讲明了情况。只是：第三组所走的道路，每隔1公里，路旁都竖有1块醒目的里程碑；第二组则不然，路上1块里程碑也没有。

返回学校，进入教室，在座位上一一坐好，学生们都用怪怪的眼光打量鲁老师。鲁老师却满脸微笑地站在讲台前，双手伏着讲台，神秘兮兮地询问各组的试验情况。

跟着匡老师，才走约2公里，我们这组就有人叫苦叫累；走到近5公里，不少同学已疲惫不堪；再往前走，多数同学都牢骚满腹、神情沮丧；个别人怒气冲冲，有的干脆蹲在路边等候。当匡老师终于说目的地南曲村到了时，跟在他身后的学生只有6人！这时，匡老师连连摇头，他告诉我们：从南曲村到学校的距离是10公里呢！第一组组长何叶气喘吁吁地说。

那——为什么会这样？鲁老师关切地问。

因为目的地不明，又不知道有多远的路程，大家感觉都很茫然；一茫然，消极悲观的情绪随之上涌；消极悲观的情绪一上涌，要到达目的地自然就甚难。何叶深思熟虑后回答。

说得在理呀！鲁老师直点头。

那么第二组的情况呢？他把目光投向林立升。

我们这组吗？林立升眨了眨眼，情况可比第一组要好！走了大致5公里，才有人叫苦叫累；走到7公里多时，不少同学才表现疲倦；再往前走，我们还能咬紧牙关，艰难迈步。等席老师指点目的地，高喊：快到了，快到了！同学们才昂首挺胸、精神抖擞。好在我们这组没人当逃兵，全部到达了目的地！

为什么没人当逃兵？鲁老师有意追问。

因为目的地很明确，行程也十分清楚。总的说来，大家心里有个底。林立升脱口而出。

既然如此，同学们为什么还会感觉劳累、疲惫？鲁老师再问。

因为只是走啊走，走了多远？还有多久？路上没有标识，心中没有底数。仍会不时有茫然之感！林立升摸摸后脑勺。

鲁老师首肯。

到第三组了。鲁老师用手指轻轻地敲了敲讲台。

很简单，我们这组沿途有说有笑、精神焕发。大家几乎是身轻如燕、健步似飞地赶到了目的地。吕布布满脸的阳光灿烂。

鲁老师眼睛一亮：为什么会这样好？

因为我们的目的地和总行程早已了然于胸。路上还不断地出现里程碑。每走一段路，看到一块里程碑，大家便知道离目的地又近了1公里。心里就又多了一份成就感，精神当然也为之一振！吕布布说得眉飞色舞。

鲁老师也听得频频颔首。

这时，终于就有学生憋不住，站起来高声而不解地问：鲁老师，你为什么要做这么个试验？

问得好！鲁老师扬扬手示意那个同学落座。又意味深长地看看全班学生：同学们，你们不是反复、多次地问我，这高中三年究竟怎么过吗？现在，我已把答案告诉了你们。仔细想想吧！

同学们茅塞顿开、恍然大悟，一个个高兴地笑了。

从此，43班的学生比该校同年级其他班的学生都有锐气。

3年后的高考，他们也比该校同年级的其他班考得更好。

很多年过去了。忆起那次特殊的试验，同学们仍然历历在目、心潮澎湃。他们知道，鲁老师总在路上。路上，总有耀眼的里程碑！

［原载《安徽文学》2010年第12期，转载于《小小说选刊》2011年第4期、《故事家（微型经典故事）》2011年第7期（转载时题目已改为《古怪的实验》），选入《2011年中国微型小说精选》《最具中学生人气的校园小小说》《受益孩子一生的励志故事·阳光总在风雨后》《最具启发性的智慧美文·领着自己回家》］

玫瑰与仙人掌

仙人掌对玫瑰说："丑到极点就是美到极点。我丑，所以，我全身长刺。而你，你是这世上最美的花，何以也长刺呢？"

玫瑰嫣然一笑，不语。

（原载《青年文学家》1993年第8期）

关于小小说

好朋友们聚会时聊起自家养的宠物狗，个个眉飞色舞、津津有味。

“我们家的狗爱踢足球，它当守门员简直无懈可击。”吴海歌说。

“我们家的狗总喜欢给熟人作揖。总是站得笔溜儿直，把两只前爪抱在胸前，十二分地毕恭毕敬。”秋水竹说。

“家里的人要回来了，还在五楼之下，我们家的狗就会有感应，早早跑到大门边迎候。”雷亚楠说。

……

“咳，都不过小菜一碟、小菜一碟！”耐心听她们一一道完，我扔出一枚响亮的炸弹，“我们家的贵宾犬，能自己上厕所大小便呢！”

“真的？”她们异口同声问。

“真的！”我越说越精神，“不仅自己上厕所大小便，便后还能把厕所冲洗得干干净净！”

“那怎么冲呀？”吴海歌惊讶，“它又没手呀！”

“高明就在这里，”我更加洋洋得意，“它会像人似的站立，伸出一只前爪去摁水龙头的开关，一边摁一边看厕所里的大小便冲干净没，冲干净了才‘松手’离开。”

雷亚楠禁不住啧啧赞叹：“太奇妙、太奇妙啦！你们家的狗怎么这么聪明？”

我浅笑：“这有啥？我教会的呗！”

……

因为有人把我当小小说名家，还向我请教什么是小小说，我便卖起关子，向他们讲述上面的故事。

讲完我又解释说：“我们家的狗的的确确能自己上厕所大小便。但夸它会自己冲洗厕所，把厕所冲洗得干干净净就属吹牛。可尽管是吹牛，这种可能性你却不能排除；尽管是吹牛，却让她们信以为真，羡慕得不得了。什么是小小说？这就是小小说呀！”

“哦，原来如此！”

见他们都已两眼放光，我心里也是春光潋滟。

（原载《当代闪小说》2014年第3期，选入《中国微篇小说年度佳作2014》）

幸存者

林木苍翠欲滴，天空蓝得透明。到处是潺潺的溪流、直插云霄的奇峰和连绵起伏的山峦。

千百年来，这里的山民无论魏晋，也不知有汉，世世代代以狩猎为生。因为偏爱食虎，虎被猎杀更多。随着山民数量的大增，虎的数量不断递减。久而久之，虎到了濒临灭种的边缘。虎对山民切齿痛恨，却拿山民无可奈何。虎在悲观、绝望，惶惶不可终日。山民仍过得悠然、恬静、自给自足、与世无争。山民总想，即使没有虎了，山里可猎捕的动物还是繁多。山民没有感觉到危机。

天有不测风云。一阵电闪雷鸣、风雨交加之后，山外民族忽然大军压境入侵山里，山里民族被迫全民皆兵奋起反击。山里山外两个民族金戈铁马、殊死搏杀，爆发了一场悲壮惨烈、史无前例的战争。

生灵涂炭、尸横遍野。战争中，山里民族遭受了巨大浩劫和灭顶之灾。除有个少年扬鞭跃马、气喘吁吁，带着他那嗷嗷待哺的妹妹在向大山深处逃亡，其他人都已身首相离、战死疆场。此时，少年身后，杀气腾腾的追兵快要蜂拥而至，情况万分危急。如果仍带上妹妹逃亡，一旦与追兵厮杀，兄妹俩都将命丧黄泉；如果把妹妹藏在山中再逃，也许两人中还有幸存者。少年毅然选择了后者。他打马冲进茂密的山林，把早已饿得无力哭喊的妹妹轻放在一棵大树边上，向天作了一个祷告，又含泪看了妹妹一眼，就猛地转身，向相反的方向箭一般冲去。马蹄声声、喊杀震天。一大群敌兵紧追不舍，与少年消失在夕阳之中。

也不知过了多久，一只才产下虎崽数日，正在山中觅食的母虎闻到人的气味，终于被磁铁一般吸引过来。母虎两眼闪着绿莹莹的凶光，紧盯着女婴飞快地奔跑。离女婴不远时，母虎张开血盆大口，向女婴纵身跃起。正准备猛扑过去咬死女婴，一者叼回山洞喂养虎崽，二者为虎类报仇。可鬼使神差，母虎竟然停下了。女婴一动不动的，母虎料想她已成囊中之物，未死也无任何反抗之力。于是，母虎得意洋洋蹲下去，俯身在女婴身上嗅嗅，欲将女婴弄回山洞，像猫耍老鼠似的，先让虎崽玩玩，玩死后再撕碎女婴。母虎觉得这样更狠毒、更解恨些。不料就在这时，女婴感受到了一股暖意，不由自主地一个翻身，小手碰巧触到了母虎的乳头。女婴太饿了，误认母虎做娘。一瞬间的条件反射，就把小手抱紧母虎的乳房，用口滋滋滋地吮吸不停。像触电一般，母虎旋即愣在原地。当甜蜜的乳汁源源不断地流入女婴的口中，母虎的母性和慈悲蓦地唤醒。但见它全身颤抖，半睁双眼眷眷地看着眼前这个另类的幼崽，感觉如同看着自己的亲生骨肉。最后，母虎不仅不忍心咬死女婴，还可怜巴巴地把她驮回山洞，当作虎崽呵护和养育。

惠风和畅，百鸟鸣啭。战争结束了，少年侥幸逃脱。他打马回头，匆匆来到置放妹妹的地方，不见妹妹的踪影。又在四周急寻良久，仍未找到妹妹。心想，妹妹可能已不在人世。便扑通一声跪在地上，黯然神伤、潸潸落泪。

经过战争的历练，少年变得更加机智、勇敢、坚毅、强悍。每天，他手持弓箭长矛，出入深山密林，与野兽厮杀，以捕猎为生。

光阴荏苒，转眼几年过去。天气晴好、芬芳吐艳的日子，少年又去山里打猎。

忽然，少年眼睛一亮：有只母虎正大摇大摆地在林中觅食。立即弯弓搭箭、准备射杀。可就在这时，少年忽又发现：母虎的身旁还跟着一个小女孩，小女孩揽着母虎的一条后腿，随母虎和小虎缓缓前行。小女孩完全是相亲相偎母虎的模样，母虎也像母亲一样小心而慈善地护佑着她和它的小虎。少年的胸口怦怦直跳，脑海里闪过一个念头：这个小女孩是不是自己的亲妹妹？难道她还活在世上？再定睛细看：小女孩双眉之间有颗美人痣！……认真搜索回忆的结果，小女孩就是自己的亲妹妹！少年的热泪夺眶而出。立即收好弓箭长矛，远远地下马跪地，虔诚地向母虎磕了三个响头，感激涕零地说：亲爱的虎妈妈，谢谢您不念旧恶、大慈大悲，救活我妹妹并把她养大。您的大恩大德我终生不忘、一生回报。我也认您为妈妈。恳求您让我带回妹妹好吗？从此，我们和睦相处，决不相互伤害！母虎也远远地驻足：警惕地审视少年一番，又上下打量小女孩一阵。感觉他们应该是亲兄妹无疑，眼里亦沁出晶莹的泪花。犹豫再三，母虎终于点头，把身边的小女孩还给少年。转身领着它的小虎，一步三回头地离去。

后来，兄妹俩相依为命，长大成人。再后来，为了繁衍种族，兄妹俩结婚生崽。他们的子女长大成人后，又结婚生崽……代代相传，不断延续。若干年过去，这个山里民族得以幸存和发展。山里虎类因不再被猎杀，也得以幸存和发展。

到最后，山里民族完全放弃以狩猎为生的古老传统，转而大力发展农业和畜牧业。山民和山里其他动物也共生共荣，长期和谐相处直至今日。

（原载《小小说大世界》2013年第4期）

至少还有人喜欢

春日，随心所欲地在街上闲逛。

不经意间，瞥见街边有处地摊。地摊上，摆放着各种各样的书刊：政治的、经济的、军事的、文化的，门类不少；旧的、新的、半新半旧的，应有尽有。我的目光在书刊上移动，但并无买书的打算。我买书一般去三味书屋或新华书店，而且往往事先想好要买的书。

可这时，我的目光闪了一下。定睛再看，我才出几天的一本新诗集《三月深处》竟可怜巴巴地落魄在地摊上。我的脸开始发烧，心里有针扎似的痛。这么高贵的诗集，本该登上高洁的书架，现在却……我怕地摊老板和围观者看出我的窘态，只好努力控制自己的情绪，尽量表现得若无其事。

就像迎接新嫁的女儿回娘家，我准备自掏腰包把书买走，免得它继续缩在城市偏僻的角落受此冷落。

“老板，请把那本《三月深处》拿给我看看？”这时，身旁一个貌美如花的姑娘躬下身子，指着我的书说，声音极有磁性，又特好听。

老板把春天的暖意写在脸上，书立马递到姑娘的手中。

姑娘小心吹吹书上的微尘，轻轻翻开书的扉页。

我悄无声息地后退一步，使自己站立在姑娘的身后。

我的目光一愣，又看到了扉页上自己的题字：请沉河兄指教。落款：戴希。

看罢，我伤心地直摇头：沉河兄啊沉河兄，如果不爱，扔下或者烧掉此书，也只有天知地知，何必要让它躺在这里丢人现眼受尽委屈？至少，我们还是朋友啊！我心里有些不满甚至愤怒了。我一般不送自己写的书给别人的，总以为它是自己的心灵世界。送自己的书，与掏心窝子无异。

我尽量克制自己的沮丧，免得姑娘受此感染。说实话，我很担心姑娘把书放回地摊，弄得我颜面尽失。

这时，姑娘却笑盈盈的："老板，这书我买了，请问——多少钱？"

老板拿回书看看定价："打四折，8元吧？"

姑娘欣喜，付过款准备走人。

"慢！"我赶紧叫住她，"美女，你知道这书谁写的？"

"谁写的？"姑娘打量我一眼，又翻开书的封面，看看勒口处的照片，"嘿，照片特像你！莫不是——你写的？"

姑娘的脸上春风拂面。我立即得意地点头："谢谢你还能喜欢我的书，但愿它不会浪费你的时间。"

"不用谢！因为我——也爱读诗！"姑娘羞赧，匆匆而出。

"原来你是诗人？你也想买书？"看我仍在地摊前发愣，老板探问。

我如梦方醒，轻轻地摇头。

"那你……？"

"我想把书的余款12元付给你！"

"为啥？"老板惊问。

"书的定价是20元哪，她只付给你8元！"

"这个……？"老板用一种异样的眼光打量我，笑笑。

“别问为什么啦！”我把12元钱塞进老板手中，转身，一溜烟地走人。

“哎——”老板还在后面叫我。

我却脚底生风，头也不回。

“让他一头雾水吧，”我想，“今儿个高兴！”

（原载2013年2月22日《湖南工人报》，转载于《小小说选刊》2013年第11期）

感谢乞丐

朋友聚餐。

谈笑风生、酒兴正浓，忽然进来一个乞丐。

乞丐衣衫褴褛，脸色蜡黄，佝偻着背，手里端个破瓷碗，碗里有被施舍的零星钱币，一副可怜巴巴的模样。

“快快请出！讨钱都讨到酒店来了，真扫兴！”有人心烦，大声呵斥。

“不要这样嘛！他也是人，也有做人的尊严！”作家赵青立即起身，微笑而悲悯地请乞丐入席。乞丐忸怩，不从。赵青就恭恭敬敬地给乞丐盛了满满一碗饭，又给乞丐夹了满满一碗菜，和颜悦色地请乞丐在一旁用餐。

用完餐乞丐要走，赵青又掏出50元钱塞给乞丐。

“谢谢！谢谢！”乞丐颤抖着，眼里一下涌出泪来。

赵青也很激动，连说：“谢谢！谢谢！”十分友好地把乞丐送出餐厅。

朋友们愣住了，都以为赵青喝多了酒，要不就有神经病。于是，等那乞丐一走，便有人嘲讽道："作家先生，乞丐谢你天经地义，你给了他施舍。可你，怎么也谢乞丐呢？"

"道理很简单，"赵青竟心平气和，"他给了我行善积德的机会呀！"

（原载2012年9月2日《新民晚报》）

考试

学生时代，我们最害怕的事情莫过于考试，特别是进入高三之后，这种感觉与日俱增。

比较起来，我们对数学考试又更畏惧些，那时肖老师教我们数学。他30多岁，身材瘦削，但长得挺英俊。他只念过初中，却以惊人的毅力自学完了重点理工大学的全部教材。他上课很生动，很得要领，很有启发性，但出考题却经常又新、又难，你脑子不开窍，根本没法解。我还清楚地记得有一次考试，班上仅一名男生考上68分，其他学生则概不及格。分数张榜公布后，女生们以泪洗面，男生们则牢骚满腹。

上课时，肖老师说："考场就是战场，不使出浑身解数，哪有那么容易过关的？第一堂课，我给大家讲过拼命三郎的故事，记得啵？"教室里鸦雀无声。

不出半月，期中考试。全班学生摊开考卷，一开始便如临大敌。我们拼命咬笔头、钻牛角尖，苦思冥想下来，未及格者还是绝对多数。肖老师很心疼："这里面至少有半数是考初中生的题呀，你们理应打高分才对！"他说，又操起粉笔一连给大家解了好几道题示范。我们这才恍然大悟，知道又上了当。接着，肖老师满足地一笑："当然，把考试复杂化，看难了也不行，要有应变力。"教室里依然鸦雀无声。这类考试以后又反复过好些次。

高考前夕，班上举行最后一次模拟考试。因为考题比以往任何一次都要容易得多，考完，全班学生都打了90多分，100分者也不少，自然笑逐颜开，皆大欢喜。总结会上，肖老师满面春风地说："同学们，拿破仑说过：谁笑到最后，谁笑得最美。我预祝大家一路顺风！"我们就这样走进了高考的战场。

果然没有辜负肖老师的厚望，全班40名考生，竟有36名上了大中专录取线，还有被清华、北大、复旦等名牌大学录取者。

（原载《新课程报·语文导刊》总第354—364期）

那次化学考试

读初中时，我有值得大书特书的骄傲史：每次语文考试，我都能轻而易举地进入班级前3名，英语和政治考试的情况更好。只是每次的化学考试，我差不多都在“玩尾巴”。那时在我眼里，上化学课45分钟如坐针毡，连看一眼化学老师石继华也倒胃口。到后来，一上化学课我便索性捧出本《三国演义》，在课桌下津津有味地偷看。石老师发现了我，也只用粉笔敲敲讲台便继续讲他的课。我知道他是在提醒我，但又无意让我难堪。

一晃到了期末。印象中，那次的化学考试题我全做了，但每道题都是稀里糊涂碰运气，对错根本没把握。考完，我照样心情沉重地回了家。我想，届时再看老师乜视同学的白眼父母的怒容吧！

可事情大出所料！一周后，石老师踩着自行车，满面春风来我家道喜了。见到我的父母，他喜滋滋地说：“戴希的化学学习大有长进。这次考试得了92分，名列班级第二呢。要知摘取‘银牌’的……”父母乐得不得了。返校之后，石老师又把我叫到他的房间表扬，又当我是班上后来居上的典型。我本怀疑自己确能考得如此好，但面对石老师连珠炮般的赞扬和肯定，竟也心旌摇动，劲头十足了。从此，我对化学发生了浓厚的兴趣，看着石老师也倍感亲切了。通过坚持不懈的刻苦钻研，我革除偏科的恶习，各科平衡发展，后来又一鼓作气，一帆风顺地考上了高中和大学。

感谢石老师对我的激励和帮助，大学毕业后的一天，我又提到那次终身难忘的化学考试。“你是说那次的考试吗？”半晌，石老师莞尔一笑，然后有些难为情地告诉我说：“老实讲，你考得很糟呢，26分！我足足考虑了一个通宵，决定欺骗你一次，以彻底打消你的自卑感，给你争上游的信心和力量。于是，我有意制造了那一幕‘喜剧’。后来，我的目的实现了，你不知道我有多高兴！”说到这里，石老师有意提醒我，“其实，你疏忽了一个细节，只有那次考完后，我一直没有将试卷分发给你们，一直没有作试卷分析和解答，想起来了吗？”

我恍然大悟，心头先是吃紧，继而热乎乎的。多么善意的欺骗啊，正是因了这次欺骗，我没有“跛腿”，如愿以偿地走上了自己美好如花的人生之路。

谢谢你啊，石老师！

（原载《新课程报·语文导刊》总第354—364期）

闯红灯

有位中国小伙，在美国某大学留学期间，和同班一位法国姑娘相恋，两人情投意合，准备喜结连理。

星期天，阳光灿烂，惠风和畅。两人结伴去某公园散心。在一十字路口，正欲过街，对面红灯亮了。小伙左右一看，估摸闯红灯来得及，牵拉姑娘的手就要硬冲，姑娘直喊：NO，NO！坚决不从。

停立街边，小伙还在不解地盯视姑娘，姑娘却果断地作出了与小伙分手的决定。姑娘十分轻松，丁点儿也不遗憾。小伙蒙了，问姑娘干吗。姑娘说：你连红灯都闯，说明你是个十足的违法乱纪之徒。违法乱纪之徒绝对野蛮、凶狠、自私。而且，你敢闯红灯，更说明你视生命为儿戏。连生命都不珍惜，你还会珍惜什么？如此，跟你又怎能长相厮守？又哪有幸福可言？

小伙慌了：下不为例，一定改过！姑娘摇头：法国人不相信耳朵，只重视眼睛。小伙无奈，只好痛苦地与心爱的姑娘“拜拜”。

第二年，小伙回到中国。在国内某单位工作。没多久，又和自己同乡、一个美丽大方的公关小姐共坠爱河。两人经常耳鬓厮磨，婚姻大事正在商定。

小伙记住前车之覆，决心好好把握爱情。

一天，天朗气清，艳阳高照。两人相邀去某超市购物。正欲过街，对面红灯亮了。小伙反射性地停在街边，而小姐却视若不见地穿过马路。待小姐回头，发现小伙仍在等着绿灯，小姐就深深失望了。

小伙刚一过街，小姐就郑重宣布与其分手。小伙如雷轰顶：我自觉遵守交通规则，做个遵纪守法、文明有礼之人，不好？小姐不假思索：像你这种男人，畏狼惧虎、贪生怕死，循规蹈矩、故步自封，出不了成果、成不了大器。跟你过日子，岂不窝囊透顶？

小伙欲作解释，小姐拂袖而去。

愣在街边，小伙不禁默默落泪：这红灯，日后闯还是不闯？他苦苦地想……

［原载《炎黄文学》2005年第7期，转载于《伯乐》总第46—47期，选入《小故事·大道理》，获第四届全国微型小说（小小说）年度评选三等奖］

美国人的办事风格

在美国，某著名大学的图书馆不慎失火，几乎所有图书都在火海中化为灰烬。人们捶胸顿足、痛心疾首。

然而几天后，却有一个大学生，急匆匆找到校长，把一本极其珍贵的图书恭恭敬敬地交给他。

校长眼睛一亮，问起图书的由来。学生便径直告诉他：是失火前三周，他悄悄偷带出图书馆的，因为想在自己宿舍里潜心研读这本书。

校长欣喜，当即表扬他为学校做了件天大的好事，终于保存了校图书馆唯一幸存的一本极其珍贵的图书。学生得意地笑了。

可翌日，学校却做出了开除这名学生学籍的决定！因为按照校规，校图书馆内的图书只能在图书馆内阅读，不得带出图书馆。这名学生明显违反了校规。他惊呆了。

校长的所作所为，正是美国人的办事风格。

（原载《当代闪小说》2014年第6期，

选入《中国微篇小说年度佳作2014》）

洗手

那是我们国家改革开放之初，经过精心的谋划，怀着美好的心愿，下定最大的决心，我们一行乘飞机去柏林，与德国有关方面商谈引进一条德国全自动食品生产线。

德国人超乎想象的严谨、精明和苛刻，我们也千方百计、竭尽全力维护自己的利益。谈判进行了整整三天，我们时进时退、巧妙周旋，讨价还价、软磨硬缠……谈得很紧张、很艰难、很费心。最后老天开恩，终于与德国方面达成了引进协议，我们才长长地嘘了一口气。

这时德国方面的头儿说，修正协议的抓紧修正协议，其他人都休息一下，待协议文本做好后双方再签字吧，我得去一下卫生间……我们方面的头儿接着也说，我不方便一下不行了，我也去。于是，他们一前一后去了卫生间。

回来，德国方面竟突然变卦，一声对不起，也不解释任何原因，就坚决不和我们签订协议了。我们急得七窍生烟，说破三寸不烂之舌，费尽九牛二虎之力做工作，德国方面还是毫不手软心动。我们绝望，都觉得德国人神经质，和他们打交道没趣，心里的那个气呀，真是憋得快要爆炸。

半年后，我又出差柏林。我的一个德国朋友，当时也是引进那条全自动食品生产线的德国谈判代表，才悄悄问我：知道我们为什么坚决不签协议吗？我很不高兴地连连摇头。看看并无其他人在场，他索性开门见山地告诉我：你们的头儿去卫生间小便后，没洗手就回到谈判桌旁，被我们的头儿看在眼里、记在心上了！就这么一件小事？我十分惊异地反问。这可不是小事哦，我的德国朋友很严肃很认真地向我解释道：小便后不洗手，手上很可能残留有尿液；手上残留有尿液，你们的头儿拿笔签协议时，笔上和协议文本上都可能残留有尿液。你们的头儿手上残留有尿液，签完协议与我们的头儿握手后，我们的头儿手上又可能残留有尿液。姑且不说你们的头儿有没有传染病，想一想，这都是很令人恶心的事情。再者，你们中国人如此粗心大意，如果引进的全自动食品生产线维护保养不好，坏了出问题了，不会指责我们的设备质量不高？不会严重影响我们的声誉吗？

我脸红，心里刀绞一样的痛。这些可恶的德国人呵，怎么当时不指出我们头儿的小节问题，让我们的头儿及时改正呢？不就是一个洗手问题吗？

（原载《文艺生活·精品小小说》2007年第9期，转载于2007年11月5日《卫生与生活报》）

你要快乐

夕阳西下。

夕阳中徘徊的年轻人，一抬头看到了佛。

“年轻人，你闷闷不乐啦？”佛关心地问。

年轻人脱口而答：“是啊！”

“那么，”佛试探道，“你生病了？”

年轻人摇头。

“你已负债累累？”

年轻人摇头。

“你遇上了大灾难？”

年轻人依然摇头。

“既然如此，”佛笑问，“你还有什么不快乐的？”

“我至今一无所有，很穷！”年轻人悲叹。

佛摇头：“我看未必！”

“怎么未必？”年轻人苦笑。

"假如，"佛绕了个弯子，"我是说假如，有人想剁下你一根手指，给你1000元，你干不干？"

年轻人一愣："不干！"

"砍下你一只手，给你1万元呢？"

"不干！"

"挖掉你一双眼，给你10万元？"

"不干！"

"现在就让你变老，重病缠绕、孤苦伶仃、九死一生，给你100万？"

"不干！"

"好，"佛打量打量年轻人，"有人出1千万，要买你的命呢？"

年轻人咬咬牙："不干！"

"如此算来，"佛启发年轻人，"你所拥有的财富，至少在1千万之上啵？"

"这……"年轻人直挠头。

抬眼望时，佛已去。这时灿烂的晚霞，早已把天边镀上一层金。

（原载《小说月刊》2014年第11期）

胯下之辱

授课结束了。

“现在，我要进行一次测试！”教授忽然说。

学生们立马紧张起来，两眼直勾勾地盯着黑板，只等教授出题。

教授却转身走下讲台，径直迈向教室前门，像一道挺立的门槛，从容地趴倒在教室门前。

学生们愣住了，教授不出考题？教授要干吗呀？

只见教授把脸侧向学生，笑笑。“同学们，你们一个接一个，从我身上跨过去，跨过去吧！”他说。

学生们怀疑自己的耳朵出了问题。

看学生们如此神情，教授又说：“同学们，还犹豫什么？来呀，一个接一个，从我身上跨过去！”

学生们反应过来，有人鼓掌，也有人举起手机拍照。但就是没人起身，更无人挪步。

教授有点失望，忍不住又喊：“同学们，你们怎么啦？从我身上跨过去，跨过去呀！”

一些学生红着脸，慢慢从座位上站起。教授有了几分欣慰，但很快，他又失望了。

站起来的学生，有的仍在左顾右盼，有的竟悄悄从教室后门溜之大吉，仿佛战场上失魂落魄的逃兵。

教授真想发火，真想破口大骂，但教授没有这样。想了想，依然用鼓励的眼神看着他的学生，微笑着说：“同学们，再别迟疑了，快从我身上跨过去！从我身上跨过去，这比杀日本鬼子还难吗？这比造原子弹更费劲吗？我相信，你们都不愿做八旗子弟，对不对？”

遣将不如激将。终于有位窈窕淑女缓缓走出座位，轻轻踱向门口，谨慎地从教授身上跨过去。教授满意地点了点头。

“你们看，柔软如水的女生都敢跨了，男生呢？男子汉大丈夫，大丈夫还不敢越雷池一步？”教授又在激将。

有位男生脸上火烧火燎的，又腾地离开座位，一鼓作气从教授身上跨过去。

“这就好，这就好嘛！多大个事啊！继续，继续，同学们，继续从我身上跨过去！”教授热情地呼唤。

就这样，一个，一个，又一个……最后，共有十三位学生让教授如愿。

后来，实在没有学生肯响应了，教授才缓缓从地上爬起，拍拍手，笑笑说：“今天一百多位学生听课，只有十三位敢从我身上跨过去。这也不错，不错了！令人遗憾的是，这些学生都不是很自觉，不够勇敢啊！”

“那——尊敬的教授，您为什么要进行这样的测试？”一个女生蹙眉。

“问得好哇！”教授感叹，“每次，我给你们授课，教室里都鸦雀无声，要说有声，也只是你们埋头做笔记的沙沙声。”

“这不好吗？”女生追问。

“我不能说这好还是不好。”教授回答，“我只想告诉你，在欧美最有影响的大学，当教授授课时，学生们总是情绪高涨、积极主动，不时地举手发问，或者站起来发表自己不同的见解，有的甚至为坚持自己的看法，与教授争得面红耳赤……”

“亲爱的教授，您不妨直言相告吧！”有个男生憋不住了，“您今天测试我们的目的究竟是什么？”

“教导你们！”教授语重心长地说，“要敢于否定前人，勇于超越权威，大胆坚持真理，矢志探索创新。因为呀，唯有探索创新，才能促进理论发展，才能推动社会进步啊！”教授目光如炬。

学生们豁然开朗，对教授更加敬佩。因为他们，谁也想不到，一个重点大学的学术权威，一个成就显赫的科学家，为了开悟他的学生，为了激励他们站在巨人的肩膀上矢志成材，也能含笑忍受这胯下之辱！

（原载《小小说大世界》2015年第11期，转载于《小小说选刊》2016年第8期，选入《2015中国年度微型小说》）

天堂·地狱

来到天堂与地狱的交汇处，判官要某长慎重作出选择。

某长眼珠一转：如果上天堂，会是什么样子？

判官肃然道：你得像牛马一样辛勤劳作，像唐僧一样历经劫难，像腊梅一样傲霜斗雪，像荷花一样出污泥而不染，像蜡烛一样燃尽自己照亮别人……某长打了个寒战。

如果下地狱呢？某长小心试探。

判官微笑道：你可以贪得无厌，可以妻妾成群，可以豪赌狂掷，可以为非作歹，可以丧尽天良……某长窃喜。

我是人民的公仆，我不下地狱谁下地狱？人民是我的上帝，人民不上天堂谁上天堂？某长义无反顾，我下地狱吧！

判官正色道：君子一言，驷马难追，你再深思，决不反悔？

某长义无反顾：心甘情愿，无怨无悔！

那好！判官于是慢慢打开地狱之门。某长定睛细看，里面尽是锋利的刀山、燎燃的火海、沸腾的油锅、腐臭的沼泽、血盆大口的猛兽、青面獠牙的恶魔……某长毛骨悚然。

那天堂呢，能否开启天堂之门？某长近乎乞求。

判官于是訇然大开天堂之门。某长极目远眺，但见里面晴空万里、春风和煦、繁花争艳、莺歌燕舞、泉水淙淙、山峦叠翠……某长向往不已。

你说的天堂地狱与我看到的怎么判若两样、大相径庭呢？某长茫然不解。

我说的是通往天堂地狱的过程，你看的是迈进天堂地狱的结果。天地之事，源远流长，过程结果，决然相反。这就叫公平，公平你懂吗？好了，天机都已泄露，你还是——下地狱吧！

某长目瞪口呆、不知所措。

（原载《三湘风纪》2002年第11期，转载于《中学生读写》2003年Z1期、《微型小说选刊》2003年第4期、《当代闪小说》2013年第1期、《小小说选刊》2013年第6期，选入《璀璨星空——闪小说的365夜》）

第三辑

你看你看这蜂鸟

DISAN JI

NI KAN NI KAN ZHE FENGNIAO

你看你看这蜂鸟

我们谈笑风生，穿行在亚马孙河的热带雨林。

一只色彩鲜艳、美丽可爱的蜂鸟，热情地当起我们的向导。

它在我们眼前，扑棱着翅膀，嘎嘎嘎地欢叫，飞得平稳、轻快。

如果掉得不远，蜂鸟会悬停在空中，等我们赶上；一旦掉得远了，它就倒飞过来，迎接我们。当地人称蜂鸟为神鸟；因为只有它，是这世上唯一能倒飞的鸟儿；也只有它，能长时间地扑棱着翅膀，悬停于空中。

蜂鸟还一忽儿向左飞，一忽儿向右飞，怎么顺当就怎么带我们行进。

它飞行时拍打翅膀发出的嗡嗡声，几乎和蜜蜂飞行时发出的声音一模一样。

可爱的小天使，它要带我们去干啥呢？

答案很肯定：找树上悬挂的野蜂巢呗！因为它最喜欢吃，

自己又摘不了。

亚马孙河热带雨林中的野蜂巢，不仅甜得不得了，而且营养价值极高。既能增强人体免疫力，据说抗癌效果又相当不错。

当地人一样喜食野蜂巢。他们与蜂鸟有着十分亲密的伙伴关系。

果不其然，蜂鸟很快带我们找到了那宝贝！它就悬挂在一棵大树枝上，真不小哩，几乎要流蜜一般。

蜂鸟嘎嘎嘎地叫着，绕树环飞三圈，然后悬停空中，等我们采摘蜂巢。

我们在大树下左顾右盼，觉得爬树采摘很危险。一旦野蜂赶回，成群结队攻击我们，后果不堪设想。所以最后，我们眼疾手快，用长竹竿直接将野蜂巢戳下。

蜂鸟又嘎嘎嘎地在我们头顶的上空盘旋，眼巴巴地等我们分出一小块，放在地上，让它享用。

如果丁点不给它留，它真会记恨并报复我们？我们不信当地人的忠告。

故意把整块蜂巢都带走，以此试探蜂鸟的反映。

还好！蜂鸟丝毫没有争夺蜂巢之意。它在空中悬停片刻，眼珠骨碌碌一转，又嘎嘎嘎地叫着，继续向前疾飞，为我们当向导。

而且仍像先前一样，一会儿向左飞，一会儿向右飞，一会儿倒飞，一会儿悬停空中，很平稳很轻快的，总让我们能跟得上。

我们因此天真地认为：它不仅不会闹情绪，还会继续带我们去找野蜂巢。

哪里像他们描述的那样！我们庆幸。

殊不知很快，蜂鸟就把我们带进另一片林区，嘎嘎嘎地叫唤几声，便如离弦之箭，疾飞而去。转眼，无影无踪。

咳！不带我们去找野蜂巢？或者，不给我们当向导啦？这，就是蜂鸟对我们的报复？有人笑问。

可笑声未落，我们就听到了狮子的吼叫，而且隐隐约约看到了一大群狮子！

天！我们个个面如土色、魂飞魄散。记不起最后，是怎么逃出来的。

那一块野蜂巢，也不知丢到了哪里。

汗淋淋的，快出亚马孙河那片热带雨林，正后悔没听当地人的忠告，蜂鸟忽又出现在我们头顶的天空，扑棱着翅膀，嘎嘎嘎地欢叫……

（原载《百花园》2014年第9期，转载于《小小说月刊》2015年2月下半月刊、《小小说选刊》2015年第12期，选入《2015中国年度小小说》《从乐园飞往乐园》）

人与狮子

人在山路上遭遇了狮子。人吓得面如土色、不寒而栗。人想活命，试着扔给狮子一只鸡。鸡在狮子面前失魂落魄、全身哆嗦。狮子却伫立原地、一动不动。人诧异，又扔给狮子一只鸭。鸭在狮子面前六神无主、凄厉惨叫。狮子还是伫立原地、一动不动。人惶惑，再扔给狮子一只鹅。鹅在狮子面前口吐白沫、昏死过去。狮子仍然伫立原地、一动不动。

“莫非狮子只想吃人？”人思忖，“跑吧，跑得再快也跑不过狮子；不跑吧，现在只能眼睁睁地等死。”人感到孤苦无助、黔驴技穷。

人索性闭上双眼、瘫倒在地，就等狮子扑上来撕咬、啃噬。可出乎意料，狮子还是伫立原地、一动不动。狮子怜悯地看看人、摇摇头。狮子和蔼地说：我不会吃鸡、不会吃鸭、不会吃鹅。当然，也不会吃你！别怕，起来吧！人愕然、狐疑。人问：你是凶猛异常的野兽，咋会有菩萨心肠？狮子笑笑，坦然而答：我今天已吃过一只大山羊。饱了，知足了！

谢天谢地！人搓搓手，暗暗庆幸。今天算我走运。如果狮子饿着，我肯定小命不保；现在，趁狮子饱着，我得伺机而逃。

于是，人小心翼翼地从地上爬起，十分谨慎地带上鸡、鸭、鹅准备开溜。狮子发现了人的企图。狮子大喝一声“站住！”，人立马心惊肉跳、屁滚尿流。人颤抖着，不敢越雷池一步，许久许久。当人斗胆瞥一眼狮子，但见狮子仍伫立原地、一动不动。人这才定一定神、缓过气来。人以为狮子要玩猫捉老鼠的游戏，因为人今天赤手空拳，毫无搏击之力。不料狮子却皱皱眉头：“我有一事不解，你得如实相告。”人只想早点化险为夷，便问：“你有什么问题？”狮子紧盯着人：“你们人总把猎捕动物当成一种时髦的休闲娱乐方式，总喜欢在吃饱喝足之后猎捕动物。猎捕动物之后不是马上吃掉，而是堆好作为战利品大肆炫耀。是这样吗？”人唯唯诺诺：“是这样。”“那么，”狮子又问，“你们又不饥饿，又不让动物们休养生息。当你们无休无止地猎捕，杀绝了大大小小、形形色色的各种动物，你们明天又吃什么？还吃得饱吗？”

人的脸霎时变成了红红的罂粟花。

［原载2007年10月12日《湖南工人报》，获第六届全国微型小说（小小说）年度评选三等奖］

新龟兔赛跑

动物王国邮局局长和邮差空缺，狮王决定让兔子和乌龟竞争这两个职位，竞争方式仍为赛跑。

兔子窃喜。心想：“兔子与乌龟赛跑”的故事世人皆知，兔子骄傲自满半途酣睡，乌龟急起直追反超其前。兔子羞矣！前事不忘后事之师。兔子此次决定奋力一搏，让乌龟输个心服口服，重树兔子善跑的形象。

一声哨响，比赛开始。兔子和乌龟同时起跑，风风火火。兔子健步如飞，乌龟步履蹒跚。眼看自己仍在起点附近爬行，兔子却已跑过半程，乌龟灵机一动，高呼“友谊第一，比赛第二”。恳请兔子放慢脚步，朋友一场携手前行。兔子眼珠一转，识破乌龟诡计，非但不听还加速快跑。乌龟气馁，自知不是兔子对手，索性趴下呼呼睡去，也图个舒舒服服。眨眼工夫，兔子便一路轻松地跑过终点，夺取了赛跑的胜利。

比赛结束，狮王郑重宣布，乌龟担任局长，兔子出任邮差！

兔子和乌龟都惊呆了。

兔子不服，问狮王：兔子的本事比乌龟大得多，何以安排乌龟当官？狮王微闭双眼，笑曰："你行动迅捷，能力突出，当邮差传送邮件效率高嘛，乌龟笨拙迟缓，能力低下，让它传送邮件岂不误了王国大事？不安排乌龟当官行吗？"

兔子懊悔不已，乌龟喜不自禁。

（原载2002年7月18日《常德晚报》）

龟兔紧紧地抱在一起

龟兔赛跑。当兔子飞快地跑过终点，乌龟还在离起点很近的地方缓缓爬行。第一次，兔子赢了，乌龟输了。兔子洋洋得意，乌龟心情沉重。

第二次赛跑。乌龟使出浑身解数、争分夺秒向前爬行。兔子呢，不费吹灰之力就跑到了离终点很近的一棵大树下。一看乌龟离自己还差十万八千里，兔子索性背靠那棵大树呼呼入睡。一觉醒来，乌龟已神不知鬼不觉爬过了终点。这一次，乌龟赢了，兔子输了。乌龟欣喜若狂，兔子懊悔不已。

前面的故事家喻户晓，后面的故事就鲜为人知了。

兔子不服，要求再比。大赛组委会采纳了兔子的建议。

比赛开始。兔子表现得优雅大度：每跑一段都停下来等乌龟，等乌龟快赶上来了又起身再跑。乌龟爬得气喘吁吁，丝毫不敢怠慢。兔子却跑跑停停、停停跑跑，悠然自得。兔子吸取上次的教训，决不躺在半途呼呼大睡。直到跑过了终点，才在终点坐下来等乌龟。这第三次，兔子又赢了，乌龟又输了。

“还不服吗？”兔子嘲笑乌龟。“不服！”乌龟眼珠一转，“谁都知道，在陆地上跑，那是我的短处你的长处；而在水面上跑，则是你的短处我的长处。这赛跑仅在陆地上比，那分明是只拿你的长处比我的短处。如此，公平吗？”“那你想怎样？”兔子警惕起来，“你想在水面上赛？”“如果仅在水面上赛，那又是只拿我的长处比你的短处，也不公平！”乌龟不慌不忙，“一半陆路一半水路，咱俩同时起跑。谁先从起点到达终点，谁赢！这才公平。你看呢？”兔子不语。大赛组委会觉得乌龟的建议很在理，采纳了。

比赛开始。兔子又箭一般向目的地飞跑。可跑完陆路跑到水边，兔子傻眼了：下水吗？自己不死才怪！乌龟呢，慢条斯理地爬呵爬，爬了好半天爬到水边。一下水，又马不停蹄、自由舒展地向对岸游去。乌龟游上岸到达终点时，兔子仍在半途待着。这第四次，乌龟赢了，兔子输了。乌龟乐开了花，兔子沮丧不已。

从此，兔子恨死了乌龟，遇见乌龟就绕道而行或者怒目而视。

乌龟忐忑不安，要求再赛一次。“这样比，我怎么跑也赢不了。大坏蛋呵大坏蛋，你是存心想让我难堪，要把我气倒！”兔子咬牙切齿，连连摇头。乌龟赶紧和善地笑笑，友好地把兔子拉到身旁，悄悄地对兔子耳语了一阵。兔子心里一亮，点头。大赛组委会也同意了乌龟的请求。

比赛开始。只见乌龟大摇大摆地爬到了兔子的背上，兔子驮起乌龟就向目的地跑出。跑完陆路跑到水边，乌龟从兔子的背上爬下。然后，兔子大模大样地跳到乌龟的背上，乌龟再下水，驮起兔子又向终点游动。最后，乌龟硬是把兔子驮上了岸，它们同时到达了目的地。大赛组委会看痴了。这第五次，只好裁定兔子和乌龟：双赢！

兔子和乌龟都笑了，它们紧紧地抱在了一起……

[原载《创作与评论》2013年9月号（上半月刊），选入《姐姐的描红课》《最生动的动物美文·一只在夜色中穿行的猫》]

发现

我们家的贵宾犬小宝真的聪明可爱！我只说一点，在家里，它总是自己上卫生间拉屎拉尿。有时，卫生间的门关着，里面有人，它就站得笔溜儿直，扬起两只前爪在门外敲门，或急或缓，或轻或重。如果敲得急而重，那肯定是它憋不住了，让里面的人快点出来；如果敲得缓而轻，则是告诉里面的人，它正在外面等候。

不仅如此，我们带它去亲戚朋友家，一进家门，它也首先在屋子里嗅来嗅去。干吗？找卫生间呗！找到卫生间，等要上时，就自己不动声色地前往。上完，一样用前爪在卫生间门外的地板上擦擦，弄出嗞嗞嗞的声响，提醒我们它已在里面方便了，快帮它冲洗冲洗。冲洗过后，它会人一样站立，两只前爪像手一样抱拳，毕恭毕敬地给你“作揖”，那是深表感谢之意。

经常这样，我和妻白天外出上班，只能把小宝关在家中。

下班一回来，我们就匆匆去卫生间，看看小宝拉屎拉尿没。如果拉了，便赶紧冲洗干净。

有次下班回家，我们上卫生间一看，里面清清爽爽的。妻便进厨房准备做晚饭。可这时，妻闻到了一股刺鼻的尿臊味。寻味觅去，很快发现小宝在厨房内靠墙边的一角拉过尿。

“小宝，你过来！”妻有点火，但强忍着。小宝应声而至。

妻指指墙边的尿渍，故意问：“小宝，这是谁拉的尿啊？你怎么糊涂了，不知道拉在卫生间呢？”

小宝瞥一眼墙边的尿渍，眼一闭，立即耷拉下头，那模样就像坏人在低头认罪似的。

妻想，小宝应该已认识到自己的严重错误，会好好改正了，就不再教训它。

此后一段时间，小宝真又规矩了。

“看来，这鬼东西会听话，知错就改！”妻赞叹。

我说：“是啊！咱小宝通人性，乖巧哩！”

那天吃过晚饭，我和妻要去朋友家谈事。小宝看我们在更衣，便机智地盯着，蹦蹦跳跳又寸步不离地跟随我们。它特别喜欢我们带它外出溜达或串门。

走到大门口，妻却转过身子，蹲下去对它说：“小宝，外面正在刮风下雨，带你出去很不方便。你就好好待在家里，我们办完事就回！”

小宝听了就一屁股端坐地上，眼巴巴地目送我们。

从朋友那儿返回，妻又发现厨房一角有小宝拉过的尿渍。不禁大动肝火：“小宝，你过来！我问你，怎么好不了几天，又把尿拉在厨房里了？你怎么变蠢啦？”想了想，又话锋一转，“哦，不对，你不会变蠢，肯定在存心发泄不满，报复我们没带你外出溜达是吧？”

闻到火药味的小宝，像顽皮的孩子闯了大祸，赶紧一溜烟地钻到床底下，躲起来，怎么喊它也不出来。

妻拿起竹扫帚要打它。我说算了吧，小宝毕竟是条小狗，看它也像小孩一样，怪可怜的。

妻说可怜？它这是存心跟我们过不去呀！下次要再这样，看我不揍扁它！

我知道妻这是在有意警告小宝，便轻轻走到床边，对躲在床底下的小宝说："小宝听话，下次讲卫生噢！"

小宝"唔唔唔"了几声，仍趴在床下，躲着不出来。

这之后，小宝长了记性，知道拉屎拉尿只能上卫生间了。

又一个风雨天。我们下班回家，发现它又把尿拉在了厨房一角。

这下妻暴跳如雷，操起一只长竹竿就要追打。小宝惶恐不已，赶紧一溜烟地躲进床底下。

妻不肯罢手，攥紧长竹竿就在床底下一番横扫，直疼得小宝"汪汪汪"地惨叫，末了又"呜呜呜"地哭泣。

我看得实在心软，便一把夺过妻手中的长竹竿，说："算了算了，它怎么也是条小狗，教训了就行了！"

"好吧！"妻气哄哄的，"事不过三，下回再这样，我一定要把它撵出去，不养了！"我没吭声。

这个星期天，又是风雨大作。我在家写篇动物传奇小说。写着写着写累了，便想走出去透透气。等我刚出房间，就发现小宝正在卫生间门口：先推门，门不开；便敲，没有回音；再用力猛推，门还是未动。情急之下，它一个转身，准备又去厨房方便。

目睹此景，我立马叫住小宝："小宝，你要上厕所吗？"小宝就眼巴巴地望着我，哼哼示意。

事不宜迟！我赶紧直奔过去，帮它推门。起初，我用力小了，门未推动；接着，我使劲一推，门才打开。

门一开，小宝便如离弦之箭，冲进卫生间，哗哗哗地拉尿。

我侧身站在门口，背抵着门，等小宝拉完。小宝拉完后，摇头摆尾从卫生间出来，我才闪进去冲洗卫生间。我一进去，风又把门给关上了。冲洗了卫生间，要拉开门出来时，我再次感到，从窗口吹来的风力还真大。风把门堵紧了，你用力不狠，根本就打不开。

可小宝呢？小宝分明只是条小狗，它有多大的力啊？

“看来，小宝上卫生间拉屎拉尿的习惯并没改。”我忽然想，“虽然偶尔，它也把尿拉在厨房里，但那一定是卫生间里风力过大，把门堵紧了，它实在推不开，内急又迫不得已，才……而那几次，刚好也是风雨天啊！”

刻不容缓地，我把自己的发现告诉妻子。妻子说：“对啊，那几次正是风雨天，家里又没人帮它！哎，哎，哎，我们错怪小宝，让它受委屈了！我这个人啦，怎么遇事就冲动任性，头脑丁点儿不冷静呢？”

这样说着，妻的眼角不知怎么有了泪。

我笑，眼里也有泪光闪烁。

（原载《天池小小说》2015年第11期，转载于《小说选刊》2015年第12期，选入《2016中国好小说·微小说卷》）

第四辑

一串佛珠

DISI JI

YI CHUAN FOZHU

一串佛珠

海力和我是好朋友。虽然相距遥远，但我们联系十分紧密。

去年上海召开一个全国性会议，我去了，海力也去了。

会后，我送他一本我出的小小说集。他则送我一串玉制的佛珠，再三叮嘱我每天戴在手腕上，它会逢凶化吉，给我好运。

这么精致的东西，又是好朋友相赠，我实在舍不得戴，就把它装进礼品盒，珍藏在家里。

眨眼一年过去。

海力忽然给我发来短信：戴兄好！有句话羞于启齿，但又不得不说。

我愣，赶紧给他回信：海兄，我们什么时候讲过客套？你就开门见山照直说吧。

是这样的，海力小心解释道，去年送你的那串佛珠，其实是个女的送我的。

哎呀，那不是定情之物吗？我一惊，你怎么能转送给我呢？

这一吗，我们是很要好的朋友，送你有什么不可？二吗，我真没想到，她送出的东西还要收回！你见过这种事儿吗？

没有！我脱口而答。

一般不收回！但既然收回，我想了想，那原因肯定不一般。

还真让你言中，我和她闹崩了。本来，我是一百个不愿向你诉苦的，买一串还给她不就得了！

你真这么想？

真的！所以，我跑遍南宁市的大街小巷，好不容易在家玉器店买了串颜色、大小、做工都十分逼真的去还她，你猜她怎么着？

猜不中，还是你说吧！

这娘儿，只扫一眼，就说佛珠不是她的，她送给我的东西她认得，她要收回的，只能是真正属于她的东西。

那你咋办呢？

我向她摊开一双手：要就要，不要就拉倒，反正找不到了！说完转身要走，她却叫住我：慢！别以为会这样便宜你！听好哦，三天之内，你不把我的东西还给我，我就冲到你的家里去闹，让你老婆收拾你！

吓坏了吧？我笑。

还真是。戴兄，我老婆哪里是省油的灯？不好惹呀！

我赶紧宽慰他，你看你看，一开始便跟我讲，我快递给你不就得了？

他又解释说，我原想买一串还她便是，她还能认出自己的不成？再者，我真不想你也知道此事，让老兄见笑哇！

朋友之间只有真诚，哪会幸灾乐祸？我纠正他的话。

也是啊，早向你求助不就得了，免得被那娘儿整……

你这样精灵的，女人缘又好，怎没想到赔点儿钱给她？

想到过，在她识别佛珠之后。可我一说赔钱，她就大骂我亵渎她的感情，就狮子大开口了！

她要你赔多少？

十万！一分不少！那东西能卖十万吗？这娘儿真是！

好了海兄，不能误你的大事，我立马把佛珠快递给你。幸好这佛珠我只珍藏，一直未戴。不然，让她发现有人用过，又没有你的气息，你想她会咋样？

不猜她了！幸亏你有远见！这东西三天能寄到吗？

能！我向他保证。

太谢谢啦！戴兄。

谢什么？本来就是人家送你的。

我中断通信，即冒着倾盆大雨回家去找。

唉，不好了！那佛珠怎么就找不到了？我在家里给海力发短信。

戴兄，你一定要好好找，它可是我的命根子！你别慌，再找找、再找找啊！海力几乎在哀求我。

好的，我再找找。

噢，谢天谢地，终于找到了！过了一会儿，我发短信安慰他。

其实，我一回家就找到了。我是存心要逗逗他。

这就好，这就好哇！海力已迫不及待，戴兄，时间紧迫，你就快给我寄呀！

遵命！

佛珠寄出，我又给海力发短信：海兄，宝贝已寄！

上帝保佑！海力长叹，我终于可以睡个安稳觉了！

睡吧，尽管放心地睡。

半个月后，南宁市的古玩拍卖市场爆出一则大新闻：某位神秘人士拍卖了一件家传玉制佛珠，拍卖了整整150万，创下史上玉制品拍卖的最高价格。我看了一下那串佛珠的照片，觉得有些眼熟，这不正是我还给海力的那串吗？

好家伙，原来这个海力，听说古玩玉制品在古玩市场有价格上扬的势头后，就想向我索要回去，怕我不还他的佛珠，居然编了这么一个曲曲折折、缠缠绕绕的故事，真是难为他了。

（原载《小说月刊》2014年第7期，转载于2014年7月7日《文学报》、《小小说选刊》2014年第17期、《小说选刊》2014年第11期，选入《2014中国年度微型小说》《2014中国年度小小说》，获中国·武陵“德孝廉”小小说全国征文大奖赛一等奖）

脸面

商震在大街上被人抢了。

强盗有眼无珠，连他这个工商局局长也抢！商震恨。

立马去派出所报案。

派出所迅速组织侦破。

那个叫曲有源的强盗很快被擒拿。

经突审，曲有源对抢夺之事供认不讳。抢夺时间、地点、经过及强盗外貌体征皆与商震的证词吻合。只是抢夺的金额相差甚大，曲有源交代的只有商震申报的二十分之一。派出所又找两人复核，可都赌咒发誓、绝不改口。派出所无奈，只好采信商震的证词，勒令曲有源退赔。

曲有源死活不愿。被法院判处3年有期徒刑，关进离城区远而又偏的一家监狱。

起初，商震感觉很解恨，食得好，睡得香，精神爽快。

但不久，商震就忐忑不安了，开始对强盗大发慈悲。隔三岔五地拎着名烟好酒，驾车去监狱探视。仿佛曲有源乃自己救命恩人。有时面对曲有源，好像他商震倒成了龟孙子。狱警和犯人都好生奇怪。

这天，商震又迫不及待，拎了名烟好酒，准备去监狱探视。

老婆郑玲再也憋不住了，便扯起嗓门河东狮吼："老商，你是不是脑子进水了？那毛贼不长眼抢了你，本为咎由自取、罪有应得。你倒好，俨然欠了他一辈子的债，三天两头不去监狱探视，就像丢了魂儿似的。天底下有你这么古怪的人吗？"

"这——"商震欲言又止。

才读初一的儿子商琦看不顺眼，也在一旁好言相劝："爸，你别同情像蛇一样的恶人！曲有源不愿退赔，你没揍他就算善了，犯得着把他当菩萨供奉？"

"你们懂什么？这么多屁话？"商震忍不住申辩，"我还没疯，头脑清醒着呢！"拎上名烟好酒，还要出门。

郑玲和商琦急了，不管三七二十一，死死地拖住他。

曾经绵羊般温顺的郑玲又撒起泼来："老商，你是老糊涂了是吧？今天不说个明白，休想走出这家门半步！"

"你看你！"商震无奈地摇头。

"爸，有理走遍天下，你经常教导我的。总不能自己来事就为所欲为吧？"商琦眼巴巴地恳求商震。

母子俩一硬一软，商震左右为难了。

思虑再三，商震咬牙决定，向妻儿全盘托出事情的真相。

"实不相瞒，"商震颤抖着说，"曲有源只抢夺我1000元！本来，行政拘留他15日便可放人的，我却一口咬定他抢了两万元，害得他蒙冤受屈，不得不蹲长达3年的牢狱！"

"怎么？只抢你1000元？你干吗不如实报案？"郑玲大惊失色。

"有什么办法？人都是自尊的。我堂堂一局之长，让人知道包里仅带1000元，多丢人现眼！只抢1000元，我说得出口吗？"商震一脸的苦相。

商琦就上下打量一番商震，仿佛很陌生似的："爸，你总是教导我为人要真诚、正直，怎么自己却说谎呢？两万元的天文数字你当时怎么讲得出口？"

“我气疯了，恨这毛贼目中无人，只想狠狠整他！”商震脱口而答。

郑玲依然不解：“提审毛贼后，派出所又找你核实情况，既然和毛贼说得金额对不上，你及时纠正也不迟啊？”

商震立马正色道：“万万不可！我这等身份和地位，让人知道也搞弄虚作假，今后还有脸在社会上混？”

“那你打算咋办？”郑玲的手心捏了一把汗。

“经常去监狱探视曲有源，给他送大礼、说好话，直至他刑满释放。”

“唉，你这不是亏大了，招罪吗？”郑玲喟叹。

“没法啊，为了良心的安宁！”

郑玲和商琦都软了，不约而同地松开手，看商震拎上名烟好酒，匆匆出门。

可一出门，商震就如释重负，不，应该说是洋洋自得了。

商震心想：还是我这个局长高明啊！第一，我拎的名烟好酒，都是局里的招待用品，或者别人求我办事送的礼，无须自掏腰包购买；第二，毛贼被我的友善深深感动，肯定会一辈子守口如瓶、永不翻案，我安全了；第三，我堂堂一局之长，居然经常去监狱探视抢夺自己钱财的毛贼，此事经狱警和犯人之口说出，向监狱外扩散，一传十、十传百，我的大慈大悲、以德报怨之举，不会在社会上形成良好的口碑？这三点，恐怕很少有人能想到，充其量想到一丁点儿吧！

啧啧！

（原载《啄木鸟》2013年第5期，转载于《微型小说选刊》2013年第16期）

声东击西

谢白杨一有机会就夸鲁西兰美丽迷人，就说很爱很爱鲁西兰，十多年来，朝思暮想、不能自拔。

鲁西兰听了，心里像鹅羽撩拨，全身暖暖的。

有段时间，鲁西兰工作、生活很不顺心，郁闷、伤感之下，特想找个蓝颜知己倾诉倾诉。

略一思虑，鲁西兰便给谢白杨发了条手机短信：白杨好！今晚8点，我请你喝茶聊天，你方便吗？如方便，请记住：地点在山晓茶楼江南春包房。不见不散！

哟嗬！这个骄傲的公主，终于也对我动心、向我低眉啦！收到鲁西兰的短信，谢白杨飘飘欲仙、心花怒放。

但激动刚过，谢白杨眼珠贼溜一转，立马就心生一计。

7点在家吃过晚饭，谢白杨便迫不及待，把鲁西兰发给他的手机短信，下意识地翻给老婆雪静看。

雪静看完醋意大发，暗骂：鲁西兰啊鲁西兰，你真不是东西！咱们可是最好的闺蜜，你竟挖起我的墙角！这么想着，雪静脸上的笑容就僵住了。

谢白杨察言观色，小心谨慎地问：老婆，我给你看短信是要请示你呢：我是否接受鲁西兰的约请？

雪静装得十分大度：接受啊，有什么不能接受的？美女对你有意，说明我老公魅力四射，我脸上有光啊！去吧，亲爱的老公，赶紧去！

如果——谢白杨笑笑，我丁点儿不想去呢？

雪静一愣：美女主动约你，你会不想去？

是啊，亲爱的老婆，在我眼里就你最美！我心里只能容纳你！鲁西兰是什么东西？比起你来，差了十万八千里！谢白杨梦呓般地向雪静表白。

你真不想去啦？不去不会后悔？雪静紧盯谢白杨。

报告老婆，一千个一万个不想去呢！谢白杨举手发誓。

好了好了，亲爱的老公，你想咋办就咋办！我算嫁对人了。雪静摸了摸谢白杨的头。

谢白杨便连手机短信也不给鲁西兰回了。

几天后不期而遇鲁西兰，寒暄几句雪静就巧妙地提起谢白杨曾收到她的手机短信，她敦促他一定准时赴约，谢白杨却死活不从。

这个臭男人！居然在我面前装起忠贞。我们是闺蜜，我能信不过你？再者，我也知道你是在暗中帮我测试我老公花心不花心。雪静笑得像灿烂的朝霞，谢谢你哦，亲爱的西兰，兰妹！谢谢你为我用心良苦！

这……鲁西兰心里像钉进了一枚钉子。欲向雪静解释解释，又怕越抹越黑。

是啊，雪姐怎么像钻进我肚子里的蛔虫，把我的心思看得一清二楚？鲁西兰赶紧迎合。

鲁西兰本想把谢白杨在外面说了些啥，是怎样发短信向她表白心迹的统统倒给雪静，但咬一咬牙，还是三缄其口、只字未吐。

找了个好老公不得了呀，让你雪静臭美吧，让你永远蒙在鼓里、被他哄骗！鲁西兰想。走在回家的路上，鲁西兰反倒轻松，还有几分得意了！

雪静呢，心里也像喝了蜜，从此判若两人：以前在家里，谢白杨几乎把她当祖宗供奉，她对谢白杨则横挑鼻子竖挑眼；现在倒好，太阳终于从西边出来，她拿谢白杨当宝贝捧了，每天坚持给谢白杨端茶倒水，还为谢白杨洗脚捶背。

雪静心里清楚：鲁西兰是让美女们也嫉妒的大美女，她雪静哪能与鲁西兰争艳！

精心设计的“钓鱼”方案就这样完美实施，谢白杨觉得自己实在太高明、太强大了。

窃喜之余，他又不动声色，主动约了自己的红颜知己白慧兰……

（原载2014年8月11日《文学报》，转载于《微型小说选刊》2014年第21期）

警车开道

谷禾为中国E市H大学教授、校长；史蒂文是美国G市F大学教授和某学科专家。H大学与F大学建立了良好的学术交流平台。史蒂文来H大学做过好几次学术报告，谷禾也去F大学交流过好多次。每回来中国，到E市一下飞机，谷禾就会亲自去机场，用自己的小车迎接史蒂文。一来二往、相互协作，谷禾和史蒂文不仅成了学术上的同道，更成了跨越国界的好朋友。

谷禾走马上任E市市长了，史蒂文仍外甥打灯笼——照旧（舅）。原副校长幸酉接任谷禾的校长之职后，H大学和F大学学术交流依然频繁。谷禾与史蒂文经常电话联系，还是关系密切的好朋友。

H大学又发函邀请史蒂文来中国开展学术交流。史蒂文高兴地给谷禾打电话，说是很想见见当了市长的老朋友。谷禾说他也很想见史蒂文。这次来E市，一定要给史蒂文意外的惊喜。史蒂文忙问是什么惊喜？谷禾说到时便知。史蒂文就在电话里嗬嗬嗬地笑了。

阳光灿烂、花香扑鼻。一出飞机场，史蒂文就急切地寻找谷禾。但谷禾没有现身，谷禾的秘书王家新和H大学新任校长幸酉却来了。史蒂文认识王家新。王家新曾是谷禾任大学校长时的秘书，现在又继续做当了市长的谷禾的秘书。王家新与幸酉热情地迎上去，与史蒂文和助手亲切地握手、拥抱。王家新告诉史蒂文，谷禾陪省领导到外地考察去了，委托他和辛校长接待好美国朋友。

史蒂文一愣："你们谷市长说要给我意外的惊喜，你知道是什么惊喜吗？""请跟我来。"王家新手指机场外公路边停放得整齐威武的一溜儿小车，"你看，第一辆警车叫牵引车，是在车队前面引路和指挥其他车辆让道的；第二辆警车叫前卫车，是在车队前面负责安全保卫的；第三辆美洲豹是接你和助手的迎宾车；第四辆宝马是我和辛校长坐的护送车；第五辆警车叫后卫车，是在车队后面负责安全保卫的。"王家新如数家珍、津津有味。史蒂文的脸却已由晴转阴。史蒂文惊问："这就是你们谷市长要给我的惊喜？"王家新笑答："是的！"史蒂文脸一沉："来这么多警车做啥？"王家新眉飞色舞："开道护卫，确保你的小车通行无阻！"边说边恭请史蒂文上美洲豹。史蒂文犹豫再三，很勉强很别扭地上了车。

警灯闪、警笛鸣。车队雄赳赳、气昂昂，一字排开、风驰电掣地向E市挺进。

感觉警笛越来越刺耳、警灯越来越恐惧。车队驶出飞机场不远，史蒂文终于又气又恼、大呼大叫起来："停车，快停车！"美洲豹惊慌地在路边停下，整个车队也无奈地在路边停下。史蒂文暴跳如雷地冲下车："我们不是囚犯，我们不去刑场！我们是美国的专家学者，是应邀来中国做学术交流的。你们不能用警车押运我们，不能羞辱、敌视美国人！你们这样不友好，我们要立即打道回国！"王家新哭笑不是，赶紧迎上去小心释疑："误解了、误解了！亲爱的史教授，这不是把你们当囚犯羞辱敌视，相反，是把你们当贵宾高看一等呀！你真的不知，在我们中国，这叫'警车开道'，是迎接省级以上高官的特殊礼遇！正是为了体现对你们最充分的尊重，给予你们最热烈的欢迎，谷市长才力排众议，做此决定的。"见史蒂文没再言语，王家新嘘一口气，赶紧把他请上美洲豹。

警灯闪、警笛鸣。车队又雄赳赳、气昂昂，一字排开、风驰电掣地向E市挺进。

进入E市的DK大道，前方的车辆都闻风让路，如惊弓之鸟；两旁的行人也驻足观望，像看西洋景。目睹此情此景，如坐针毡的史蒂文禁不住大呼大叫：“停车，快停车！”美洲豹又在路旁嘎地刹车，车队也在路边紧张地停下。史蒂文义愤填膺，冲下车就嚷：“你们这是扰民，是让我们难堪！路上的车辆没理由给我们让道，我们也无权惊骇路旁的行人。快撤走警车！”“狗上花轿，不识抬举！”王家新烦恼之至。但他还是强忍着，尽量和颜悦色地劝说史蒂文：“史教授，感谢你设身处地，为路上的车辆和行人着想。但我要告诉你，每年，省级领导来E市视察都有好多次，都是警车开道。这里的车辆和行人早就习惯了。岂止习惯，还认为E市光彩，以此为荣呢！”见史蒂文气色依然不好，王家新眨眨眼，又说：“一次，一家台资企业老板来E市考察，我们就因为破格用警车为其开道，结果，老板感动之下，让那家台资企业在E市生了根。说实话，E市人都希望经常看到警车开道呢！”听王家新这么一说，再看车队后停下的车辆越来越多，路两旁围观的行人已里三层外三层水泄不通，史蒂文忐忑不安，只好做贼似的上车。

其结果，此次学术交流活动，气氛总是不对劲。谷禾呢，实际上一直在E市待着，根本没有陪省领导外出。他原想出其不意地上H大学造访史蒂文，给他又一个惊喜的。不料史蒂文对警车开道非但不领情、不感激，反倒给他谷禾添麻烦、生乱子。咬咬牙，谷禾忽然改变主意，坚决不见史蒂文了。

从此，谷禾和史蒂文冷若冰霜、不再交往。

（原载2008年10月14日《新课程报·语文导刊》，选入《中国微型小说300篇》）

祸起萧墙

跑关系、走后门、送礼金、拜菩萨，用尽九牛二虎之力，花光身上所有积蓄，欠上一屁股沉重的债务，升迁副处级之事终于现出曙光。

“老婆，看到《淮白日报》上拟提拔干部的公示了吗？”下班回家，第广龙欣喜若狂。

和慧也是满面春风：“老公，想不到你还真行，我为你自豪！”

“那今晚多弄点酒菜，咱们好好庆贺庆贺？”第广龙得意洋洋。

“当然，升官发财，升官乃人生第一大喜事！”和慧也眉飞色舞。

“不过老公，福兮祸所伏，你可一定要沉稳。谁笑到最后，谁笑得最美啊！”和慧又柔声提醒第广龙。

第广龙一愣：“夫人的话充满哲理，我会时时留意、处处小心。”

话虽这样说，第广龙却想：“煮熟的鸭子还会飞？”

那晚，夫妻俩推杯换盏、心花怒放。第广龙醉了。

朝等暮盼，望穿秋水。梦醒时分，不见喜鹊欢呼，却闻一声炸雷。

风云突变，升迁之事砸了。

宛如当头一记闷棍，第广龙应声昏倒。昏倒时，脸上还挂着两行清泪。

“一定要查出是谁在背后捅了自己一刀，乌龟王八蛋！”醒来，第广龙把牙龈都咬得出了血。

祸起萧墙！第广龙做梦都没想到，一向温柔贤惠的妻子，竟猝不及防，悄悄去纪委告了他一状！

“这个臭婆娘，怎么这么蠢啊！别人老婆为丈夫升迁，不惜献身上级领导。她、她、她……”第广龙的拳头几乎要击碎自己的办公桌。

气呼呼地窜回家中，第广龙劈头就问：“和慧，是你稀里糊涂去纪委告了我？你疯了？”

“我没疯，”和慧却一脸的淡定，“因为——不这样还真不行哩！”

“干吗？”第广龙歇斯底里，“一人飞升，仙及鸡犬。你为什么如此不开窍？”

“不开窍？”和慧扑哧一笑，“升官发财，升官发财了你还不和别人过好日子去？”

“你什么意思？”第广龙的眼里喷着火。

和慧仍镇静自若：“现在处级以上的领导，不换老婆的多吗？不换老婆恐怕也是摆设，他照样在外面寻花问柳、包二奶养情妇，醉生梦死！”

第广龙有点可怜和慧了：“你呀你，我是那种人吗？”

“难说，权力是男人的法宝。男人一旦掌权，想不对女人动邪，贱女人还要投怀送抱呢！为了不失去你，为了维持一个安稳的家，夫君，我只能委屈你了！”

“头发长见识短！”第广龙几乎怒吼，“就算你不为我想，也该关心关心咱们的儿子吧？”

“儿子又怎样？”

“处级以上的干部啊，才算真正的官。我是处级干部，咱们的儿子就成官二代。成了官二代，大学毕业后一般不愁找不到好工作！至少，我还能出马运作，努力让他当个科级干部吧。现在的孩子呀，不少都在拼爹，龙生龙，凤生凤，老鼠生崽打地洞。一些地方出现这样的现实，你真的看不到？”

和慧的心咯噔一下，嘴皮子仍像粪坑里的石头：“我不管，儿孙自有儿孙福。朱元璋什么人？朱元璋有爹拼吗？但朱元璋还不做了大明的开国皇帝？”

“你呀你，脑子里怎么就一根筋？”第广龙扔下一句话，“时代不同了！”

“时代不同啦？”

“好啦好啦，别纠缠这个。”第广龙话锋一转，“不管怎么说，我和你不是仇人，你总不能造谣诽谤吧？我什么时候有过情人？什么时候和情人暗度陈仓呀！”

和慧这才把头缓缓地低下：“我总不能说你有经济问题——贪污受贿吧？如果那样，查出来要判刑、坐牢的！那不彻底毁了你、毁了我们这个家？”

“唉、唉、唉，”第广龙一屁股瘫坐在沙发上，“我有情人，我和情人暗度陈仓，别人会怎么看我？”

“别人怎么看你不重要，重要的是我不介意！只要我们不离不弃、相敬如宾，别人又能怎样？”和慧轻轻凑过去，温柔地托起第广龙的下巴，冷不丁亲了他一口。

亲过，和慧忽然灵机一动：“好啦老公，别沮丧了，我明天就去纪委……”

“干吗？”第广龙一惊。

“为你平反昭雪！”

“为我平反昭雪？”

“是啊！要不，你哪能升迁副处级？”

“你不担心我和别人过好日子去？不担心我包二奶养情妇？”第广龙话中有刺。

和慧咬一咬牙：“有得必有失。即便你和他们一样，为了咱们的儿子，我也只能委曲求全，豁出去！”

“可是晚了！你没听说‘过了这个村就没那个店’？我已痛失良机了！”第广龙几乎哭丧着脸，把头摇得像拨浪鼓。

“真的吗，老公？”

“真的！”

和慧就深深地后悔了，眼泪禁不住吧嗒吧嗒地往下掉，仿佛断了线的珠子。

［原载《创作与评论》2013年9月号（上半月刊）］

派出所所长

有辆银灰色的宝马车，停在城市近郊的大路边上。镇派出所近在咫尺。

宝马车的震动宛如波涛起伏。车内不时传出一个年轻女子的呻吟，是那种飘飘欲仙的快感。

镇派出所所长庄木马夜巡至此，像被一块强大的磁铁吸引，不动声色地靠近宝马车。

月光如水。透过一扇未关严的车窗，庄所长很容易看清了车内正在发生的事儿。

一对男女只顾忘情地做爱，压根儿不知车窗外有双圆睁的鹰眼。

“太大胆、太刺激了！”庄所长在心中感叹。悄悄退到路边一棵大樟树下，立马给带班的副所长铁建虎发手机信息。

很快，干警们从天而降，团团围住那辆宝马。庄所长让人把相机对准车窗内，咔嚓咔嚓地拍起镜头，车内的男女依然旁若无人，很陶醉、很投入地癫狂。

庄所长没耐心等了，扬手重重地拍拍车窗，不由分说猛地拉开车门。

“你们——太放肆了吧？居然在这里玩车震，简直没把派出所当回事！快，穿上衣服，跟我们走一趟！”庄所长呵令。

俩人如梦方醒。穿好衣服，女的有点慌张，男的却从容不迫。

“要干吗呀？我们可是夫妻！”男的理直气壮。

庄所长笑笑：“老夫少妻，真够浪漫！行啊你们，请出示结婚证让咱看看。”

“谁会随身携带结婚证？”男的皱眉，“它在我们家里呢。”

“那好，”庄所长打量打量那男的，“让你女人带两个女干警回家去取，你先跟我们去派出所候着？”

“这……”男的犹豫。“如果，”男的试探，“我俩不是夫妻，但是情人呢？”

庄所长一愣：“那也要请你们去派出所，核实核实身份。”

“既然这样，我俩随你们去就是。但我要提醒你，请神容易送神难哦！”男的话中有刺。

“这个我懂。”庄所长双臂抱胸，回道。

一到派出所，所里就把男的和女的分开提审。

女的抗不住，不久就供认了他俩的关系。原来，她是市劳教所干警嘎胭脂，男的为市委政法委副书记谷轼轲，他们并非夫妻。

“这真是——大水冲了龙王庙。”庄所长赶紧请出谷书记，拱手向他致歉，“我们失礼、失礼了！”

谷书记乜视着庄所长：“我说过，请神容易送神难嘛！”

庄所长立马赔笑：“多有冒犯，多有冒犯，我这就……”

“哼！”谷书记瞪了庄所长一眼。

带上嘎胭脂，大摇大摆地迈出派出所。

目睹他们离去的背影，庄所长不禁摇头。

原想谷书记会忍气吞声，因为说来说去这也不是光彩的事儿。

哪料第二天他就打来电话大发雷霆：“庄木马，你他妈混蛋！狗眼看人低，敢在太上皇头上动土啊！下级服从上级，党的组织原则你丢到哪去了？连你上级的上级也敢大肆羞辱，你他妈昏了头，不想当这个派出所所长啦？”

“不想当又怎样？”庄所长也肝火大动，“谷轼轲啊谷轼轲，你包养情妇还神气？与人通奸还有理？不是放了你并向你道歉了吗？我警告你，不要敬酒不吃吃罚酒！我老庄也不好惹！”

“好，好，好，一定要跟我斗狠是吧？你个狗日的！”谷轼轲怒骂。

“不跟你斗狠又怎样？”庄所长反问。

“赔偿我和嘎胭脂的荣誉损失，收回抓审我俩造成的恶劣影响，保证这样低级的错误永不再犯！”谷轼轲教训道。

“哦，是这样，那让我想想，想好了立马向您汇报，好吗？”庄所长俨然在接受指示。

谷轼轲据此认为庄木马已经服软。

然而这次，他又错了！

挂断电话，庄所长就把谷轼轲与人通奸的所有证据火速收齐、备好，悄悄写好举报信，复印5份后，一份报市委书记、一份报市长、另两份分别送市纪委书记和市委政法委书记。为了万无一失，还咬牙给省纪委有关部门快递了一份。

“要么鱼死，要么网破！”庄所长想，“铁证如山，这么多的重要领导和部门，只要有一个真正重视和出面，问题必能迎刃而解。”

背水一战的结果，庄所长赢了。

谷轼轲毫无防范，就突遭市纪委调查，很快受到免职降级的处分。

庄所长因此得到市委政法委的通报表彰，成了全市不畏权势、敢于执法、公正执法的典范。

庄所长红了、风光了！但内心深处，却十分遗憾。

面对记者和亲友的追问，他决定坦言相告：其实，他早就认识谷轼轲，知道他是市委政法委副书记。在全市的政法工作会议上，他不止一次地听过谷轼轲热情洋溢、正气凛然的报告。没料到这么大的领导，居然口是心非、阳奉阴违，干了坏事不低头、不收敛，还反咬执法者不松口！本来吗，之所以佯装不识，就是想好好看看他谷轼轲做了坏事后的表现，就是想严厉警示他知错快改、回头是岸。人心都是肉长的，自己也用心良苦啊！可他……唉！

（原载《芒种》2015年3月上半月刊，转载于《微型小说选刊》2015年第14期）

请进包房

李点儿、丁莉、衣米一和娜夜都是中国人。他们气味相投，常常相约去城里的餐馆酒楼小聚。时间一长，城里的餐馆酒楼几乎没有他们未光顾的。每进入一家餐馆酒楼，落座，酒菜上桌，拿起碗筷，他们总是旁若无人：边吃吃喝喝，边猜拳、说段子、争辩是非、讲趣闻轶事……面红耳赤、高声喧哗。似乎餐馆酒楼里其他人不向他们张望，不被他们感染吸引，他们就白忙活、不风光似的。这是在中国的南方，这里的人们都很宽容、洒脱。因此，大家相安无事、习以为常。

李点儿、丁莉、衣米一和娜夜结伴去美国。四个人又进加州一家大餐馆吃饭。起初，他们自己坐在人满为患的大厅里。像在中国南方一样，酒菜上桌，碗筷拿好，他们又旁若无人：边吃吃喝喝，边猜拳、说段子、争辩是非、讲趣闻轶事……面红耳赤、高声喧哗。大厅里形形色色的人们一下子把目光投向他们，那种目光很怪很复杂。餐馆美国老板见状，像个消防队员，风风火火直奔过来。“女士们、先生们，你们好！我请你们进包房用餐，进包房可以吗？”美国老板忐忑不安地恳求他们，还郑重许诺进包房不收包房费。他们一听，立即豪迈地起身。美国老板这才悄悄地嘘了一口气，赶紧唤来服务员，迅速把餐桌上的酒菜一股脑儿移进那间隔音效果很好的包房，然后严严实实地关上房门。他们又在包房里喝酒碰杯、继续热闹。没有人再注意他们的一举一动。

吃饱喝好，恋恋不舍地从那家餐馆出来，走在宽广美丽的加州大街上，他们个个飘飘欲仙，难掩内心的激动与自豪。

李点儿春风得意：“怎么样？老美就是高看咱中国人，厚待咱中国人吧！”

“是啊，”衣米一喜形于色，“如今咱中国发展强大了，吃饭喝酒老美都给咱中国人‘开小灶’，OK！”

丁莉眼睛亮了：“咱们经常来美国吧，多多享受老美对咱中国人的充分尊重！”

“我看啦，”娜夜撇撇嘴，神采飞扬，“咱们赚足钱后，索性移居美国！”

兴头正浓，他们还要高谈阔论。一直沉默不语、跟在他们身后的美国翻译终于忍不住了。“其实，”美国翻译说，“餐馆老板是怕你们高声喧哗影响大厅里其他客人，是怕其他客人反感离席弄砸生意，才心急火燎，特地请你们进包房的！幸亏你们好商量，要不，餐馆老板可要……”美国翻译说不下去了。

李点儿他们惊呆了，摇摇头，你看看我，我望望你，每个人的脸都比醉酒时更烫更红。

（原载2008年9月23日《新课程报·语文导刊》，选入《精美小小说读本》）

雅盗

鲜花芬芳、阳光明亮，附近有袅娜的歌声轻轻荡漾。

刚潜入主人家，小偷就发现：客厅的茶几上端放着几张“伟人头”。旁边还有一张字条：“如果不是万般无奈，你肯定不会干这一行。相信你过得也不容易。为了让你我都省事，特在此放上300元钱。我家条件一般，希望你别介意。好走！”小偷开始有些生气，不，是动怒：“300元打发乞丐呀！”但看罢字条，心头却一热，眼眶也有点湿。略愣，揣上钱和字条，便匆匆出门。小偷想不到，还有人对他如此客气。

一段时间之后，小偷又神鬼不知地潜入这家。主人在客厅的茶几上依然端放了300元钱。旁边也依然有一张字条：“感谢你上次没有翻箱倒柜，省去了我们整理衣物的劳累。这点小钱还是为你准备的，希望你不要嫌少。好走！”

小偷又发现了钱和字条，心里依然亮过一道闪电。

但这次，小偷对钱已了无兴趣。不仅了无兴趣，还把上次偷走的300元也拿出来，恭恭敬敬地端放在茶几上。

小心翼翼地走进书房，从主人的书架上找到那本小小说集，小偷甚喜。哗哗哗地翻阅一遍，又下意识地看看封底的定价：60元！

小偷毫不犹豫，立即把这本集子带到客厅，轻轻放在茶几上。又在集子上放了60元现金，还在旁边留了一张字条："亲爱的白正老师：经常在报刊上拜读你的小小说。很喜欢你的文章，不，应该说很崇拜你！现代社会物欲横流，爬格子效益十分低下。你能耐得住寂寞，潜心创作震撼人心的佳作，十分难得、可敬！知道上次偷的是你家的钱，我愧疚，一夜未眠。现将偷走的钱分文不少地还给你，只求你能原谅我！我想买一本你的小小说集，你能在集子上签名题字吗？购书款我先放这儿，下次再登门取书。祝好！"

回到家里，看罢小偷留下的钱和字条，白正心潮起伏。稍一思虑，便翻开茶几上的集子，在扉页上端端正正地写道："如能听我一言，劝你金盆洗手。好人一生平安，你能从善如流吗？"写好便在题字下认真地签上自己的姓名。

签完姓名忽又想到有个谜底尚须揭穿，于是又在集子旁留下一张字条："你怎么知道我是小小说作家白正的？"

"亲爱的白老师，我从电视里看到过记者上你家采访的现场报道，那是你获得一个全国性文学大奖之后。看完报道再一回想，才发现我偷了这世上最不该偷的人家。你的开示我谨记于心。但江山易改，禀性难移。只是今后，我会精心选点，只偷该偷之户，譬如贪腐官家和黑心商家……"

隔几日，当白正看了小偷在茶几上留下的字条，他的眼前忽然一亮，但旋即又心头一紧。这时，他还想说点什么，但最后什么也没说。

鲜花芬芳、阳光明亮，附近有袅娜的歌声轻轻荡漾。

（原载《天池小小说》2013年第5期）

贪官访谈录

某日某地，某记者采访了某贪官。

记者：“把买油、米、面包、鸡蛋、水果、衣物、孙儿和外孙女玩具的钱都以买办公用品的名义公款报销，这是贪污，你懂吗？”

贪官：“不懂！我是人民的公仆，是公家的人，公家的人就该由公家来包养，吃的穿的用的玩的就该是公家的嘛！”

记者：“你一次就收受礼金20万元，这是受贿，你可明白？”

贪官：“不明白！我给送礼者办成了事，此乃有功受禄。而况，送礼者和我很熟，是我朋友，收朋友的钱也有问题？”

记者：“你玩罢那些个女人也就算了，还把她们的玉照和阴毛收集起来干吗？一者，作风问题有损形象；二者，你为司法机关留下了证据。”

贪官：“这你就想不到了，我收集她们的玉照和阴毛，就是要好好欣赏自己的政绩，就是要让自己经常充满自豪感。

我国旧世代的达官贵人，不都是妻妾成群、风流浪漫吗？”

记者：“你为什么要杀死自己的情妇？她给了你那么多的温情和甜蜜还不够吗？”

贪官：“怪只怪后来，她自以为是我老婆了，竟没完没了地跟踪、管制我，既不许我再搞美人，又大肆敲诈我的钱财。”

记者：“你罪孽深重，判你死刑，你服吗？”

贪官：“不服！说我贪污受贿？可钱全退了，我清白了；杀人？我杀的是一介草民，我还是被逼无奈；玩几个女人？那是为了激发热情，是工作需要。我是达官贵人呀。他们不能胡来，千万不能！”

记者：“那你想怎样处置？”

贪官：“既允许人犯错误，又允许人改正错误，人非圣贤，孰能无过？因此，即使我错了甚至大错特错了，也恳请组织：看在我过去有功的份上，给我一次改过自新的机会。放我出去，复我官职，以观后效。”

记者：“要是这根本不可能呢？”

贪官：“那我再退一步，只要组织上免除我的牢狱之灾、杀身之祸，我愿意告老还乡，回农村去种几亩试验田，自食其力、自力更生，借此向党和人民赎罪。”

记者：“你是个聪明人，怎么也走上了这条无比黑暗的不归之路呢？”

贪官：“都只怪我放松了思想改造，将自己等同于黎民百姓。”

记者：“时间有限，采访到此结束，你好自为之。”

贪官：“都到中午了，咱们先上酒店吃点喝点，完罢去休闲娱乐中心泡泡小姐，轻松了满意了，你再走吧？”

贪官抬腕看表，热情挽留；记者瞠目结舌，哭笑不得。

（原载2004年4月30日《作家报》，转载于《杂文月刊》2004年8月下半月刊）

都赢了

某厂花费12万元新购了一部小车，小车购回后还未风光1年就进了汽修厂。进了汽修厂后又大修了1年，结果非但车没修好，修理费还达到了18万元！厂长等车坐等得肺快爆裂，催汽修厂千方百计加快修车进度，汽修厂却以未付修理费为由横竖不肯再修。

怎么办？厂长召开厂务会议。研究的结果，绝大多数的参会者坚决反对支付修理费，理由是，与其付出这笔款子后继续修车，不如再花钱买部新车回来，虽然厂里已困难得连工资都不能及时发放，但账连小学生也知道只能这样算。最后还是厂长高明：修理费一分不给，小车决不收回，也不再买新车了！

厂里没了小车，司机小秦干什么？常务副厂长提出一个问题。厂长念小秦风里雨里为自己驾车近1年，感情上有些过不去，便说：让小秦接替人事科长吧，人事科长调走后正愁没有合适的人选。厂领导无人明确反对。于是，还是临时工的小秦摇身一变，登上了人事科长的宝座。宣誓就职后，按照厂长的指示精神，小秦闪电般地为自己办完了转干手续。

小秦高兴得快要疯了，夜里好几次从梦中笑醒。妻不解，问小秦何故。答曰：他当了人事科长！妻说：她早有所闻，还有什么得意之处？小秦摆出一副胜利者的姿态，说娇妻不知，他与汽修厂厂长串通，早将厂里小车卖了，赃款10万元，汽修厂分得4万元，他分了6万元！鬼知道厂里小车压根儿未坏，汽修厂也压根儿未修？妻听罢，吓出一身冷汗。小秦赶紧安慰娇妻不要心惊，说卖车后他立即给厂长送出红包2万元，给常务副厂长送出1万元，给另二位副厂长各送出5000元……妻这才长长地嘘了一口气，说小秦呀小秦真有你的！小秦就更加洋洋自得，说娇妻让你大长见识了，这叫都赢，都赢了知道不？

（原载《南方文学》2001年第7期，转载于《微型小说选刊》2001年第8期、《金山》2005年第10期“精彩回放”栏）

秘密约定

Y老板径直找到县委A书记，想给刚大专毕业的儿子找份既悠闲又发财的好工作。A书记笑容可掬，操笔就给县水利局E局长写字条。

Y老板怀揣字条来到县水利局，局里正召开局务会议。Y老板敲门而入：请问，E局长是哪位？他环顾会议室，毫无顾忌。我就是！啥事？E局长停住作指示，抬起头反问。Y老板大步走到E局长身边，旁若无人地取出字条，把它展放在E局长眼前的会议桌上。E局长瞟一眼字条，顿时有些不悦：找什么工作？局里好几位领导的子女都没法在本系统找呀！Y老板察言观色，立即殷勤地给E局长递烟。E局长果断地摆摆手：罢了罢了，不抽烟。Y老板又笑吟吟地欲给其他局领导递烟，E局长同样摆手制止：都不抽烟，算了吧？我们开会！Y老板极为不快：既然E局长狠犯难，那么，字条我收回好了！E局长却一怔：字条是对我写的，就放这儿。

娘的！Y老板在心里直骂。怒冲冲地出了水利局，又气哼哼地去找A书记。A书记，你在县里没权威，E局长不给你面子呵！跨进办公室，Y老板就大声嘲弄。咋？没权威？不给面子？你把详情说清。听罢Y老板的叙述，A书记肝火大动，一拍桌子，就在电话里训道：E局长，县水利局是你个人的水利局，还是县里的水利局？如果是你个人的水利局，你就尽管为所欲为；如果是县里的水利局，你就无条件执行我的指令。否则，你今后的命运将由不得你！你听清楚，明天必须把Y老板的事情办好，而且必须让Y老板满意！也不等E局长答话，A书记就啪地挂上电话，自言自语地骂：敢跟我抗，有眼无珠！骂过，又转身向Y老板赔礼：实在对不起，下属没教好，让老大多跑路了。明天，请你去当面教训E局长，如何？

Y老板这才觉得解恨，翌日又趾高气扬，昂首去找E局长。这次，不等Y老板开口，E局长就满脸堆笑：老大，白云乡水电站好，安排你公子去当副站长，咋样？Y老板斩钉截铁：不行，我儿至少在你局当财务科长！好吧，我明天就把财务科长挪窝，给你公子腾位子。E局长点头哈腰道。想了想，又献媚取宠地问：老大，贵公子还有什么问题要我解决？唔，这个……？Y老板略一思忖，我儿还未入党，能让他火速入党吗？E局长一拍胸脯：没问题，我当你公子的入党介绍人，明天，就让他光荣入党！

好！你说的。Y老板锁住E局长的承诺。既不表示欣慰，又未郑重道谢，蹬蹬蹬风风火火地走出水利局。一边走，一边还十分鄙夷地想：E局长呵E局长，见你妈的鬼，区区一个小官，要什么神气！贪污腐败惯了，还要我送礼送钱求情不成？也不睁大眼睛，也不打听打听，我虽出身农民，可我是市委领导的兄长，是提大“篮子”做大生意的大老板！如今，哪个县的县委常委不是我的奴仆，市里不少领导也呼我老大呢。不识时务，你算个球！

Y老板的事情就这样办好了，但Y老板的龙颜却一直未开。再联想A书记被激怒时那样暴跳如雷，E局长就甚是惶惶不可终日。见他每日如此失魂落魄，其妻忙问出了啥事。E局长懊恼地说出了事情的原委。其妻听罢叹道：你糊涂呀！县委A书记都写了字条，还折腾人家干吗？E局长便回敬其妻：你以为我傻？水利局油厚脂肥，都想来捞。招架没完，A书记只好和我秘密约定：凡写字条都是形式，有意做给别人看的，一般不予执行；只有他A书记亲自给我打电话或者当面吩咐我，才是军令。以前，A书记叫我安排过好几个关系户，也都是按此密约做的。可这次，A书记咋了？

A书记没咋！他是故意演戏给Y老板看的。Y老板的老弟也与A书记有个秘密约定：很多时候，他的声音都要通过Y老板传递。A书记曾经向他发誓，Y老板要办之事，就是领导圣旨，他A书记肝脑涂地也一定办好。这次，他就是要让Y老板深深感到：现在往好单位塞人太难，单位抵触情绪很大呢！但既然是Y老板老弟、那个市委领导忠心耿耿的仆人，Y老板要办之事，他A书记上刀山入火海也会办好，即使苛刻甚至牺牲自己的亲信也在所不辞！

戏演得让Y老板深信不疑、感动不已。Y老板趁机在其老弟面前一赞美，其老弟便默不作声地连连点头。

不久，A书记就忽然得到提拔重用，摇身一变当上了市委常委、常务副市长。

而E局长，当然不知A书记还有另外一个秘密约定，永远！

（原载《金山》2005年第2期）

恨铁不成钢

提起师群，县长心里就隐隐作痛——

师群是县长秘书，工作上深得县长赏赐。

冰金是师群最要好的同学，原在某国营企业任技术骨干，下岗后在县城边缘开桑拿洗脚中心。

为了支持冰金度过难关，背着县长，师群与县直部门几位领导时常光临其桑拿洗脚中心，当然是公款消费的。每次舒服完毕，冰金都会给他们开具就餐发票，秀色可餐嘛。也全靠他们的热情关照和极力渲染，冰金的桑拿洗脚中心才人气渐盛、日趋红火。

有一次，在该桑拿洗脚中心坐台小姐景纯百般挑逗之下，师群情不自禁，美滋滋地与她做了一顿爱。做完爱，景纯向师群要了200元特服费，还有意问起师群的姓名、工作单位和联系电话。做爱归做爱，那是逢场作戏，告诉景纯真实情况无异于给自己脖子上套井绳。想到这里，师群十分“认真”

地告诉她：自己叫“关前”，在县味精厂任厂长，还告诉了景纯一个风马牛不相及的联系电话。师群对自己会使小聪明感到洋洋得意。

几天后，冰金盛情邀请县直部门关照过他生意的领导们喝酒。为了助兴，冰金把景纯也带上了，因为景纯是其桑拿洗脚中心最漂亮的小姐，也是该县最美艳的县花。正是在景纯娇滴滴、甜悠悠的敬酒中，各位领导喝得摇头晃脑、醉眼蒙眬。可当景纯又要给县乡企局副局长老生敬酒时，老生说啥也不喝了，一定要景纯给师群敬酒，说师群是县长秘书，后生可畏，前途无量。景纯就这样弄清了师群的真实身份，又通过酒席上各位领导的对话，掌握了他们彼此的情况。

天有不测风云。谁知景纯在桑拿洗脚中心为某大款提供性服务时，一不留神就被派出所逮了个正着。带进审讯室后，派出所呵令景纯交出所有嫖客姓名。起初，景纯还嘴硬，可后来，派出所抛出了一个从轻处罚的办法：如不交人，要罚款8000元才能放她；如果交人，则每交出一个即减少罚款1000元。景纯一听动了心，很快把她能够回忆起姓名的嫖客一股脑儿和盘托出。刚好8人，其中，就有师群。

景纯就这样被放了，师群和几位领导却倒了霉，一个个被带进派出所审讯。从未进过派出所的师群紧张害怕得要命，当派出所告诉他景纯已供认其嫖娼事实时，师群扑通一声跪在地上，苦苦哀求派出所网开一面，千万别把他的丑闻捅到县纪委。派出所说这不难，只要他交足8000元罚款，就可为他保密，并悄悄销毁所有关于他嫖娼的证据。师群心中的一块石头落地了，立即东借西挪凑足8000元钱，老老实实交给了派出所。

接着提审其他领导，这些人却鹅卵石掉进粪缸里，又臭又硬。不论派出所软硬兼施，他们都一口咬定是景纯恶意诬害。没办法，派出所只好把案子搁置下来，等找到切实有力的证据再说。

师群哪里想到：这些派出所干警也会连哄带骗、出尔反尔。当他还在暗暗庆幸自己已退财免灾躲过了劫数，他的嫖娼之举却早已捅到县纪委，又由县纪委捅到了县长那里。

县长压根儿不信。在他看来，师群怎么说都是一块可以炼钢的好铁。他一个电话把师群叫来，说：师群啊你是我的秘书，平日我对你要求很严，那是我有意栽培你，你的工作表现也很出色嘛。说句老实话，你嫖娼没？不想师群竟泪如泉涌：县长，我对不起您，我确实……县长一听脸色煞白、羞愧无比。但马上，县长又镇定下来：事已至此，把你被审讯的经过详细说给我听。师群便将派出所怎样提审他的忐忑不安地叙说了一遍。听完县长唏嘘再三：师群啊师群，为领导办事和服务你都很精明呀，从不留任何后遗症，怎么派出所要交罚款你连我都不请示一下就交了呢？那不等于自己承认了嫖娼的事实吗？县长在办公室内来回踱了好几个圈，又点拨说："你只要拒交罚款，派出所就掌握不了你的证据，你没被他们抓到现场嘛，他们拿你有什么办法？退一步而言，不走到这一步，我这个一县之长在自己管辖的范围内还有摆不平的事么？你看你看……"

师群怔住了。迫于外界压力，不久，他被免除秘书职务，调离政府机关，成了某事业单位一名极普通的国家干部。

而其他几位，通过县里有关领导出面协调，派出所决定不再追查。大事化小、小事化了，他们仿佛什么都不曾发生，依然官居原职。

"恨铁不成钢！"这种时候，县长就不无惋惜地感叹说，"我正准备让师群担任县政府办副主任，并尽快将其推上主任位置呢！谁知……"师群后悔不已，从此不敢抬头走路，仿佛过街老鼠。

（原载《民间传奇故事》2001年第5期，转载于《微型小说选刊》2001年第20期）

打电话

“喂，高局长吗？麻烦你帮个忙，把我儿子胡原转到西盟小学去读书……”吃过晚饭，工商局胡局长就给教育局高局长打电话。

“哦，小事！胡局长，你明天就去西盟小学找朱校长，我会给他打电话的……”高局长毫不犹豫地在电话里许诺。

胡局长的儿子胡原要读二年级了，一年级是就近在秭归小学读的。秭归小学是普通小学，而西盟小学是重点小学。西盟小学在当地很有影响。

最近，胡局长的夫人孙静一定要胡局长出面，把儿子转到西盟小学去读书。她的话都快在胡局长的耳道里长茧了。胡局长想，不就是一桩小事吗？看来，不能再拖了。

在电话机旁听罢老爸的电话，胡原手舞足蹈起来，“爸，你就再给高局长打个电话吧？”

“为啥？”胡局长一愣。“我想当班长！”胡原口无遮拦。

“当班长给高局长打电话干啥？”胡局长笑问。“你要高局长给朱校长打个电话，朱校长再给班主任打个电话，不就成了？”“干吗要当班长呀？”“你当局长有吃有喝、车接车送、收礼不断……我当班长也是班上的头，总可在同学们面前叉叉腰，让同学们求我拜我，也给我送这送那……哎，不多说了，你就打个电话吧！”胡局长笑了。

几天后，胡原放学回家，书包朝沙发上一扔，就抱住胡局长的大腿：“爸，你是不是给高局长打过电话啦？”“没打呀！”胡局长脱口而答。“那班主任怎么让我当组长了？”“当组长好嘛！”“不好！”“怎么不好？”“我要当班长呢！班长官大，权也大些！”胡原巴望着胡局长，“爸，你就再给高局长打个电话吧？”“啧啧，龟儿子，还真能接班啊，有出息了！”孙静摸摸胡原的后脑勺，笑容就像绽放的花朵。

胡局长眉头一皱，又轻轻地拿起电话……

（原载2010年11月12日《湖南工人报》）

处分

因为工作出了大问题，上了中央电视台《焦点访谈》，在全国产生了不小的负面影响，县委决定：对负有直接领导责任的某办主任李森给予免职调离处分，并通报全县，以儆效尤。

李森调走后，县委很快任命高璨为某办主任。县委书记杨墅当面告诫高璨：他主管的工作很特殊，肩负的担子非常重，一定要千方百计，绝对确保不出大问题。不出大问题就是大政绩。

高璨牢记杨墅的告诫，注重防范，强化整治，不仅工作未出问题，某办还连续5年被评为县里和市里的目标管理先进单位。

邪了，邪了啊！李森心乱如麻、愤愤不平。越来越嫉妒、越来越仇视高璨，巴望高璨快点弄出大问题，比自己栽得更惨。唯其如此，方能说明他李森不是孬种，而是工作实在难做。

可事与愿违：又苦等3年，8年抗战，他狗日的高璨仍不出问题。不仅不出问题，还风光得很，年年受到县里和市里的表彰。这不是存心要泼李某的冷水，打李某的颜面吗？8年来，虽然每次遇到高璨，李森都满脸堆笑。不仅堆笑，有时还赞美高璨几句。可实际上，李森的牙龈都咬得出了血。

李森没有丁点理由怨恨县委，县委对他已是仁至义尽。出事才一年，就重新任命他为某局局长，职级恢复到从前的档次。可人活一张脸，树争一块皮，李森就是咽不下这口气。他盼星星盼月亮，就盼高璨出问题。谁叫他接替自己呢？虽然曾经是好朋友，好朋友又能怎样？

等呵等，熬呵熬。终于，机会来了，天亮了！《××日报》在头版发了篇通讯，盛赞高璨在全国性文学大赛中不断获奖，作品经常被《小说选刊》等全国权威性文学选刊转载，入选《中国新文学大系》等全国权威性文学选本，还马不停蹄地公开出版了6本文学专著，成了全国有影响的当红作家。

这还了得！爬格子、弄文学根本不是高璨的本职工作。他如此投入文学创作，难道不是不务正业？不务正业难道不是个大问题？痛快之余，一夜未眠，写了封洋洋洒洒、尖锐犀利的告状信。第二天一上班，就兴冲冲地当面递交杨墅，巴望县委从重从快地处分高璨，至少给他个警告或公开批评！

你是说高璨有问题？接过告状信，杨墅把李森上下打量一番，放心吧，我会安排有关部门深入调查，实事求是地做出处理。听到这样的表态，李森的心里很爽，脚底生风地迈出杨墅的办公室。

路上再遇高璨，李森还是满脸堆笑。可这笑却让高璨感觉坏坏的、毒毒的。高璨就想，难道要发生什么不测？会有什么不测呢？天要下雨，随它去吧！

想到发生不测，还真就有些灵验。县委派人调查高璨从事文学创作的情况了。不过调查组不是来自纪委而是宣传部。

听说县里在专题调查高璨，李森的心里比喝了蜜还甜。那阵子，李森干什么都有劲，感觉如春风拂面。李森幸灾乐祸地想：你他妈的高璨，终于要倒霉了！智者千虑，必有一失！你也有今天？要受处分？嗬荷！

调查如期结束。可调查结束后，县里却沉寂了一段时间。

咋回事呢？李森感觉奇怪，心里擂鼓似的不安。

大诗人杨炼有诗云：或许召唤只有一声，最嘹亮的，恰恰是寂静。

又让杨炼言中了！县里不仅未给高璨任何处分，还要宣传部郑重地向市里推介高璨的文学创作成果和刻苦勤奋的学习精神。结果，高璨又评上了市里的“学习之星”，受到了市里的隆重表彰。市里还号召全市党员干部向高璨学习，争当勤勉笃学的楷模。

真他妈的颠倒黑白！宛如晴天霹雳，李森被震呆了。

怎么好事都落到了这个狗杂种头上？醒来，李森愤愤不平，又心急火燎地去找杨墅。

杨书记，高璨不务正业，怎么还……？李森的脸涨得通红。这个嘛，杨墅盯着李森问，伟大领袖毛主席是不是不务正业？怎么扯上毛主席啦？李森皱眉。杨墅就笑笑，因为呀，毛主席也搞文学创作，还是伟大的文学家！你没听说吗，即使战火纷飞的年代，在马背上，毛主席也吟诗作诗呢！身为咱们的最高领袖，毛主席是不是不务正业？这——李森哽住了。如果毛主席没有不务正业，那高璨还是不务正业吗？根据调查，高璨的文学创作是在业余挤时间搞的，没有影响正常工作。这些年，他们单位的工作年年被评为县里和市里的先进！你设身处地地想想，县里怎么处分高璨呢？杨墅下意识地反问。

李森努了努嘴，无语。可从杨墅的办公室里出来，李森的脸却黑了。

此后，李森就莫名其妙地病了，病得不轻……

（原载《金山》2012年第5期）

走关系

叔叔忽然打来电话，说婶婶的侄子刘学林在当羊县城开的一家农资零售店突遭宗龙派出所查封，问题可能不小！请谢青无论如何全力帮忙，使之大事化小、小事化了、不了了之。

谢青一头雾水，问叔叔：“宗龙派出所又不在当羊县内，怎么会去当羊县城查封刘学林的店子？”叔叔便告诉他，是宗龙区有家生产假化肥的私营企业，最近在新闻记者揭发后被宗龙派出所查封，私企老板一拘留就供出了他在远信市各区县的销售网点。刘学林因销售过该私企生产的假化肥，所以宗龙派出所顺藤摸瓜查到了他。

“原来是这样！”谢青叹道，“叔，您要我做什么？”

“我让刘学林直接跟你说吧！他说得更清楚些。”叔叔就把电话递给刘学林。

“是这样的，”刘学林接过电话，“谢哥，请你帮忙找找关系，千方百计把被派出所查收的我们的销售账本要回来，立马撕毁账本的最后几页……”

“干吗呀？”谢青追问。

“只有最后几页记录了我们销售假化肥的具体账目。”刘学林解释。

“你看你看，现在假冒伪劣已成过街老鼠，你还销售这害人的玩意儿干吗？”

“也不是害人玩意儿呵，只是使用后没有肥效而已！”

“农民花血汗钱买你的化肥，施在田间地头却没有肥效，不能促农作物增产助农民增收，难道还不是害人吗？”

“可我卖得比别人少多了！现在都卖假货，假货成本低、便宜，真货就没人买啊！”

“唉，你看你！”

感觉谢青心里不爽，刘学林赶紧把电话递回。

“谢青啊，人生亲了，他是你婶婶的亲侄儿。没办法，你还是得豁出去，帮好这个忙。要不，我陪学林他们来远信一趟？”叔叔接过电话说。

谢青努力压抑住心中的不快，尽量语气平和地说：“不用不用，叔，这大老远而来很劳累的。您放心，人生亲了，我会尽力！”

“那你一定千方百计，用心帮好这个忙哦！”叔叔叮嘱。

谢青嘴上在说“一定一定”，心里却想敷衍了事。本为峦山区的教育局长，肩负着教书育人的崇高使命，却要把手伸向宗龙区，给卖假化肥者开脱罪责，烦人，也不是那回事啊！

谢青没有想到，叔叔对他也不放心，还是陪着刘学林他们，气喘吁吁，摸黑赶来了。谢青心头一紧。

客客气气把他们迎进家门，给他们递过烟倒过茶后，谢青下意识地说：“如今僵尸肉、地沟油、工业明胶做的猪耳朵……假食品、假药品、假日用品……假冒伪劣泛滥，几乎人人受害。百姓恨之入骨，政府正在严打。这卖假化肥坑农，又撞在了风口浪尖上，谁愿为你们冒险，给自己泼污水呢？”

“道理也是这样，”叔叔接过谢青的话，“所以我才没跟你妈透露，悄悄陪他们赶来的。到底人生亲了，不是外人啊，哪能忍心看着他们遭罪而无动于衷？这个忙啊，你能帮得帮；不能帮，削尖脑袋也要帮！”

“这……”谢青面露难色。

叔叔想了想，又说：“你妈现在还好，你只管放心。我们今后会更细心地照看她。”

一说起母亲，谢青的眼眶里就有了泪。妈妈已八十七岁，还在乡下老家，只身一人带着四十多岁、有精神疾患的弟弟过日子。下田、种菜，洗衣、做饭，什么都劳心，什么都得做。前些年，妈妈还不慎跌倒，骨折住院。爸爸去世早，妈妈过得真不容易。好在叔叔婶婶住得近，照看妈妈和弟弟尽心竭力。要不，即使自己长了三头六臂也……想到这里，谢青的心就软了，觉得怎么也得给足叔叔的情面。

于是，在叔叔期盼的目光里，当着刘学林的面，谢青弓腰屈背，打了无数个电话，讲了一箩筐好话，转了三十三道弯，费了九牛二虎之力，终于联系上了宗龙派出所教导员曹安云。

为稳妥起见，谢青还答应叔叔的要求，翌日一大早就带上刘学林他们，匆匆找到曹教导员的住处。

仔细听罢有关情况，曹教导郑重地告诉他们，从派出所要回账本是绝不允许的，偷偷撕毁账页更是知法犯法、罪上加罪。但既然已接受朋友之托，他愿意在不违纪违法的前提下，尽量从轻处置刘学林。又这样那样地说了一通，都是些安他们心的好话。

虽未满足叔叔的愿望，但人家也有人家的难处。叔叔他们商议来商议去，也只好同意回去，好好准备准备，主动协助派出所办案。

走时，叔叔还再三叮嘱谢青，私下里再找曹教导员疏通疏通，该用钱摆平就用钱摆平，想出法子让他对刘学林网开一面。

谢青嘴上唯唯诺诺、满口答应。可等叔叔一走，却赶紧给曹教导员打电话，叫他不必多虑，只管从严执法！

曹教导员不解，问谢青刚才还态度诚恳，说破嘴皮请他帮忙，怎么一转背就改了主意！

谢青便开门见山，叔叔他们不懂政策，法律意识淡薄，以为走走人情关系便能摆平一切。因说服无果，又不想让他们再到处求人，影响派出所办案，所以带他们来这儿安安他们的心……

“原来在摆迷魂阵？”曹教导员不信，“你说的可当真？”

“当然！”谢青斩钉截铁。“如果都千方百计制假售假，千方百计逃避惩处，那假冒伪劣何时能彻底铲除？如果再任假冒伪劣泛滥下去，我们每个人不都是受害者吗？我作为教育局长，怎能只马列别人不马列自己？”谢青解释。

曹教导员感动了：“好吧，谢谢谢局理解支持我们的行动！”

挂断电话，谢青的心里却很过意不去，毕竟人心都是肉长的。“叔叔，实在对不起您！法律面前人人平等，我不能知法犯法，徇私枉法啊！”谢青咬紧牙关，只等叔叔怨他、骂他、训他。

哪料才回家，叔叔就迫不及待，悄悄给他打来电话：“谢青啊，你叫派出所不要为难，该咋办就咋办！农民们过得不容易啊，我和你婶多次劝他们别卖假货坑农，他们就是利令智昏、根本不听。现在可好，法网恢恢，疏而不漏，就让学林去受罪吧！我是守法之人，岂能善恶不分？”

谢青觉得蹊跷：“那您还苦口婆心给我说上大堆好话，不辞辛苦陪他们来找我？”

“我也没法，他们躲在我家，时刻缠着你婶和我，碍于情面，我总得动动嘴跑跑腿啵？”叔叔解释，“其实我也无奈，所做的一切，都是猪鼻子插根葱——装象。我们的戏是演给他们看的，为的是尽量稳住他们，好使他们麻痹大意，不想坏招甚至畏罪逃逸。我们也巴望公安机关铲除假冒伪劣，惩恶扬善，保护百姓啊！”

“婶婶是这样想吗？”

“当然，她和我一样，懂法呢！”

谢青终于感动了，叔叔婶婶可都是农民啊！

（原载《啄木鸟》2015年第10期，转载于《微型小说选刊》2016年第2期、《小小说选刊》2016年第8期，选入《2015年中国微型小说排行榜》《2015中国年度微型小说》）

特殊警务

老太太忽然跌倒在街边。

行人如过江之鲫，但却无人伸出援手。

只有小伙不假思索，立马奔向老人，迅速将老人扶起。

靠在小伙的肩头，老人掏出手机就给儿子打电话。

不一会，老人的儿子风风火火地赶来。

老人家请多保重！既然您的儿子已到，我还有事，我得走了。小伙十二分的温和。

老人却一把拽住小伙的手臂，别急嘛，有话好说，再等等。老人和儿子对了下眼神。

儿子便问老人，妈，您是怎么摔倒的？

老人下意识地转向小伙，怎么摔倒的？还不是他给撞的！

小伙大惊，我撞了你吗？老人一口咬定，是啊！

如今多一事不如少一事，不是你撞的，你会狗咬耗子，多管闲事？老人的儿子阴阳怪气。

人啊！小伙凄然而笑，举手之劳，行善积德！不是我撞的，我就不能扶起老人？

少啰唆！老人的儿子憋不住了，我妈说你撞的就是你撞的！没人能证明你没撞。现在，我妈也不知伤得怎样，你自己说说吧，愿赔多少钱走人？退财免灾，知道退财免灾啵？

老人又冷不丁地倒在地上，哎哟哎哟地呻吟，这里疼那里不舒服地叫喊，一副很难受的模样。

现在，该你扶了！小伙冲着老人的儿子说。

不扶！老人的儿子把头扭向一边。

不扶就不扶！小伙昂首挺胸道，要讹我赔钱？实话告诉你们，一分也休想！

不赔是吗？那我要揍你了！老人的儿子凶相毕露，挥拳砸向小伙。

小伙沉着机灵，顺手抓住他的手腕，将他死死地钳住。

小伙的力气实在太大，老人的儿子不敢动弹。

这时，两个巡警从天而降。他们三人一同被带往公安局调查取证。

……

你怎么证明，你妈就是他撞倒的？公安先问老人的儿子。

老人的儿子振振有词，我妈说他撞的，就是他撞的！不然，过往的行人都不扶，他干吗要去扶啊？再说，现在有谁能出面证明我妈就不是他撞倒的？

如果——公安提醒老人的儿子，小伙自己能证明呢？

老人的儿子讥讽道，他可是肇事者呀！你们让肇事者做证人，自己证明自己的清白，天底下有这样可笑的法律吗？

一点儿也不可笑！公安边说边打开电脑，现在是高科技时代，调查取证的方法多种多样且日趋科学。你们来看，我们这里可有老人跌倒前后的全程实况录像……

老人和老人的儿子目瞪口呆，这是怎么回事？你们这里怎么会有现场实况录像？

很简单，公安指了指小伙，就是他直接用电脑传输过来的！

电脑？老人的儿子一头雾水，我们没见他用电脑呀！

想学聪明点，是吧？公安笑了笑，他本身就是精密机器人，就是台超高级电脑。他呀，既能用眼快速拍摄现场实况，又能直接通过大脑把实况录像发送给我们。正如发送电子邮件，他的大脑就是电脑哩。

他是机器人？老人和老人的儿子惊问。

是啊！公安紧盯他们反问，难道你们真的看不出？

他们点头，是啊，太邪了，还真的看不出！

这就好！公安正告老人和她的儿子，他不仅是机器人，更是我们的治安民警！

这，这，这……老人和老人的儿子惶恐不已，额头上都冒出豆大的汗珠。

……

此后不久，行善积德者反被讹诈勒索的怪事便在当地销声匿迹。

（原载《啄木鸟》2016年第4期）

乞丐

闭门造车、搜肠刮肚，这样也能写出一些东西。但这样写出的东西，实践证明，往往是不接地气、生命力不旺的。

作家要体验生活、紧跟时代。我是作家，我也想好好改变自己。

夕阳西下。蓬头垢面、衣衫褴褛、胡子拉碴的我，学着乞丐的模样，也可怜巴巴地坐在了车来人往的战备桥边。

对我，过往的行人有十分鄙夷的、有不屑一顾的、有视而不见的、有俨然怜悯的，但就是没人伸出援手、给点施舍。

夜幕降临、凉风习习，心头正感凄清和悲哀，忽然有个小孩从我身旁一溜而过，过去不远又猛然掉头，来到我的面前，并弯腰向我脚边的破瓷碗里轻轻地放了一元钱。

“谢谢你，施主！”当我心头一热，抬头向他道谢，这才发现站在我眼前给我施舍的，竟是一个衣衫褴褛、脸蛋黢黑黢黑、双手邋里邋遢的小乞丐。

我定睛细看，这个小乞丐虽然模样寒酸，但眼睛清澈、目光纯真，正友善地注视我，好像要给我鼓励一样。

此时，我却如坐针毡，感觉自己哪里还是个作家，分明已成为乞丐了。

［原载《西北军事文学》（双月刊）2015年第5期、《香港文学》2015年12月号］

信号

女学生爱上了男老师。女学生想知道男老师是否也爱她。

女学生羞于启齿。下课前便悄悄写了张字条，折好，小心放进信封。

字条上书：老师，我很喜欢你！你是否也喜欢我呢？如果喜欢，明天请你穿西装上课；如果不喜欢，就穿夹克。好吗？

下课后，赶在男老师离开教室前，女学生鼓足勇气，把字条塞给男老师。

翌日上课，女学生瞪大双眼朝男老师一瞥，发现男老师穿的竟是件风衣！

女学生蒙了。

（原载《闪小说》2015年第3期，转载于《小小说选刊》2015年第23期、《小小说月刊》2016年3月上半月刊，选入《中国当代微小说精品》《中国微篇小说佳作2015》）

轻轻地推开窗户

唐果初次在美国的一家学术刊物发表论文，那家刊物竟没有向他收取版面费！不久，又在美国的另一家学术刊物发表论文，同样未向他收取版面费！第三次，美国的某权威学术刊物发表其论文，还是不向他收取版面费！

唐果诧异。唐果就忍不住给那家权威学术刊物的主编打电话。想不到竟把主编先生弄到了云里雾里，怎么？发表学术论文还收版面费？为发展科学事业贡献成果还收版面费？荒唐！唐果一愣，那么，是不是在全美各地发表学术论文，都不收版面费？当然！不仅不能收，还要支付作者高额稿酬。这是尊重首创、尊重科学！主编笑答。他十分奇怪，在当今美国，还有人提如此滑稽的问题。当然，他并不知道唐果是中国人。

唐果就把头摇得像拨浪鼓。因为在中国，学术刊物发表论文，一般是不支付作者稿酬，还要向作者收取版面费，且版面费又高得让人吃惊！为什么呢？唐果不明白。

唐果精神焕发。不出几年，就在美国发表了大量的学术论文。他小心翼翼地把这些学术论文收集整理好，拿到自己任教的美国那所大学的学术委员会。也想摘顶副教授的帽子戴上。

该大学学术委员会共有7个评委。那天夜幕降临，唐果就悄悄去给第一个评委送礼，被严辞拒绝；又试着去敲第二个评委的门，结果碰了一鼻子灰；再斗胆去行贿第三个评委，亦把自己弄得灰溜溜的……7个评委人人清正廉洁、守身如玉，这令唐果心灰意冷、沮丧万分。不言而喻，自己的副教授肯定要泡汤了！唐果苦想。

唐果做梦都没想到，自己一个副教授也未弄到，竟能堂而皇之地评上教授！简直是天方夜谭！叫人丈二的和尚摸不着头脑！因为在中国某大学，唐果发表不少学术论文，又出版一定数量的学术专著后，为了评上副教授，被勒被卡之下，唐果硬是给那所大学学部委员会的9个评委逐一送上厚礼，还摧眉折腰、赔尽笑脸、说尽好话的！为什么呢？唐果不明白。

唐果感恩戴德、心花怒放。应该接彼得·雷诺兹校长吃饭，向他表示谢意！唐果自言自语。

说曹操曹操就到。唐果接到了彼得·雷诺兹的电话。彼得·雷诺兹居然要接他吃饭！向他表示谢意！这可使不得，使不得啊！唐果惊慌失措，校长先生，应该我接您吃饭，我向您致谢才对！为什么呀？彼得·雷诺兹不以为然。因为您不聘任我，我还是做不了教授！唐果小心应答。错了！彼得·雷诺兹立即纠正，你的条件完全具备，不聘任你做教授，那才是我没有良知、不讲公平，不够当校长的资格！这……？唐果还在犹豫。就这样定了！彼得·雷诺兹果断地说。

很快，彼得·雷诺兹就亲自开车前往，一脸阳光地把唐果接到自己家中。彼得·雷诺兹先带唐果参观自己的居住环境，然后请唐果在客厅的沙发上坐下。又是与唐果话家长里短，又是问唐果教学与科研情况，还热情洋溢地把水果拼盘端到唐果面前。拿唐果当家里最珍贵的客人。唐果忐忑不安。

俩人正聊得投机，彼得·雷诺兹的妻子已不声不响地把香喷喷的饭菜做好，又满面春风地把它们端上了餐桌。

彼得·雷诺兹就躬请唐果坐上贵宾座。喝过一点红酒，唐果兴奋难抑，校长先生，请问您为什么要请我吃饭？唐果好奇地问。这个嘛？很简单！彼得·雷诺兹坦然应答，你取得了不少学术成果，为科学事业的发展做出了较大的贡献。你能评上教授，既是你个人的荣耀，也为我们大学和我这个校长增光添彩！那么，唐果进一步追问，您为什么要在家中请我？在餐馆酒楼公款接待不行吗？彼得·雷诺兹莞尔一笑，请你来家中做客，把你当成一家人不好么？你要知道，在我们美国，这可是接待最珍贵客人的最高礼遇呢！

此时，唐果的心里已漾起粼粼的潋滟。唐果十分感动地对彼得·雷诺兹说，为了表达我对您的敬意，感谢您对我的栽培，明天，我回请您吃饭，您不会推辞吧？彼得·雷诺兹马上摆手，NO，NO，NO！请不要牵强附会！我哪儿栽培你了？你是自己潜心研究取得的成果嘛！又起身友好地拍了拍唐果的肩膀，谢谢你的盛情，吃饭的事就免了。只要你能继续取得更好的成果，就是对我和我们大学更大的支持。OK！唐果怔住了。唐果没有料到，临走，彼得·雷诺兹竟郑重地送给他一个花篮和一支金笔！那一刻，唐果激动不已，唐果的感觉就是晕！

颠倒了，颠倒了！这里发生的一切，为什么如此古怪、如此不可思议呢？回到自己家里，唐果还在感叹。他不由自主地走到宽大明亮的窗前，摊开双手轻轻地推开窗户……

（原载2010年4月14日《三湘都市报》）

笑

似乎天天有喜事，无论遇上谁，墨局长都是一脸的明媚、一脸的笑意。让人感到，他总是很乐观、很亲切。

可前不久去了趟华山，回来，墨局长就像变了个人。人们对他也陌生了。

局里开会听取仲、车、鲍三位副局长的工作汇报。走进会议室，墨局长就未张嘴，只平静地向各位点点头；听汇报时，一直是右手握笔在笔记本上沙沙沙地记过不停，没有开口；听完汇报作工作指示，才用左手轻轻捂着嘴，右手小心比画着，认真而谨慎地讲话。会上，墨局长脸上始终没有平易近人的笑容。而以往，他都是谈笑风生，很幽默、很诙谐。

仲、车、鲍三位副局长就禁不住惊恐，就联想是不是墨局长外出期间，他们的工作没有做好？尤其仲副局长，他是常务，那段时间，局里的工作由他主持。工作没做好，他要负主责。想到这里，仲副局长额上就沁出汗滴，就有些如坐针毡。可自己的工作又有哪些错失？他苦苦地想，是不是还有墨局长的亲信悄悄向墨局长打过小报告？

办公室千主任无疑是墨局长最铁的亲信。过去墨局长给千主任的笑，就像一个怜爱儿子的父亲给儿子的笑，秋阳般生动感人。可打华山归来，在局机关第一次碰到墨局长，千主任毕恭毕敬、满面春风地向他打招呼，墨局长依然没有笑，只平静地点点头，就匆匆进办公室了。千主任本想找墨局长汇报的，小心翼翼跟到墨局长的门前，又若有所思地转身离去。千主任想：是不是墨局长听进了小人的谗言，不相信甚至要疏远自己了？

听到墨局长凯旋的消息，墨局长的小情人云燕心花怒放，迫不及待地要见他。墨局长在局里转了个圈，便只身一人去江边等云燕。云燕蹦蹦跳跳来到约会地点，原想墨局长会笑得像怒放的桃花，一把将她揽在怀里。不料墨局长压根儿就未对她笑一下，只是向她递了个不冷不热的眼神，就用左手轻轻捂着嘴，借口有事，走了。云燕心头一凉：是哪个狐狸精把墨局长的魂勾走了？如若逮到她，非撕碎她不可！

回家，见过老婆，墨局长也没有温馨的笑。只是用左手轻轻捂着嘴，轻轻地说声老婆你辛苦了，就径直进了自己的书房。老婆一愣：这老公不是在外面拈花惹草、另有新欢吧？要不，就是工作上遇到麻烦、走了麦城？

女儿看到墨局长风尘仆仆的模样，冲着他甜甜地、脆脆地喊：“爸爸！”墨局长也只用左手轻轻捂着嘴，“嗯！”地应了声，问她不欠老师的作业吧？没有像往日慈善地笑笑，就忙自己的去了。女儿好生奇怪：爸爸会不会身体有病，感觉不舒服啦？

……

墨局长不笑了，许多人疑窦顿生，惶惶不可终日。

直到有一天，上级领导来该局检查工作。墨局长带全局班子成员在大门口迎接，虽然恭恭敬敬，脸上还有亲切感，但墨局长仍旧没有笑，说话也总是用左手轻轻捂着嘴。上级领导的脸色就不好了。上级领导逼问：“墨局长，你今天怎么啦？不像往常，脸上丁点笑容也没有！是我们患有呼吸道传染病，还是你内心里不欢迎我们检查呵？”话说到这分上，墨局长终于忐忑不安、招架不住了。墨局长羞涩地笑笑，这才指指张开的嘴腼腆地向上级领导报告说：“对不起领导，我的一颗门牙掉了，难看！”“哦，是这样！”上级领导一愣，“门牙怎么会掉的？”“在华山摔了一跤，就……”墨局长的脸像石榴花一样红了，又不好意思地笑笑。

墨局长笑了！自此，所有的人都如释重负，长长地嘘了口气；所有的人又都在心里深深地抱怨：“墨局长呵墨局长，你为什么不早……”

（原载2008年12月16日《新课程报·语文导刊》）

开会就睡觉

（1）

局长带女秘书参加县里的维稳工作会议。

会后，女秘书就自豪地告诉她的同事和好友：“我和局长睡了一觉呢！”她的同事和好友又悄悄四处传播这一消息。不久，整个县城便都知道局长和女秘书睡了一觉！

局长30岁出头，正是年轻有为、升迁在望之际。这种桃色新闻充满大街小巷，对他的政治前途影响如何，局长心里十分清楚。

于是，局长决定教训女秘书，命女秘书全面辟谣。

局长把女秘书叫到办公室，开口就问：“我和你睡觉了吗？”女秘书听出了局长的火药味，但却镇定自若：“嗯，是呵！”“你？”局长紧盯女秘书，眼里射出一根一根的针，“请问，我什么时候和你睡的觉？”“就是上周，在县里的维稳工作会议上呵！”女秘书不假思索、脱口而出。“会上，我和你睡觉啦？”局长大惊失色、一头雾水。女秘书却一本正经、娓娓道来：“怎么没有呵？当时，我坐在你身旁。开会不到半小时，你头一歪，靠在椅背上进入香甜的梦乡，还打着轻微的呼噜呢。我很快被你传染，也不知怎的睡着了。一直到散会，我们都头靠在一起，大睡。难道还不是‘我和你睡了一觉’？”

女秘书说得津津有味、面无羞色。局长却听得战战兢兢，脸桃花似的红了。

（2）

“前事不忘，后事之师。”县里再开整顿机关干部作风动员大会，局长便只身一人前往参加。

会议开始，县委副书记正襟危坐、兴致勃勃地作报告。可不到半小时，局长头一歪，又靠在椅背上睡着了。

有个缺德鬼居心不良，赶紧用手机偷拍局长开会睡大觉的滑稽相，并迅速在网上发帖。很快，满县城都热议局长开会睡大觉的新闻了。

在整顿机关干部作风动员大会上，还敢顶风违纪睡大觉，这不是摆明了要跟县委叫板？此风不除，后患无穷！县委决定动回真格，杀一儆百。

局长得知自己将要免职，不服。立即去找县委书记申诉。局长理直气壮地说：“我开会睡大觉，是因为台上领导的报告索然寡味，像一首催眠曲。正因为领导的报告像催眠曲，才直接导致我开会睡大觉。所以，要处分也要追根究底，先处分作报告的领导。至于我？我也是受害者，充其量写份检查、做个保证吧。伟大领袖毛主席都说，要‘惩前毖后，治病救人’啦！”局长口若悬河，仿佛在作报告。县委书记却哭笑不是，愣住了，县委书记逼视局长，反问：“真是这样吗？”“一点不假！”局长竟毫无惧色、正气凛然。

（原载《通俗小说报》2009年第9期）

厂长上门

丈夫路野和妻子田歌分别是山川市甲、乙两家国营企业技术工人。路野下岗不到半年，田歌又步路野后尘。夫妻俩不会做生意，也无积蓄，家中还有年幼的女儿和年迈的老人需要赡养，生活拮据得撑不下去，夫妻俩经常偷偷地抹泪。

天无绝人之路。正当夫妻俩四顾茫然之际，山川市出台了新的文件，凡夫妻双双都在企业工作，一方已经下岗的，另一方不再下岗。仿佛不期而遇救星，夫妻俩激动得热泪盈眶。他们商量来商量去，觉得还是让田歌上岗为好。于是，田歌匆匆去厂里找到金厂长，将市里的红头文件拿给金厂长看了，又声泪俱下地诉说了自己家里穷困潦倒的凄惨景况，请求金厂长手下留情。金厂长十分温和，说厂办公会很快就要研究，研究后尽快告诉田歌结果。

从此，田歌朝思夜盼，焦急地等待上岗的喜讯。一个丽日晴天，出乎意料地，金厂长破天荒第一次亲临田歌家中，笑容可掬、嘘寒问暖，极尽关心体贴之情，把个田歌感动得心花怒放。临走，金厂长下意识地把手伸进自己的上衣袋里，田歌满以为金厂长要掏她的上岗通知，全身的欢欣鼓舞似乎都已长出奋飞的翅膀。哪料金厂长掏出的并非闪亮的通知，而是镀金的请柬。金厂长岳母六十大寿，专门来请田歌前往喝酒送礼。接过请柬，田歌愣住了。等她回过神来，欲问金厂长何时上岗，金厂长的小车已一溜烟远去了。

舍不得孩子套不住狼。尽管全家已3个多月不知肉味，田歌还是把牙一咬，说破嘴皮，找亲友借了200元钱，包好红包，只身前往金厂长家喝酒送礼。

几天后，田歌满怀希望去厂里找金厂长，打听上岗之事。金厂长依然很温和，说厂里很快就会敲定，你就再耐心等等吧。

喜鹊喳喳叫，暖风阵阵吹。不出一周，金厂长又精神爽快、喜气洋洋地光临田歌家。田歌猜想，这次一定是送喜讯来了，赶紧像迎迓菩萨似的迎迓厂长大人。不料金厂长送来的又非通知，而是一张请柬。原来是金厂长大儿子再婚，金厂长专门为其请客的。接过请柬，田歌又愣了。回过神来，立即询问金厂长什么时候可以上岗。金厂长眯缝着一双鼠眼，说快了快了，一转身，驱车而去。

锲而不舍，金石可镂。尽管上岗心切，田歌还是抱定了这样的信念。于是，又拉下面子去找亲友借钱，包了200元红包，再次前往金厂长家喝酒送礼。

盼星星、盼月亮，可最后盼来的又是40多个技术工人下岗的消息，自己渴望上岗的美好愿望又肥皂泡般地破灭了！宛如头上重重地挨了一记闷棍，田歌顿觉天旋地转。路野心里也痛，问田歌金厂长两次请客，她们厂有多少工人前去喝酒送礼，田歌沉重地说全厂工人都去喝了小酒送了厚礼。路野便呆了，半晌说不出一句话，接着，田歌也两腿发软，一下子瘫倒在地上。

（原载2009年9月23日《中国经济时报》）

你这德行

县长林瀚调走了。县委副书记张万舒欲接班。

张万舒心知：不抓紧给市委书记姚振函送钱，他有飞天的本事也是癞蛤蟆想吃天鹅肉。据传，姚振函的胃口很大。相比之下，他又囊中羞涩。咋办呢？

机不可失，失不再来！张万舒正急得七窍生烟、夜不能寐。

这天，县房产开发商胡昭又请他吃中饭了。因为是好朋友，两人之间几乎无话不谈。喝了一点酒，张万舒就开门见山："胡老板，我们县里的县长空缺，我有意竞争这个职位！可是……"张万舒满脸的难为情。胡昭毕竟深谙世事，马上关切地问："张兄是手紧吧？没问题！要多少钱才能搞定？""这个吗？"张万舒略一思忖，"具体行情我也没弄清。不过我想，有个20万元大概能行！""好说好说，"胡昭十二分地慷慨爽快，"不就是一点钱吗？张兄，我给你40万元，你拿出趁早活动！不过，我也有话在先，你当县长之后，可得多给我一点工程开发！"

张万舒立马把胸脯拍得山响："那是那是！一定一定！"

吃完饭，胡昭就带张万舒匆匆进银行。拿到钱，张万舒感激得发抖，似乎看到成功在向他招手。

第二天一上班，张万舒便心急火燎地拜访姚振函。先给他一个鼓鼓的大钱包，然后在他面前毕恭毕敬地说上一大堆好话。再小心翼翼地离开姚振函的办公室，张万舒心里就踏实多了。"姚书记能收自己这么多钱，这个县长应该当定了！"张万舒愉快地想。

一连数日，张万舒都像喝够了蜜，心里甜滋滋的。

踮起脚尖，朝等夜盼。不久，新县长走马上任，张万舒却被调到另一个县任县委副书记。虽然，这个县的经济状况比原来那个县要好些，但张万舒却像吞了枚半生不熟的青枣，心里又酸又涩。

张万舒闷闷不乐，要去找姚振函"兴师问罪"。刚进姚振函办公室，屁股还没挨到沙发边儿，姚振函就紧盯张万舒先发制人："张万舒同志，听说你的升职活动经费是胡老板资助的，他给了你40万元，有这回事吗？""这……"张万舒一愣。"你很会做生意嘛！给了我30万元，自己也趁机赚个10万！"姚振函俨然在表扬张万舒，张万舒却狼狈得说不出话。

张万舒记不得自己是怎么"逃"出姚振函办公室的。出了姚振函办公室，他就气冲冲地去找胡昭。

刚见面，张万舒劈头就问："胡兄，你跟姚书记说过资助我40万元的事？""是呵！"胡昭一脸的坦然和从容。"唉！你跟姚书记说这个干吗？"张万舒埋怨。"说了又怎样？"胡昭不以为然，"还不都是为了你升迁，我才特意请姚书记出来享受高档娱乐，苦口婆心地劝姚书记帮你一把。""你和姚书记也是好朋友？"张万舒惊问。"是呵！"胡昭得意地说。"唉！"张万舒苦恼地摇头，无奈地叹息。

从此，张万舒恨死了姚振函。真巴不得姚振函出门被车撞死。或者，在官场上重重地摔个跟头。他有事没事都悄悄地诅咒姚振函。

两年之后，姚振函腐败问题东窗事发，被上级纪委双规。

消息传开。张万舒先是幸灾乐祸，觉得老天有眼，让姚振函遭了报应。但转眼，张万舒又担惊受怕，姚振函会不会丢卒保车、供出自己？应该不会吧！张万舒安慰自己，姚振函收了我那么多钱，又没为我办好事，他应该愧疚才是，不至于良心被狗吃了！这样想着，张万舒睡觉便安稳了些。

哪料天不作美！没多久，张万舒也被上级纪委双规了。“狗日的姚振函！真他妈的缺德！”张万舒在心里怒骂。他眼前一黑，仿佛自己落到了天寒地冻的冰川。

冤家路窄。案子审完，张万舒和姚振函都被判刑，而且被关进同一所监狱的同一间号子。

如果自己不曾为官，张万舒一定会像恶狼一样猛扑上去，狠狠地撕咬姚振函。但张万舒忍住了。只当姚振函是陌生人和怪物，深深地冷落他，凶巴巴地盯他。姚振函呢，仿佛还是张万舒的上级领导，高高在上，决不拿正眼看他。

井水不犯河水好长一段时间。慢慢地，两人感觉到孤独与寂寞愈来愈深刻、愈来愈难熬。

“其实，”张万舒瞥一眼姚振函，终于不满地说，“我虽然悄悄赚了胡老板10万元，不也给了你30万元？那可是大头啊！你怎么如此在乎这小头，如此斤斤计较、心胸狭窄，偏不顺水推舟让我升个县长呢？”

“这绝不是心胸问题！”姚振函板起脸严肃地教训道，“从这件事上，我可以清楚地看出：第一，你是个利欲熏心、会搞阴谋的人，你没有信用可言；第二，你是个狂妄自大、小看领导的人，你没有谦恭可言；第三，你是个忘恩负义、过河拆桥的人，你没有感情可言。”

“姚振函，你不要胡乱地上纲上线，你把话给我说明白！”张万舒觉得姚振函十分地滑稽、可鄙。

姚振函就不紧不慢，像给小学生上辅导课似的：“你会把胡老板的活动经费悄悄扣除10万元，揣进自己的腰包，这不是搞阴谋诡计、不讲信用？你送30万元给我，就想当县长，你以为你是皇帝老子？你把我当市委书记看啦？这么点钱，打发乞丐吧？虽然没有提拔你，但我也把你调到了好地方，也算帮了你。你却冷冰冰的，一句感激的话都没有！你是知恩图报的人吗？”

“好哇好，就当你说的话有理，那么我再问你，”张万舒强压着满肚子的怨气和怒火，“要收多少钱，你才能帮我办成事？”

“至少50万元！这是底线，做任何事情都有个底线！张万舒同志。”姚振函对张万舒已不屑一顾。

张万舒就把拳头握得生疼：“姚振函，你这德行！”

“张万舒，你这德行！”姚振函也猛地一脚，把球踢过去。

（原载2010年5月9日《三湘都市报》，选入《2010—2011年名家幽默故事排行榜》）

危房

高山乡是大湖县有名的贫穷乡，水冷村是高山乡有名的贫穷村。水冷村小学校舍岌岌可危，石村长忧心如焚。多年来，要求解决建校资金的紧急报告打了无数个，这些报告雪花般地飞向乡里、县里，可又雪花般地石沉大海、杳无音讯。

这次，石村长惶惶不可终日，又提笔写了篇《村校摇摇欲坠，师生危在旦夕》的汇报材料，怀着最后一线希望赶赴县城，硬是将其面呈了县委白书记。看罢石村长的汇报材料，得知水冷村小学校舍几年前就已陈旧破败、千疮百孔，村校近五百名师生时刻面临房垮人亡的极大危险，白书记不禁大惊失色、全身颤抖。

等石村长走后，白书记略一思忖，便提笔在他的汇报材料上写道：俞书记，百年大计，教育为本。教育无小事，师生安全更无小事。一定要站在忠实践行“三个代表”的政治高度，千方百计、尽快解决好水冷村小学的危房问题，绝对确保村校师生的生命安全！写好即叫秘书火速送到县委分管教育工作的俞副书记手中。

读罢石村长的汇报材料和白书记的重要指示：俞副书记的额上沁出豆大的汗珠。他眉头一皱，又在白书记的指示下写道：叶县长，科教兴国，教育的振兴是振兴国家的前提和希望。水冷村小学的危房问题已成县委的一大心病。一定要立即研究、抓紧解决！写好又叫秘书飞快送到县政府分管教育工作的叶副县长手中。

叶副县长看罢亦心头吃紧，狠狠抽完两支烟，又在俞副书记的指示旁写道：马局长，水冷村小学的危房问题急煞县委、县政府，师生的生命安全压倒一切，十万火急、刻不容缓，务必争分夺秒、认真加以解决！写好也叫秘书立即送到县教育局马局长手中。

读罢，马局长急得如热锅上的蚂蚁。他在办公室转了几个圈，又在叶副县长的指示下写道：万乡长，再穷不能穷教育，再苦不能苦师生。即使困难重重，也要迎难而上。最迟在今年暑假，切实解决水冷村小学的危房问题。届时，县教育局要开展现场督查，督查结果要专题向县委、县政府汇报。切记、切记！写完，同样叫秘书马不停蹄地送到万乡长手中。

石村长的汇报材料引起了县委、县政府、县教育局的高度重视，牵动了白书记、俞副书记、叶副县长和马局长的心。此事不知怎么传到了县报康记者耳中。康记者眼睛一亮，觉得这就是学习和践行“三个代表”的好题材、好样板。于是有意发挥，连夜赶写了一篇《水冷村小学危房问题有望近期解决》的报道，极力渲染县委、县政府和县教育局领导极为关注水冷村小学的危房问题，多次召开专题会议敲定方案，多次深入高山乡督导检查，多次暗访水冷村小学现场……解决水冷村小学危房问题已指日可待，水冷村小学师生有望近期迁入新校舍。很快，这篇报道便在县报和市报上都发了头版头条，产生了强烈的社会反响。

正好石村长在高山乡开振兴教育工作会议，不经意间看到康记者发表在县报和市报上的长篇报道，心里真像蜂蜜拌糖精，说多甜有多甜。他十分高兴地想：苦等和期盼了这么多年，如今村校的危房问题终于要解决了，他终于可以郑重地向村民作个交代了，好事多磨，不错！等会一散，就尽早赶回村里，尽早向村民发布这个消息，让他们奔走相告、热烈庆贺。石村长喜出望外、心花怒放。

本没有多少酒量的石村长在乡里吃中饭时，硬是狠狠地喝了三大碗白酒。喝完酒飘飘欲仙地从“沐春楼”出来，突然被满身酒气、摇摇晃晃的万乡长一把拽住。蒙蒙眬眬中万乡长说有个紧要事儿得办，边说边从公文包里掏出份材料塞给他，并再三叮嘱他县里已作重要指示，是关于水冷村的，请村里认真研究部署，只争朝夕落实！

听万乡长这么一说，石村长深感事不宜迟。他迫不及待地翻开材料：怪哉，这东西怎么似曾相识？再睁大眼仔细一看：天啦，它不就是自己写的那篇《村校摇摇欲坠，师生危在旦夕》的文章吗？

石村长眼前一黑，酒呕了一地。

[原载《讽刺幽默·精短小说》2004年第1期，选入《中国精短小说名家经典》《中国微型小说（小小说）排行榜》，获第三届全国微型小说（小小说）年度评选三等奖]

领导上镜问题

调进县新闻中心的第二天，县委宣传部邓部长就安排小米报道县委、县政府的访贫问苦活动。小米兴高采烈地去了。回来，小米摄制的新闻镜头很快出现在当晚的电视报道中。小米自我感觉良好。正沾沾自喜，家里的电话响了。

“小米呀，苏书记给贫困居民送红包的镜头拍得不错，可是，为什么没拍王县长呢？”邓部长心平气和地问。

“王县长没给贫困居民送红包呀。”小米小心翼翼地回答。

“这是讲不过去的，”邓部长陡地提高了嗓门，“王县长乃一县之长，他既然去了，能拍不到他的镜头？”

“这——”“不要申述了，你这是‘漏镜’！小米同志。”邓部长当的一声放下了话筒。

第二次报道义务植树活动，是在大河洲上种植欧美杨。坑早挖好了，树苗也早已植入坑中，余下的事情就是挥锹填土。县里苏书记、王县长等主要领导都参加了活动。

小米汲取上次报道的教训，把所有县级领导都一溜儿摄入了镜头。心想不会出岔子了吧，晚上也就安心地睡了一觉。

哪知第二天，新闻中心的胡主任就通知他进邓部长办公室了。

“小米呀，这次苏书记上了5次镜头，王县长是4次。还有，龙副书记2次，张副书记3次，马副县长3次，朱副县长2次……你说怎么回事？”没等小米坐下，邓部长劈头就问。

小米努力镇定了一下，然后认真解释说：“苏书记是一把手，王县长是二把手，所以……”

“就当你这个理成立，可是小米呀，龙副书记、张副书记、马副县长、朱副县长他们呢？他们上镜头的次数是按职位高低敲定的吗？‘歪镜’，典型的歪镜呵！”邓部长气得要拍桌子了。

小米察言观色，赶紧缩头乌龟似的退出了邓部长的办公室。

不久，县里又组织县领导深入偏僻乡村，帮助农民抢插早稻，积极开展支农活动。

春暖花开。那天参加支农活动的各位领导也兴致盎然。他们的裤腿和衣袖都卷得老高，一下稻田就你追我赶地开展抢插竞赛。稻田里人声鼎沸、好不热闹。

依然是小米负责新闻报道。这次，他深刻反思了前两次失误的沉痛教训。每位县级领导一律只上一次镜头，而且确保万无一失。报道之后，立即有人打来电话，盛赞此次支农活动高潮迭起、壮观感人。小米的心里好不快哉，他激动得要跳起来了。

万万想不到的是，邓部长竟会把他叫去，十分严厉地批评他。“怎么搞的？”邓部长脸色铁青，“苏书记竟然排在王县长之后，这是导向错误，‘倒镜’！”邓部长把桌子拍得山响。

宛如五雷轰顶，但小米还是畏畏缩缩地解释说：“那天的确是王县长插得最快，苏书记怎么也赶不上呵！”

“你个小米，还要不要讲政治，啊？”邓部长牙齿咬得咯咯响，“怎么就不对镜头做些处理？”

“邓部长，是苏书记提到了这事吗？”小米深知罪不可恕，只想弄清事情的原委。

“小米同志！”邓部长如坐针毡了，“新闻报道无小事，新闻镜头关系到领导们的荣誉、荣誉呵！因为你的3次闪失，我被批评了3次，3次了你知道吗？”

如同哽咽着一枚酸枣，伤心的泪、痛悔的泪很快从小米的眼角滚滚而出，一滴滴，晶莹透亮。

（原载《南叶》2000年第8期，转载于《杂文选刊》2000年第9期、《青年博览》2000年第11期、《微型小说选刊》2000年第21期、《小小说选刊》2000年第22期、《政府法制》2002年第11期、《笑林》2010年第11期，选入《2000年中国年度最佳杂文》《锁进保险柜的钥匙》）

扶贫

高低毕业于清水小学。毕业后在沿海打工，经过几年积攒，袋子鼓胀起来。听说清水小学还像先前那样贫困潦倒，高低心里难受，决定对母校开展一次扶贫。

那天秋高气爽。一大早，校长和几位校领导就守候在校门口，翘首迎接高低光临。来到校门口，与校长和几位校领导一一握手、拥抱，又在他们满面春风的陪同下，大步走进少先队员清越嘹亮的号鼓声中，大步走过学校操坪上手舞鲜花夹道欢迎的师生队列，高低感觉自己就像千里迢迢来访的外国元首。在操坪上，校长还发表了热情洋溢的欢迎词，把个高低感动得不知如何是好。欢迎仪式过后，校长又毕恭毕敬地把高低迎进校会客室。会客室内虽然桌椅破烂不堪，但上面仍摆满了各类水果和易拉罐饮料，都是校长专门派人从几十里远的县城买的。校长热情好客，不时将水果和饮料送到高低手中，同时下意识地向高低介绍学校的贫困景况。整整一个上午，高低就像坐在针尖上。好不容易挨到中午，高低想去不远的镇上吃碗米粉，但校长横竖不肯，一定要请他去镇上吃顿快餐，还说已叫好几位校领导和喝酒海量的老师相陪。他拗不过，去了。快餐的丰盛大大超出他的想象：满桌的野鸭、野兔和野山羊等，还配有名烟、名酒和名茶。他实在不忍享用，说这顿饭不知又可资助多少失学儿童，或者使学校更新多少黑板和桌椅。校长却说话可不能这样讲，你来学校扶贫给学校增光添彩，再穷不能穷招待，再穷不能穷感情，饭还得吃好，酒还得喝好，烟还得用好。云云。吃完饭结账，餐费竟高达867元！高低心头一紧，说不清酒下肚了是啥滋味。校长还要约高低玩几场“跑符”，高低不从，婉言相拒。

走时，高低忐忑不安，面露难色：“感谢母校给我如此盛情的款待，可我准备捐赠的却只是20盒粉笔，价值不足100元啦！”说着十分小心地打开肩上的挎包。

校长仍坦然受之，十分感激：“千里送鹅毛，礼轻情义重。上次三毛来学校扶贫，捐赠的只有10来盒粉笔呢，还有二蛋、马非、黑虎他们……学校一样给予了盛情款待呀！”说着拍拍高低的肩膀，“只要你心里还有母校，欢迎你再来母校扶贫！”

“再来母校扶贫？”握着校长温暖肥厚的双手，高低心里很痛、很苦也很酸楚，但他还是笑了，笑得并不难看。

［原载《民间传奇故事》2001年第5期，转载于《小小说选刊》2001年第15期，选入《魔法阅读·时文精选》第8辑、《高中语文·人教版·必修1》《智慧背囊》《中国小小说300篇》《中国2001年度最佳小说》，入编《浙江省2009年高考小说阅读练习（四）》］

生前死后

“我被确诊患上肝癌，已到晚期，将不久于人世。为了确保这头生活的安宁，过去之后，要不要请我代你向那边的某某某传递信息，与其好好沟通，请求理解或宽恕？如要，请先预支我50元……”张作梗努力把这条手机短信发给尽可能多的人。发过，就摆出当年姜子牙钓鱼的姿态。

张作梗是心理老大的失衡，想弄个恶作剧寻寻刺激。

“如今金钱至上，都把钱当命根子。没人会愚蠢到把钱送给一个垂死者，哪怕只是很少很少的一丁点。”张作梗原想。

张作梗没料到，这世上之事有时真那么怪。

短信发出才一天，就有人匆匆踅摸到他家。之后，接踵而至者就如过江之鲫。

纯子求他说：“50元算什么，我给你100元！请你尽快捎话给我的公公婆婆：他们在生时，我太不孝顺，有时还无事生非，辱骂、刁难他们。但他们是大人，大人大量啊！所以，望他们死了死了，千万别和我一般见识。到那边后，别再对生前之事耿耿于怀，更不要夜深人静之时……”

宫白方则声泪俱下：“我很思念我的母亲！父亲英年早逝。母亲日夜奔波、任劳任怨。好不容易把我们兄弟姐妹拉扯成人，还没过上好日子，享我们兄弟姐妹一天福，她就忽发重病，撒手人寰！我们心疼啊！母亲是天底下最好的母亲，也不知母亲在那边生活得咋样？下辈子，我们一定要好好报答她。”说完，就掏出300元酬劳，塞到张作梗手中。

吴亚顺是迈着八字步来的。他开口便说：“捎个信还要50元？太多了，给你10元吧！收人钱财，替人消灾。你一定要转告王立世，他是个英雄！那么大的经济问题，黑锅他一人全背了，到死也没供出我这条大鲨。人心都是肉长的。只要他继续守口如瓶，承诺永不变节，我会把我的特权动用到最大，火线提拔他的儿子升官做老爷。”

……

张作梗感到很有趣，也觉得特可怕。

精心准备数日，张作梗忽然不翼而飞，杳如黄鹤。

因为，张作梗身体很好，没病！

（原载《小说界》2013年增刊）

换届歌

某单位管理层换届前，一把手A召集二把手V和三把手B、C、D开碰头会。V建议在会议室内轻松一下。A问怎么个轻松法？V说如今唱卡拉OK时髦，不如我们每位唱一支自己最喜爱的歌？D称这主意好，A即点头同意。

A是单位领班，V和B、C、D的目光很自然地投向A，等A定调，然后跟上。

A想，我已连任两届一把手，不论升迁还是平调，我在这里的工作使命都已完成，职业生涯都已圆满，就像……怔一怔，他亮开嗓子无限感慨地唱起《十五的月亮》，唱完，目光炯炯地扫视了一下V和B、C、D。

B和A一向忠心耿耿、肝脑涂地，但与V素来关系不和、矛盾甚深。心想，既然A注定要调走，V很可能会接班，与其等V执了单位牛耳，我在这里狼狈不堪，不如我趁早跟A走吧，三十六计，走为上。于是，他声情并茂地唱起《月亮走我也走》，唱完，又目光坚定地看了一眼A。

C和A也心有灵犀、感情笃深，但与V却也相处不坏、亦无睚眦。C心想，无论风云变幻，我和A的心都连在一起，至于是去是留，不必过于执着。当此之时，我还是全力支持A，站在A一边。于是，他十分婉转地唱起《月亮代表我的心》，唱完，又意味深长地望了一眼A。

D与A结怨甚多、形同仇人，却与V暗中结义、往来密切。A要走了，V要“登基”，D心里自然高兴。他早就想向A发难，如今更没必要遮掩了，于是无所顾忌地唱起《都是月亮惹的祸》，直接表达对A的不满，并向V暗送秋波。

最后剩下V，V想，风水轮流转，多年的媳妇熬成婆，终于抓住了接班的机遇，圆梦之时已指日可待，A一走，这里我就是土皇帝，今后谁奈我何？于是他不由长长地嘘了口气，精神十分振奋，激动之余，放声高歌起《十五的月亮十六圆》。唱完，甜蜜和幸福堆满了V的脸庞。

此时，A表面上不动声色，心里却在窃笑：别得意太早了，说不定螳螂捕蝉，黄雀在后呢！

（原载2003年9月19日《自学考试报》）

招聘启事

A厂门外忽然贴出了一张招聘启事：B厂因发展需要，急招：（1）厂长助理1名，待遇：年薪10万元，赠200平方米住房一套，奥迪豪华小汽车一辆；（2）工人若干名，待遇：月薪5000元，包食宿，奖金按效益另计。……有意应聘者，请直接与B厂厂长高峰联系，高峰手机号码：……

此招聘启事一出，A厂技术科科长刘金便悄悄拿起手机，率先与高峰通话。问过刘金的姓名、单位和职务，高峰热情洋溢地说：欢迎你应聘我厂厂长助理，你的情况我已心中有数，一周后我将约你面试，面试后即可敲定是否聘任，请耐心等待。A厂工人李文久、白阳、邓兴建等暗中也争先恐后地给高峰打电话。在一一问过其姓名、单位和工作之后，高峰同样满面春风地说：欢迎你应聘我厂工人，你的情况我已如实记录，一周后我将约你面试，面试后即可敲定是否聘用，请耐心等待。

与高峰联系过后，刘金、李文久、白阳、邓兴建等人便一边默默工作，一边准备面试，一边期盼佳音。与A厂相比，B厂待遇太好、太充满诱惑力了。他们做梦都想自己好运，做梦都想跳槽成功！

可约定的日子到了，没有高峰召见，他们却逐一被叫到A厂厂办。厂办主任吴小云分别向他们宣布：从此，他们下岗！皆十分惊愕：干吗？吴小云郑重地说：为加快发展生产力，改善工人生产和生活状况，厂里已从国外引进一条先进生产线。生产自动化水平提高后，要相应减少一定数量的工人。又问为啥其他工人不下岗？吴小云笑答：其他工人以厂为家，与厂同甘共苦，没有跳槽打算！再问怎么得知？吴小云诡曰：他们没给高峰打手机，要到B厂应聘！刘金、李文久、白阳、邓兴建等皆大呼上当，但为时已晚。

原来，A厂厂长林群深谋远虑：想到厂里效益一旦滑坡，不得不减少上岗工人；再说，厂里要引进国外先进生产线，生产效率大幅提高后，减员也是迫在眉睫之事。减谁呢？全厂员工彼此彼此，工作都还卖力！考虑来考虑去，林群认为最好试试人心。人心向厂者，自然留用；人心向外者，一律下岗！于是，他悄悄口述并请人代写了那份招聘启事，夜深人静之时，嘱其秘密而迅速地贴在A厂门外。所谓B厂厂长高峰，其实就是他A厂厂长林群，只是为了假戏真做，让人深信不疑，他又新购了一部手机，新申请得到了一个手机号码，专供“招聘”之用。而且，平素声如洪钟的他，与应聘者通话时，一律改用了优美动听的男中音……

（原载2006年6月30日《讽刺与幽默》，转载于《微型小说选刊》2006年第18期、《商界故事》2006年第8期）

罗索淡写

“小保姆真可怜！她回去了，挎着大包小包，很重！乘车到桃源县城之后，还要下车走很远很远的山路，山路坎坷不平。她回去的那天，又下着倾盆大雨……”

还没进办公室的门，罗索就迫不及待地说。她今年二十七岁，声音清亮，美貌出众。杨炼本知道来者是谁，但就是不肯抬头，依旧伏在办公桌上，不动声色地做他的报表，一边噼噼啪啪地拨弄着算盘，似乎什么也没听到。

“小保姆真可怜！她回去了，挎着大包小包，很重！乘车到桃源县城之后，还要下车走很远很远的山路，山路坎坷不平。她回去的那天，又下着倾盆大雨……”

见杨炼静若玻璃，毫无反映，走进办公室后，罗索提高嗓门，又说。这次，杨炼有些难为情地抬头看了看她，还是不知说什么好。但就是这样一个动作，却给了罗索诗一般的感受。她有些异样的激动。

“小保姆真可怜！她回去了，挎着大包小包，很重！乘车到桃源县城之后，还要下车走很远很远的山路，山路坎坷不平。她回去的那天，又下着倾盆大雨……”

走到办公桌旁，罗索目不转睛地望着杨炼，再一次诚恳地说，她实在不相信自己的话在杨炼的心中就激不起波浪。她一直不忍坐下。

“其实，小保姆压根儿就没有必要背那么沉重的包袱，要是我，宁愿一丝不挂地回去，何苦嘛！”终于，金口玉言的杨炼再也沉不住气，望着报表和算盘珠子，他若有所思地说。

“那怎么行呢？人家辛辛苦苦地帮我们带孩子，一年了，要知道是一年，又值春节，我们能不给她多买点东西，打发她上路吗？”

“哦，原来是这样！”

杨炼有些感慨，好像到最后，他才明白什么。此时，他下意识地打量了一番罗索，带着一种研究学问的深沉。

（原载《青年文学家》1992年第5期，获第二届“中国·鹤乡杯”小小说、超短诗、精短散文有奖征文大赛佳作奖）

法律课上

傅老师正兴致勃勃地给同学们上法律课，谆谆教导同学们如何好好地学法、守法和用法。这时，坐在教室最后排的两位男生严阵和流沙忽然大声争吵继而殴打起来。

傅老师努力克制自己的情绪，停止讲课。先用温和的目光审视他们，希望他们好自为之，未料他们竟毫不收敛。傅老师摇头苦笑一下，用粉笔头重重地敲击讲台，不想他们依然我行我素。惹得傅老师再猛拍讲台，大声喝令他们立即住手，他们依然充耳不闻。

傅老师大怒，手中的粉笔头狠狠地朝地上一摔，火冒三丈地冲下讲台，如狼似虎般扑向严阵和流沙。

可两人视而不见，仍旧旁若无人地斗殴不止。傅老师忍无可忍，一把扯开扭打成一团的他们，先是抡起巴掌“啪啪”地扇了严阵两记响亮的耳光，继而又扬起巴掌狠狠地扇了流沙两下。

两人这才愣住，异口同声地惊问：“傅老师，您怎么打人？打人犯法！”

“哼！你们以为我上法律课，教你们好好学法守法，我就不敢违法了是不是？”傅老师的眼中燃烧着熊熊的烈焰，“打人违法？你们违法在前，我是以暴制暴！”

严阵和流沙终于憋不住了：“傅老师，我们——我们——”

“有话快说，有屁就放！”傅老师逼视着他们。

“我们是在存心考您，看您怎样学以致用、守法执法呀！”严阵和流沙无奈地低下头。傅老师的喉结处就像卡住了一枚青枣，同学们也面面相觑。

［原载2010年12月8日《长沙晚报》，获第九届全国微型小说（小小说）年度评选三等奖］

策划很重要

市司法局有一副局长的职位空缺已久，局普法办主任扶梓一直紧盯这一职位。

这天，扶梓又悄悄去市委政法委，径直找扶桑书记说情。扶桑是扶梓的亲哥，扶梓的品行如何、能力怎样、重几斤几两，他心里小葱拌豆腐——一清二白。可毕竟血浓于水，不帮扶梓一把他又内心不安。何况是举手之劳呢！

这样想着，扶梓前脚一走，后脚还未出门，扶桑就下意识地拨通了市司法局局长张好好的电话。

“张局长吗？扶梓这小子工作怎样？”

“很好呢，扶书记！”

“你可要对我实话实说哦！”

“大实话，扶书记，我正考虑给他加加担子呢！”

“这事你可一定要慎重！一切为了工作，一切以工作为重。”

“那是，那是！”

"好，扶梓我只是随便提提，你别放在心上。关于你局空缺副局长职位的递补问题，你考虑好人选了吗？"

张好好一愣。其实，他一万个想推局办公室主任高上烟。原因很简单，高上烟是自己的亲舅子呀。可识时务者为俊杰，他此时又唯有推荐扶梓最明智。

于是，张好好开门见山地回答："考虑好了，扶书记，最理想的人选就是——"

"就是谁呀？大胆地说。"

"就是扶梓嘛！"

"扶梓？我说过，一切为了工作，一切以工作为重。你再考虑考虑，考虑好了严格按组织程序办事。既要遵循党管干部原则，又要充分尊重民意。"

"好，请扶书记放心！"

放下电话，思虑再三。两天后，张好好决定叫局人事科科长金铃子通知全局副科级以上干部开会，民主推荐局里已空缺副局长递补人选。为了不让人嗅到人选已经内定，还必须实行差额推选。于是确定候选人必须具备的条件是：在局机关工作，年龄45岁以下，担任正科级实职3年以上……局里符合这一条件的只有扶梓和高上烟二人。

当然，民主推荐是要严格按规定和程序进行的。投票人想投谁投谁。投票地点安排有验票人、唱票人、计票人和监票人。验票人当众清点票箱和验票，唱票人高声宣读投票结果，计票人公开统计候选人票数，监票人负责对投票全过程实施有效监督。

虽然，张好好事先很巧妙地做过引导，暗示大家最好投扶梓的票。可统计最终的票数，扶梓只得7票，高上烟却得了21票！结果一公布，张好好就犯难了：推谁呢？推扶梓吧，他得票太少，群众不答应；推高上烟吧，群众呼声是高，但不能实现领导的意图。张好好急得七窍生烟。

金铃子察言观色，赶紧向张好好建议："张局，当下的形势，只有把扶梓和高上烟都向上级推荐，让上级同时提拔两人为副局长才能皆大欢喜。否则，怎么弄都生乱子，都有后遗症……"

张好好皱眉："局里只空缺1个副局长职位呀！"

“这个嘛，”金铃子摸摸后脑勺，“只要上级支持，再调走一位副局长不就……”

“对呀！”张好好一拍大腿。“可是，”接着他又犹豫了，“市委政法委能同意吗？”

“放心吧！”金铃子蛮有把握地说，“扶书记是人不是神，他也一万个想提自己的亲弟！扶梓的民调结果那么差，你这是为提拔扶梓苦寻良策，扶书记能不理解和支持？”

“也是呵！”张好好点头。

张好好就试着去向扶桑汇报。

“这样做？怕不妥，司法局上下会有非议的！”扶桑盯着张好好，启示他。

“请扶书记放心，局里的工作我负责做好，保证不出任何问题！”

“那行！”扶桑轻轻拍了拍办公桌，“看来也只能这样，那就试试吧！”

张好好如获至宝。翌日就叫金铃子向市委政法委递交扶梓和高上烟的书面推荐报告。

果不其然，未出半月，上面的红头文件下发，扶梓和高上烟同时升任市司法局副局长，都乐得心花怒放。

一年后，经张好好极力向扶桑推荐，金铃子又调出市司法局，升任市公安局副局长。

不为别的，就因金铃子为提拔高上烟立过汗马功劳。当初市司法局民主推荐的过程和结果，全是金铃子暗中策划的。为了确保万无一失，金铃子还事先买通了验票人、唱票人、计票人和监票人……这一切，张好好比谁都清楚。张好好精明！

（原载《故事家》2012年第6期）

一篇闪小说的诞生

春风沉醉的夜晚，我独自漫步于滨江公园。边漫步，边构思一首春天的小诗。

冷不防，我被三个年轻人围住。

“老板，我们的烟瘾发了。行行善，施舍几包烟钱吧？”一个矮个子试探道。

虽然出言不恶，但我分明已感受到一股凶气。

“肯定是遇上劫贼了，”我想，“来者不善！”

他们的包围圈也在逐步缩小，越来越紧。

“咋办呢？”急中生智，我不动声色掏出手机，十分麻利地在上面拨了一串号码。

“二号侦缉小组注意，目标已经出现，行动！”我一边从容地瞄着他们，一边沉着地下达命令。

“原来是公安！”三个年轻人惊呼。

“真是见鬼了！”高个子撂下一句话。

他们立马就作鸟兽散。

“哎——别跑嘛，不就是要点钱吗？”担心他们回头再来，我反而扯起嗓子大喊。

我一喊，他们跑得更快，转眼便无影无踪了。

其实，我心里特别害怕。手机号码是随便拨的，拨后并无回应。猪鼻子插根葱——装象！我所做的一切，全是在为自己壮胆，全是为了唬住对方，甚至，就是孤注一掷的赌博。仿佛迷信者走夜路怕鬼，反而引吭高歌一样。

可笑的是：劫贼还真拿我当公安的头儿了，殊不知，我只是一介文人。

一首礼赞春天的小诗早已冲得荡然无存。没办法，我只能写篇闪小说了。

（原载2013年8月2日《湖南工人报》）

喜筵

酒店外鞭炮阵阵、鼓乐声声，酒店内宾朋满座、觥筹交错，酒店门楣上挂着醒目的横幅：热烈庆祝曹蒙贺先生终于摆脱情妇的纠缠！

摆脱情妇的纠缠也要设筵相庆？

记者觉得有趣，匆匆赶来采访。

记者先问曹的一个朋友：你怎么看待这样的宴请？

朋友笑答：只要你想，如今有什么宴请不可？乔迁新居、升学当兵、发表论文、狗狗配对、母猪生崽，等等等等。老曹摆脱情妇当然也可！

哦，你这样看。记者一愣。

记者又问曹本人：摆脱情妇的纠缠也要请客？

曹脱口而出：第一，这些年，情妇每天不停地给我发手机信息，严重影响我的工作和生活；经常缠着我要这买那，让我在经济上不堪重负；生病要守护，游玩要陪伴，把我忙得七窍生烟。我累了、烦了、厌了。第二，三年谈判，我绞尽脑汁，朋友们也千方百计斡旋，终于说服她与我分道扬镳，这事办得太辛苦、太磨人、太不容易。第三，从此，我扔掉包袱，轻松自如，可以开始新的生活，经营新的梦想了。这么大快人心的喜事，你说，我能不设筵相庆、通告亲朋？

原来你这样想啊！记者感叹。

记者再问曹女：老爸终于摆脱情妇的纠缠了，你欣喜吗？

回答直截了当：当然！曾经一段时间，那个女人占用了我老爸三分之二的时间，骗走了我老爸三分之一的钱财，掠夺了我老爸三分之三的感情。如果发展下去，他们结婚成家；如果老妈也另觅新欢、弃我于不顾，别说今后的日子难熬，眼前怕是要辍学打工了！

有道理呀！记者点头。

记者最后问曹妻：为啥你也乐不可支呢？

如今有钱人不找情妇才怪！有钱人找了情妇还能摆脱，又与老婆重续旧情，这样的男人你见过或者说见得多吗？浪子回头金不换啊，你说我能不喜出望外？我男人能公开摆酒庆贺，这既表明了他与情妇一刀两断的决心，也是对我莫大的安慰和对情妇极大的羞辱。不好吗？曹妻连问。

这时，记者就来了赴宴的兴致。一上桌，她也把酒杯举得很高很高。

原来，记者的老公也有情妇，他俩已纠缠些时日了……

（原载《小小说大世界》2015年第8期，转载于《微型小说月报》2015年第10期）

老子是劳改犯

“老子是劳改犯。老子杀过人，坐过牢！”

每次，我们地税干部前去征税，你苦口婆心做思想工作也好，你耐心细致宣传税法也罢，雷公都一概不理，总是恼羞成怒地抓起砍刀，“谁要跟老子过不去，要从老子身上拔毛，老子就要白刀子进红刀子出！”雷公五大三粗，满脸横肉，说这话时，寒光闪闪的砍刀更是歇斯底里地扬起，一副凶神恶煞的模样。

我们地税干部几乎都被他唬住，退缩了。还有一个年轻的税干甚至当场尿了尿，裤子湿了一大片。

雷公是屠夫，他一抗税，其他屠夫也跟着仿效，城里的屠宰税眼看没法征收了。怎么办？千忙万忙，我这个地税局局长也要义不容辞地出山了。愈是在这种时候，我愈要显露英雄本色，愈要显示局长就是局长。我一拍桌子：“我去！”随即带了两个税干昂首前往。

到了雷公那儿，我先和蔼可亲地做他的思想工作，可他根本不吃这一套；又大义凛然地向他展示税法的尊严，他依然无动于衷。我终于火了，十分严厉地对他说："我是地税局局长，在我面前，皇帝老子也休想逃税！"雷公也动粗了："老子是劳改犯。老子杀过人，坐过牢……"他又高高地扬起砍刀，摆出一副凶神恶煞的模样。

说时迟，那时快，我出其不意地拔出手枪，将黑洞洞的枪口对准了他的胸膛："老子警告你，只要你前移一步，老子就一枪击毙你。老子也是劳改犯，老子枪杀过战友，蹲过10年牢狱。今天，为了捍卫税法，老子大不了不当这个局长，再蹲10年牢狱！"

我的两名税干一看阵势不好，要阻止我的过激行为。我立即命令说："今天我还是局长，你们都得听我的，闪开！"说着，我又做好了扣动扳机的准备。

雷公大惊失色了，但手中的砍刀依然高扬着。他问："你不是公安局的，哪来的枪？"我冷冷一笑："我在酒里下了麻醉药，把我公安局的朋友麻醉在家里了。一旦解决了你，我立马就去还枪！"

"你、你……你不要胡来。"他一边防范，一边后退，手上的砍刀慢慢放下了，还老老实实地交清了前2年的欠税。一看雷公被征服了，城里其他屠夫也规规矩矩地交清了屠宰税。

俗话说，不打不成交。加上都是劳改犯，都杀过人坐过牢，同病相怜吧，后来，我和雷公还成了朋友，经常在一起喝酒聊天。

有一次，雷公请我喝酒，因为多喝了几杯，他竟教育我说：他杀的是女朋友，因为他爱她，女朋友又要与他分手。他受不了，一气之下，才……可我就太鲁莽了，战友与我无怨无恨，一次小小的口角，我就……我立即拦截他的话："没办法，我这人天生肝火旺盛。""算了算了，不提过去，咱们……喝酒！"

其实，我也真想笑的，我是财经学院毕业后分进地税局的，没有当兵的经历，又哪里枪杀过战友，蹲过10年牢狱！还有，那天我使用的手枪，只是从市场上买的玩具，不过很逼真罢了。后来我常想，要是那天唬不住雷公，我的脑袋也许早搬家了。别看那时我杀气腾腾的，其实我心里很虚呢！

我暗暗庆幸自己福大命大。

（原载2000年6月3日《中国经济时报》）

都是好样的

课间休息时，一群小学生凑在一起炫官。

张三说，她爸爸是乡长，她是官二代！

李四说，他爸爸的爸爸是县长，他是官三代！

王五说，他爸爸的爸爸的爸爸当过市长，他是官四代！

陈六说，她爸爸的爸爸的爸爸的爸爸当过省长，她是官五代！

……

秦十七说，他爸爸让他看过他家的族谱，原来，秦始皇还是他家的祖先哩！他是官多少代呀？

班主任舒老师在一旁听得笑了，笑得很灿烂、很自豪。她说，龙生龙，凤生凤。你们都是官人的后代，你们都是好样的！

（原载2015年7月22日《梅州日报》，转载于《微型小说月报》2015年第10期，选入《中国微篇小说佳作2015》）

艳遇

夜色中，甲、乙两个歹徒堵住了一个女人。

甲在女人眼前扬起寒光闪闪的尖刀，乙则向女人摊开一只手。

“快，把包给我！”乙紧盯女人的坤包。

女人瞟一眼甲，又瞥一眼乙后，轻轻把坤包扔过去。

“我可以走了吧？”女人很淡定。

“走？没那么便宜！”甲说。

女人竟然笑笑：“那你还要怎样？”

“陪哥俩儿玩玩儿！”甲垂涎着一张脸。

女人顿时春风满面，眼里闪出异样的光芒：“好哇！很久没玩过男人了，正憋得慌呢！不过……”女人看看四周，“这街头巷尾，车来人往的，能尽兴吗？”

甲愣住了：“那你想怎样？”

“不如去宾馆开房，要玩，就无所顾忌！”女人迫不及待的模样。

甲一脸惊喜，一下子放松了戒备，色迷迷地打量起女人："早就该这样，何必我们多费口舌呢！"

女人看乙有些狐疑，不以为然道："怕什么，放心吧，我包里钱多！人活着就得及时行乐，可别等到身体出了问题才追悔莫及……"

甲、乙面面相觑，想打断女人的絮絮叨叨，又不知说什么好。

"跟你们说，我曾经一次玩倒过五个彪形大汉。你们俩，优柔寡断真不像男人！"女人不无得意地说着，似乎早忘了面对的是两个劫匪。

女人看两个歹徒怔住了，俨然猫儿叫春，"快来呀，我都憋不住了！"

这时，乙忽然冲着甲大喊："快……把包扔给她，跑！"

甲虽不明就里，但也没耽搁，扔了包就跟着乙跑。转眼，消失在茫茫夜幕下。

"你这是怎么了？"等缓过气来，甲禁不住问。

"臭娘儿们如此反常，肯定是吸毒卖淫的！如果她有艾滋病，或者包里全是毒品，那就完了！咱们是求财的……"乙惊魂未定地说。

甲想了想，沉默了。

另一条街道上，一个女人也在没命地奔逃，全身因为汗水湿漉漉的……

（原载《小说月刊》2015年第7期，转载于《爱你》2015年第12期，选入《中国闪小说年度佳作2015》）

失算

上级领导来巫黎县检查工作，本应该由县委常委、常务副县长田南陪同接待。可事不凑巧，偏偏这时田副县长忽然卧病不起。为了让上级领导称心如意，县长蒙旭只好百忙之中挤出时间，亲自陪同、接待。

县里陪同接待的规格提高了，上级领导自然很高兴。

中午宴请，按规定不能饮酒。但上级领导一直十分重视和支持县里工作，蒙县长有点过意不去。为了取悦上级领导，蒙县长咬咬牙决定上酒，只是一再叮嘱喝酒随意、适可而止。

按惯例，蒙县长指派美女领导、县招商局局长谢凤青出席饭局，给上级领导敬酒。谢凤青不但人漂亮，酒量也大，平平常常一斤白酒不在话下，兴致高时喝三斤也没问题。每次，她都能非常出色地完成陪酒任务，在温馨、甜美的氛围里，把上级领导灌得飘飘欲仙、乐不思蜀。

可这回邪了，酒桌上推杯换盏没几下，喝酒高潮尚未兴起，谢凤青就一个趔趄，倒在地上不省人事，待120赶到时，早已没了呼吸。

谢凤青死了，蒙县长大惊失色："她今天……她今天连半斤酒都没喝上，怎么就……"

上级领导也很不安。"严密封锁消息，做好善后工作！"县政府办主任何贵虎建议。

大家纷纷赞同，又这样那样地交代了一番。

哪想人算不如天算，很快就有人走漏了风声，并且迅速扩散，炒得网上和媒体的声讨一浪高过一浪。

恰逢省委巡视至此，撞在枪口上的蒙县长一下倒了大霉。不只蒙县长受到免职降级的处分，参与陪酒的诸多领导也被一一问责。而田副县长那天抱恙没又参加，却因"病"得福，不费吹灰之力，直接升任县长一职。

夫贵妻荣！田县长心里阳光灿烂，老婆金月湾的脸上也鲜花盛开。

"我说哩，放着上级领导不迎不陪，却谎称病倒闭门不出，原来最老奸巨猾的是你……"金月湾嘴上虽然这么说，心里却由衷称赞丈夫。

田县长十分得意地一笑："你以为我老奸巨猾？不不不，我这叫神机妙算！"

"此话怎讲？"金月湾问。

"咱县接待上级领导，喝酒出事已有两次：一次是县林业局局长朝木东陪酒身亡，一次是县人民医院院长马洋德酒后归西。如今各级反腐巡视工作马不停蹄，再出类似问题，想侥幸逃脱哪还有路？所以，我宁愿称病请假。没想到还真让他们摊上事了！"

"万一他们不出事呢？"

"那我也只是少喝一顿酒，有多大损失？"

"说得也是，只是那谢凤青，酒量那么大，这次半斤都没喝上就命丧黄泉了，唉！"金月湾喟叹。

"此乃天意。"

金月湾一惊："什么意思？"

"还不是美人最近一直在减肥，天天都吃减肥药哩。大量的减肥药加上节食，不喝酒都只剩半条命了！”

“那这次既然要陪酒，干吗不事先通知她？”

“通知啥？别人又不知晓内情，难道要我提醒她？那不是让自己错失良机嘛，再说了以前陪酒都是我喊她的……”

田县长尽量挥洒着自己的得意，完全没注意到说这句话的时候，金月湾挑着眉毛斜睨了他一眼，田县长喝了一口水，继续说：“但这次我并未沾边，是蒙县长宴前忽然想起才给她打电话！”

“原来你和谢凤青……？”金月湾一下嗅到了某种气味。

田县长猛地一惊：“不是，你别……别，别……”

（原载《小说月刊》2015年第11期，转载于《微型小说选刊》2016年第4期）

破绽

走出荣胜超市，田女士忽然发现街边躺着一个钱包。

“会不会有人故意扔在这里，等有人去捡，然后伺机敲诈？”田女士想，“兴许，那人就躲在某处，两眼贼贼地盯着这儿呢！”

田女士立马像躲避瘟疫似的转身离开。可逃了不远，又心生另一个念头：“如果这钱包真是有人不慎遗失的，里面有身份证、银行卡、驾照等物件，没有了它们，失主出行或办事多不方便啊！”

“很可能，失主正焦急地寻找这个钱包哩！我是不是自己心里有点阴暗，就把别人也想坏了？”

“还是行善积德，捡起钱包，寻到失主，完璧归赵吧！”

这么思忖着，田女士又急忙转身。

田女士本不想打开钱包的，因为一旦打开，自己的动机也会遭人质疑；可不打开吧，找不到联系方式，又怎能寻到失主？根据经验，不少人都喜欢把身份证、驾照、名片等放在钱包里。而通过这些东西寻找失主岂不更快？

当田女士小心翼翼地打开钱包，里面果然就有这些东西。好在包里钱不多，只有250元。

这会儿，失主应该心急如焚了！

按照身份证和名片上提供的信息，田女士掏出手机就给失主蔡玉莲打电话。

“蔡玉莲吗？你是不是遗失了钱包？”田女士试探道。

“是啊，我正在四处寻找哩！你是谁呀？”蔡玉莲问。

“我是小田啊，大姐，请问你的钱包里都有啥呢？”

“一张身份证、四个银行卡、几张名片……4400元现金！”

“4400元？蔡大姐，你没有记错吧？”田女士大惊失色。

蔡玉莲却一口咬定：“对，是4400元！”

“不好啦，”田女士机警起来，“真不该用自己的手机给她打电话，她肯定存下我的号码了！”

“怎么办？”田女士蹙眉，“夜长梦多！看来，我得尽快把钱包归还她。归还时，最好叫上几个朋友同去，以免……”

田女士又尽量心平气和地说：“蔡大姐，我现在就把钱包归还你，咱们在哪儿见面？”

“现在见面没时间。这样吧，你把详细住址告诉我，忙完事，我上你家登门拜谢？”田女士沉默了。

田女士感觉不对头。“多一事不如少一事，我这是自找麻烦啊！”她既烦恼又很后悔。

因为不想让家人跟着操心，田女士便焦急地给朋友打电话。

朋友甲听了十分气愤：“如今这社会还真是好事做不得！不如，你把这钱包又扔回原处，甭管了！”

田女士当即摇头：“这哪行？失主肯定存下我的手机号码了，说不定我和她的谈话都被她录了音，她正在……”

“反正吧，让她登门见你肯定不行，让她登门无异于引狼入室！”朋友乙提醒田女士。

“我看这样，”朋友丙思虑再三，“索性把钱包交给公安，相信他们能够侦破。”

“对啊！”田女士终于眉头舒展，“干脆就交离荣胜超市最近的扶桑派出所，请派出所代为转交！”

事不宜迟！田女士赶紧直奔扶桑派出所，把事情的前因后果直接告诉值班民警。

翌日，派出所即先约田女士，安排她在所里一间办公室内静候。然后，再通知蔡玉莲来派出所认领失物。

在核实过身份之后，派出所决定把钱包转交给蔡玉莲。

“好好看看吧，这可是你遗失的钱包？”民警上下打量着蔡玉莲。

蔡玉莲点头称是。

“那你再清点清点里面的物什，查查对不对数？”民警有意提醒她。

蔡玉莲打开钱包一翻，脸色霎时阴了：“不对呀，我这钱包里分明装有4400元现金，现在怎么只剩250元？”

“你确定是4400元？”民警追问。“我确定！”蔡玉莲赌咒一般。

民警瞥她一眼，笑道：“看来你的记忆出了问题，蔡玉莲同志！”

“这话怎讲？”蔡玉莲反问。

“很简单，”民警紧盯她的眼睛，“就你这钱包，它能装得下4400元现金？”

“这个……”蔡玉莲一愣。

民警又一笑：“不瞒你说，我们已认真实验过，根本不可能的！”

“这……”蔡玉莲的脸唰地红了。她十分后悔自己竟疏忽了这一点。“如果，当初说钱包里装的是2000元现金，或者再少一点，1800元吧，不就……”蔡玉莲痛苦地想。但很快，她就让自己镇定下来，而且心生一计。

“可能是我记错了吧，但田女士做了好事，我总得当面感谢她呀。这样行不，我是做服装生意的，回去后，我送一套服装给田女士。请你们无论如何也通知田女士来一趟派出所，让我先认识认识她？”蔡玉莲很诚恳的模样。

“可田女士说了，她做好事纯粹出于善心，决不图你的回报！”民警随机应变，婉言相拒。

看蔡玉莲仍不甘心，民警进一步解释说：“田女士是出差来我们这儿的，办完事后已返回哈尔滨。我总不能让她千里迢迢又来这里吧？或许她正事务缠身哩！”

“可是，”蔡玉莲憋不住了，“我存了她的手机号码，她的号码的确是我们本地的呀！”

“这个嘛，”民警看了看蔡玉莲，“田女士说过，她来我们这里出差时间不短，为了节省话费，就临时办了我们这里的手机卡。不妥吗？”

“这……”蔡玉莲语塞了。

“别不好意思嘛，我们会把你的谢意转告田女士，你就放心回去吧！”民警笑笑，这笑里似乎有刺。

蔡玉莲无奈地摇头，这才失望地走了。

透过开了一条缝儿的窗子，在紧临这间办公室的另一间办公室，田女士忐忑不安地听完了民警和蔡玉莲的对话。

直到这时，她紧绷的心弦才终于松弛下来。“有事找公安，不错的！”她感叹道。

其实，田女士哪里回了哈尔滨？她就是地地道道的本地人哪！

（原载《辽河》2016年第2期，转载于《微型小说选刊》2016年第12期，获第二届“光辉奖”法治微小说征文大赛优秀奖）

自燃

那天晚餐后，曾师傅开车送我们回家。

车刚启动，刘英飞便说，我似乎闻到了一点煳味。是啊，我也闻到了。吕诗意接过她的话。我认真地嗅了嗅，好像是！曾师傅停了一下车，煳味应该来自于车外，空气中。

车再开，在路上跑了一小段，吕诗意又说，好像是烧什么东西的味道？哦，对了，烧橡胶的煳味。刘英飞也说，是烧橡胶的味道哩，会不会——我们的车子出了毛病？曾师傅不以为然，哪会哟，我的车前两天才年检，交警都夸保养得不错！对曾师傅的话我并不怀疑。也许，我们这里的空气被严重污染了，是空气被污染的味道吧。我说，城郊那个火电厂浓烟滚滚，排污越来越厉害了！

嗬嗬嗬！大家哄堂大笑，笑过，都不吭声。

车子又跑了一段，刘英飞再也憋不住，不对呀，应该是车子里什么东西烧着了！吕诗意立马点头，我认为是这样，曾师傅，要不要停车检查一下？曾师傅淡然一笑，每晚睡觉前，我都要把车子里外查看过够，擦拭得一尘不染，放心，不会有问题的。那——应该还是空气污染的问题，这儿的雾霾实在太重了。我想进一步缓解车内的紧张气氛，这会儿，那座火电厂肯定还在开足马力发电，空气中烟尘亦在与时俱增，所以……曾师傅点头称是。车子继续前行。

不对呀！吕诗意惊叫，你们看，车头都着火了！是啊，真着火了！刘英飞也喊。我定睛一看，糟了，火苗都已蹿出很高！快停车！我们同声高呼。

曾师傅急忙把车开到大街边停下。打开门，大家一溜烟地逃到车外。

曾师傅找出灭火器抓紧灭火，刘英飞和吕诗意往返路边一家酒店，用桶子提水不停地朝车头上泼，闻讯赶来的派出所干警和路人也七手八脚忙活开来。

火快要扑灭了，刘英飞掏出手机在给消防支队和保险公司打电话。

这时，曾师傅站在街边，一边喘气，一边纳闷，车怎么会自燃呢？我开车都6年了，从未遇上这等怪事。再说，这车才买6年，也不旧没老化啊……

我不知说什么好。都怪自己这张乌鸦嘴，一直在埋怨空气污染，抱怨火电厂排烟，就从未想到车子会出问题！当然，也有另外的考虑，总感觉工作太忙太累了，想幽默一番轻松一下。哪料……唉！

很快，消防支队的人匆匆赶来。看了看车，他们嘘了口气，还好，火你们扑灭得及时，如果引燃发动机，产生爆炸就惨啦！现在，无须我们灭火了，如要提供有关证据，我们拍的照片能用，可找我们。

保险公司的人也风风火火赶到现场。看了看车，他们下意识地问，这车买了自燃险吗？曾师傅轻轻摇头，没有呢。怎么不买呀？不相信车还会自燃，我也没见过车子自燃。保险公司的人一脸无奈，不在我们的业务之内，那我们就没法了！

怎么办呢？曾师傅慌忙问我。还能怎么办？我说，赶快给汽修厂打电话，让他们把车拖过去修啊。

车在汽修厂检测完毕，汽修厂的人便问，这车经常擦洗吧？曾师傅立马点头，是啊，每天都擦洗哩！车里车外都擦洗？当然！问题就出在这儿啊！汽修厂的人提醒他。出在这儿？曾师傅大惊。对！汽修厂的人点头，当你擦洗完车内特别是发动机四周，如果水没弄干，渗透电线就会引起电源短路，结果……可我每天都这样啊？曾师傅皱眉。那是你运气碰得好，擦洗完后水弄干了，或者偶尔有水但未渗进电线！

唉，唉，唉！曾师傅连声哀叹。我们在他的连声哀叹里大彻大悟。

（原载《长沙晚报》2016年3月22日）

民主评选

山德是某办科员。某办有科室3个，干部16人。在某办工作3年，山德就干了3个科室。

第一年在一科。因工作表现和成绩不错，年终民主投票，山德被评为先进。山德很激动。

第二年调至第二科。因工作成绩和表现更佳，年终民主投票，山德又被评为先进。山德更加激动。山德心想：只要工作出色，大家心里是有杆秤的；只要推行民主，年终评选的结果不会不公平。山德感到既惬意又令人振奋，暗下决心要把工作做得更好，让全办上下心悦诚服。

第三年调至三科。山德的工作热情空前高涨，工作表现和成绩也空前突出，多次受到办领导、上级和上上级部门的表彰，几乎到了大红大紫的程度。但年终民主投票，结果却大出所料；一科的云峰和二科的晓林都上了先进榜，山德却名落孙山。山德的情绪一下跌入了低谷，心里更是愤愤不平：

云峰和晓林工作表现平庸成绩平平，根本没法与自己相比。但山德又哑巴吃黄连，有苦说不出：办里最讲民主，每年评先进都要民主投票、计票的，票数又是在众目睽睽之下公布，绝无半点有违民主的地方。山德万般无奈，只好打落牙齿往肚里吞。

后来，该办二科科长李万调任某局局长。再后来，山德也调任该局办公室主任。有天，山德去向李万汇报工作。完毕，见没有外人，李万便赶紧对山德说："山德呀，你今年工作很出色，再加把劲，年终评先进没问题。"说这话时，李万还有意拍了拍山德的肩头。

李万没有想到，他的话竟像芒刺一般刺痛了山德。只要一忆起那次评先进，山德心里就酸酸的横竖不是滋味。

终于，山德问："工作好就能评先进吗？"

李万答："当然！"

山德又问："先进怎么个评法？"

李万说："民主投票，只有尽量体现民主，大家才无话可说！"

山德就有些蔫了："如果投票的结果不是我呢？"又迫不及待地把那年评选的情况给抖了一遍。

李万听后哈哈大笑，说山德呀山德，工作上你是有股牛功，也很精明能干，怎么在这上面就没了脑子呢？接着李万又点拨山德说："当初你在一科做科员时，我是一科科长。一科有干部6人。你工作不错，和我私交又好。年终投票前，我私下给科里其他同志通气做工作，叫他们集中投你的票，他们能不听？"李万望着山德得意地一笑，"第二年，你调至二科做科员，我又调到二科当科长。二科有干部7人。你的工作更加出色，我们私交又更深，年终投票前，我会做什么，还用再说吗？"像门开开了一道缝儿，山德终于回过神来：全办16名干部，3科只有3人，那年李万并没调任三科科长，自己和三科科长关系又平淡如水……山德一跺脚，抡起巴掌狠狠地拍了一下自己的脑门。

李万乐了，于是说："现在全局33名干部，他们都是我的下属，你的工作有目共睹，我们的关系又亲密无间，评你当先进，还会出问题吗？"

山德就充满感激地望了望李万，又小心翼翼地低头沉思了一番。

离开办公室时，李万语重心长地对山德说："民主评选不是个简单的问题。山德啊，以后局里的大小事情，我们都会充分发扬民主、体现民主，要稳步探索、积极积累这方面的经验，你的意见呢？"

（原载2000年5月27日《中国经济时报》）

机密

杨卉的麻辣火锅店是城里最大的一家。这里每天都是人涌如潮、热气腾腾。虽然城里人嘴刁，却都夸这里的麻辣火锅麻得上劲、辣得味足、香得可人、余味无穷。当然，这里的生意之所以火爆，还有另一个重要原因，那就是价格相当低廉，低廉得你简直不能相信：同样的一个麻辣火锅，别的店子至少要卖20元一个，杨卉的店子却只卖6元一个。别的店子已被无情的市场竞争挤压得血本无归，杨卉的店子却仍在大把大把地赚钱。

有些麻辣火锅店的老板不信城里也有天方夜谭式的故事，便悄悄乔装成顾客挤进杨卉的店里吃麻辣火锅。一吃，还真被它的味道和价格所折服，回来，便无怨无悔、义无反顾地关了自己的店子。也有幻想与杨卉抗争甚至挤垮杨卉的老板，暗暗派人去杨卉的店里买回鸡、鸭、鱼等麻辣火锅，认真研究其制作工艺，可就是未取得丝毫进展。雇人干那克格勃的间谍行当，试图窃取杨卉的所有机密吧，杨卉的店子又俨然国家安全部，各种防范措施密不透风，压根儿就无缝可钻。于是只好悻悻作罢。

这样一来，起初城里繁星般闪烁的麻辣火锅店，没过多久，其中的绝大多数便无声无息地泯灭了，只剩下几家大的“寡头”。这几家所以还能勉强维持，是因为这里爱吃麻辣火锅的人太多，要挤进杨卉的店里开顿洋荤实在不易，杨卉的店子也承载不了那么多的顾客。再者，经过市场竞争的优胜劣汰，剩下的几家味道也很好，只是价格略比杨卉那儿高些。说白了，幸亏老天恩赐！但这几家麻辣火锅店的生意是远远不能与杨卉的店子相比的。

随着麻辣火锅的生意不断看涨，杨卉全家的生活情绪也随之高扬。这天又是杨卉的妈过生日，儿女们自然带上礼金礼品，齐刷刷地回家庆贺。吃晚饭时，一家人团团圆圆，餐厅里喜气洋洋。

正准备敬酒祝母亲生日快乐，忽然，杨卉的视线被餐桌上热腾腾、香喷喷的鸡、鸭、鱼等麻辣火锅所吸引。她一怔，端酒杯的手陡地在空中停住了。

杨卉惊问麻辣火锅从哪儿买的。母亲告诉她是从马晖那儿，还说父亲60多岁了，体力不支，要做一桌丰盛的晚餐，身体肯定吃不消。买火锅时，父亲还特意品尝过，买回后，我也用心尝了，味很美，价格也不贵嘛。这时，杨卉的脸色就变了，很苍白。她用手捂住胸口，问干吗不上她的店里去买，既照顾了自家生意，价格又便宜些。母亲并未觉察到杨卉的心情变化，依然得意扬扬地说：是她叮嘱父亲这样做的。又提醒杨卉说：你那儿的麻辣火锅都是用死鱼、死鹅、瘟鸡、瘟猪等制作的，你公公、婆婆、叔子、姑子等家人班子组成的后勤小组，每天去乡下忙不迭地走村串户，捡些死了后被人扔弃在路旁或廉价收购些发瘟的家禽，让你制作麻辣火锅。而你那里生意所以火爆，重在原材料没有或几乎没有成本，所以，你可以把价格压得特低，别人怎么也竞争不过你呀！你咬过我的耳朵，叫我千万不可泄露天机的，难道你忘了吗？“怎么会忘？”杨卉叹息道，“只是……”“只是什么呀？”母亲追问。“只是，马晖的麻辣火锅也全是从我那儿批发来的！”“……干吗这样呢？”母亲不解地问。“赚钱！”杨卉斩钉截铁地回答，“赚那些没法挤进我的店里吃麻辣火锅的顾客们的钱！当然，马晖也赚，只是，他赚的是小钱，我赚的才是大钱呀！”“那么，城里其他几家麻辣火锅店又怎样？”母亲进一步追问。“和马晖一样，都是我店的中转站！”杨卉再也不能掩盖事实，她说。

全家人便都惊呆了，一个个面面相觑。

（原载《山东文学》2014年第10期下半月刊，转载于《小小说选刊》2015年第4期，选入《2015中国年度小小说》《最具启发性的智慧美文·领着自己回家》，获首届“古贝春杯”全国暨海外华人小小说大奖赛二等奖）

假冒农民

某人进县城嫖娼被派出所靳所长抓获。录口供时，靳所长问："干什么的？"答曰："务农！""在哪儿？""山川乡原野村！""叫什么？""二狗！"……

录完口供，靳所长正欲靳令二狗交纳200元罚款，猛然发现其白白胖胖、肥头大耳，不像个农民，立即下意识地拿起电话筒。接电话的正是原野村村长，他拍着胸脯保证：村里绝无如此农民，还说：此人好像山川乡鲁乡长呢！

放下电话，靳所长勃然大怒："骗人也不睁大眼睛！老实说，你是干什么的？叫什么名字？"二狗感到形势不妙，慌慌张张地交代了自己的真实身份。

果然是鲁乡长！靳所长大惊失色："农民也要假冒？假冒农民居心何在？"鲁乡长索性开门见山："假冒上级领导，我胆量不够；假冒亲戚朋友，我良心不安；假冒农民，他们生活在社会的最底层，整日面朝黄土背朝天，口袋里没几个子儿，抓到了罚不了多少款，更不会受到党纪政纪和组织上的惩处呀！”

“原来如此！”靳所长眼睛一亮，立即询问近来所里已登记多少农民嫖娼案，“120多起！”有人回答。又问共罚款多少，答曰：“4000余元！”再问按每人8000元的标准罚款，所里失收多少，答曰：“100多万元！”“乌龟王八蛋！”靳所长暴跳如雷。缓过气来，忽然冷不丁地转向鲁乡长：“罚款吧，8000元一个子儿不少，要不，把你送到县纪委，摘你的乌纱！”转身又向所里发布命令：“想尽千方百计，查处假冒农民！”

（原载《文学天地》2001年第9期，转载于《微型小说选刊》2002年第5期）

如果不报案呢

咚、咚、咚，传来敲门声。从猫眼里，金铃子看到了站在门外的夏午和杨麟，不假思索便开了门。

“有事吗，两位帅哥？”金铃子和颜悦色地问，一边请他们在沙发上坐。

他们却不从。关上门，夏午就盯着金铃子，杨麟则去房间里转。

很快，杨麟发现了主卧室里的保险柜。“嗬，好大的钱箱，我们发财了！”杨麟眼睛发亮。

“是吗？”夏午一脸的灿烂。

“当然！”杨麟应道。

夏午立即拔出寒光闪闪的尖刀。

金铃子十分惶遽：“要干什么？你们——你们可是小区保安！”

“保安怎么啦？保安就不是人？就不想发财？快，少啰唆，乖乖地打开保险柜！不然——”夏午凶巴巴地把刀子架上金铃子的脖颈。

金铃子心惊胆战，掏出钥匙，无奈地打开保险柜。

夏午和杨麟把钱财洗劫一空，扬长而去。

“杨哥，你说金铃子会报案吗？”分罢钱财，夏午不无担忧地问。

杨麟觉得滑稽：“你这人怎么啦？我说过，金铃子的老公李森白是焦煤集团董事长，她家的巨额钱财肯定是贪污受贿、来路不正。报案？她就不怕东窗事发？”

“我想也是。”夏午若有所思，“除非——除非她是——一头蠢猪！”

两人哈哈笑过，脚底生风，各回各的家去。

可望着空空的保险柜，金铃子却越想越气。“不报案吧，两个狗保安尝到了甜头，以后会有恃无恐；报案吧，又怕节外生枝害了老公。”经过一番思虑，金铃子咬牙去了派出所，声称被盗钱财只有300万元。她想300万元不多，属于家里的正常收入，应该不会出问题。而两个狗保安，不敲打敲打怕是养虎为患！

果然，派出所按图索骥，不费吹灰之力就逮到了夏午和杨麟。

夏午和杨麟猝不及防，突然从美梦中惊醒：“金铃子啊金铃子，你她妈还真是——一头蠢猪！我们这下可是倒了八辈子霉！既然如此——”

夏午和杨麟毫不犹豫，如实交出了所劫钱财。

当把他们交出的人民币、港币、美元、欧元、金条、名表、钻戒和项链等逐一清点、汇总之后，派出所也惊呆了：天，哪里只300万元？分明有近5000万元之巨！

李森白就这样栽了。不仅乌纱帽被摘，自己还进了监狱。

“你怎么这么蠢呵！”金铃子探监时，李森白气冲冲的。

“有什么办法？”金铃子泪光闪闪，“我不报案吧，他们得不到惩戒，必定故技重演，甚至变本加厉。”

“那也未必！如果他们一次就吃饱了，躲着过日子去了呢？”李森白瞟了金铃子一眼。

“又如果，”金铃子盯着李森白，“他们也像你一样，胃口越胀越大，贪心难收呢？”

“你怎么这样说话？”李森白抱怨，“你不能少报被盗钱物吗？少报就是我们家的正常收入！”

“我只报300万元呵！”金铃子几乎哭丧着脸。

“那公安怎么认定了5000万元？”李森白一愣。

“两个猪保安，真蠢，蠢啊！竟一股脑儿全交了，如果他们也很贪，只交一点点，不就……”金铃子想不明白。

李森白却开窍了：“你呀，就不该报案！”

“不报案咋办？”金铃子追问。

“退财免灾！以后再把钱财统统藏在别处，不放在家中不就行了？”李森白点拨道。

金铃子大悟，继而后悔不已。

（原载2012年5月22日《齐鲁消费》，转载于2013年8月26日《文学报》）

躲镜头

记者要去采访报道某局。某局是个强势之局，位高权重、经济发达。

记者找局长、副局长、纪委书记、工会主席等局领导逐一采访，个个喜形于色、高谈阔论。他们都渴盼自己的英雄所见尽快在报上刊发。

可群英会上，当记者举起镜头，局长立马就说："记者同志，领导低调好，上镜的机会让给群众。"其他局领导与科室负责人要么转过身子、背对镜头，要么不动声色、悄悄溜走，要么随机应变、躲于人后，要么摆手示意、直接拒绝。

记者一头雾水："怪呀，上镜头，在报纸、电视上露脸，这可是许多人梦寐以求，也是让其风光、自豪的美事，为什么他们都诚惶诚恐，像逃避瘟疫似的？"

采访完，局里盛情邀请记者进某高档私人会所聚餐。

海吃海喝之后，终于有似醉非醉者摇头晃脑："上镜头，在报纸、电视上露脸，那不是害我们？我们有那么蠢？”

“怎么是害你们？”记者一愣，连忙挪到那人身旁。

“小兄弟，”那人一把抓起记者的手，耳语曰，“像我们这么肥的局，哪个领导不包养几个情妇？哪个领导不常去休闲娱乐场所泡妞？为了万无一失，我们告诉妞和情妇的都是假单位、假姓名呀！上镜头，在报纸、电视上露脸，那不是无意之中向她们泄露咱的真实身份？让她们很容易找到咱、敲诈咱，后患无穷吗？”

记者恍然大悟。

（原载2013年10月15日《杂文报》，转载于2013年11月5日《文萃》“大众语丝”版）

力量

饭桌上，股民甲一副痛不欲生的模样：2015年炒股，年初他轻而易举赚了50万元，哪想半年后，他不仅1分未赚，还倒亏了70万元！有段时间，噩梦醒来，他的眼泪总不由自主、吧嗒吧嗒地往下掉，可现在，眼泪都流干了，他是欲哭无泪啊！

饭桌上的气氛骤冷。

为了安慰股民甲，朋友乙想了想说：“股市风云变幻，说不定2016年上半年，你那股又会出现牛市，你甚至能大赚70万元哩！”

股民甲苦笑，摇头。

朋友丙望了一眼股民甲，继续安慰他道：“我听人说，只要你敢于放长线，从此任凭风浪起，再不盯股市了，若干年后，你绝对稳赚！”

“若干年后？”股民甲仍旧摇头，苦笑。

“那——”朋友丁察言观色，“既然你已进入股市，炒股就是赌博，赌博就有输赢，你就得做好心理准备，只能坦然面对股市涨跌。”

“兄弟，这话说说挺容易，可我实在做不到啊！”股民甲嗟叹。

沉默，短暂的沉默。

沉默过后，股民乙忽然抬起头来，冲着股民甲说：“我的哥啊，你那算个啥呀，我炒股都大亏120万元了，谁听到我唉声叹气过？”

“没有！你不说我们还真不知你也炒股，还亏大了！”满桌的人几乎异口同声。

“是吧？我现在还不活得好好的！”股民乙俨然一位导师，“股市上有句行话，以时间换空间。只要你挺住，坚决不抽腿，总有一天你会起死回生，赚得钵满盆满！”

“真的？”股民甲一下坐直了腰板。

“真的！”股民乙掷地有声，“坚持就是胜利！”

“是啊，坚持就是胜利！”满桌的人都大喊。

股民甲的眼睛这才亮了。

所有人也都从座位上站起，高高地举起了酒杯。

饭后，朋友丁悄悄地问股民乙：“你真的也炒股？”

股民乙点头：“真的！”

“那你真的大亏了120万元？”

“没有哩，不仅未亏，还赚了60万元！”

“难怪，难怪！”朋友丁大悟。

两人相视一笑。

（原载《小说月刊》2016年第4期）

喊爸爸

局人事科科长雨田36岁，生日宴设在花山大酒店。全局干部都去赴宴。局长海男、财务科科长娜夜、纪检组组长林雪、办公室主任孟石、财务科出纳徐伟等同坐一桌。娜夜还带着她2岁的女儿菊菊。菊菊天真无邪的，就站在娜夜身旁的一把靠背椅上，娜夜用右手扶着她的腰。

桌上刚开始上菜。菊菊水汪汪的眼睛不断地扫视桌面，也不停地环顾桌边的人。

全桌的人不约而同都把目光投向菊菊。娜夜有些自豪，眉宇间闪烁着温馨与爱怜。

看着菊菊亮晶晶的眼睛，林雪忽然灵机一动。林雪站起身来，用手指着徐伟启发菊菊道："菊菊，他是你徐爸爸，快叫徐爸爸呀！"空气顷刻凝固，包房里静得出奇，满桌的人都拭目以待。"开什么玩笑！"徐伟腼腆地笑笑。"是呀，林伯伯也真是！"娜夜警惕起来，"菊菊，不能喊！"菊菊歪着头，一会儿盯盯徐伟，一会儿瞧瞧娜夜，黑亮黑亮的眸子忽闪忽闪。娜夜飞快地凶了菊菊一眼，徐伟的目光开始躲躲闪闪，林雪满脸鼓励的神情，海男不动声色地抽烟，其他人则是“幸灾乐祸”的模样。“菊菊，叫徐爸爸呀！”孟石等不及了。“别叫、别叫，菊菊，孟叔叔坏！”徐伟边嚷边摆手示意。“菊菊乖，不能叫呀！”娜夜轻柔地摸摸菊菊的头。娜夜想，菊菊是个听话的孩子，平常就寡言少语的，该不会叫吧。哪料菊菊竟我行我素，冲着徐伟响亮地喊道：“徐爸爸！”娜夜的脸就掩饰不住地红了。徐伟的脸上也止不住地火烧火燎。其他人都眉开眼笑、拍手称快。海男也觉得怪了。他眉头一皱，不动声色地审视了娜夜和徐伟一阵。

“快叫林爸爸！菊菊，他是你林爸爸呀！”这时，徐伟眼珠一转，心生一计。他猛地站起身，指着林雪对菊菊说。“哎，你还嫌闹得不够，又找乐子是不？”娜夜扫了徐伟一眼。“这……”徐伟一愣。满桌的人又盯着林雪和菊菊观看。“快，叫就叫，喊我林爸爸呀！”林雪拍拍胸脯，给菊菊壮胆道。其他人也激动起来：“喊林爸爸，菊菊，喊林爸爸呀！”菊菊把林雪上上下下认真打量了一番。“不能喊，菊菊！”娜夜又凶了菊菊一眼，飞快地。其实这时，娜夜真希望菊菊能响亮地喊一声林爸爸，就是胆怯地喊一声也好。哪料盯了林雪半天，菊菊竟使劲地摇头：“不喊！”声音像泉水叮咚。海男又觉得怪了，眉头一皱，仍然不动声色地抽烟。娜夜并不自然地笑笑，徐伟有些尴尬了。

徐伟很不甘心，猛地站起身，又指指孟石对菊菊说：“菊菊，他是你孟爸爸，快叫孟爸爸呀！”桌上其他人又跟着起哄：“菊菊，快叫孟爸爸！”娜夜懒得作声了，一副无所谓的样子。孟石就故意装得忐忑不安、如坐针毡。菊菊晶亮的眸子上上下下认真打量了孟石一番，又坚定地摇摇头：“不喊！”声音如洪钟清亮。徐伟怎么也坐不住了，索性站在桌边，一个接一个地“点将”。几乎是声嘶力竭地求菊菊喊他们“爸爸”，可菊菊一律斩钉截铁地摇头。海男更觉怪了，抬头望望房顶，轻轻吐了一口烟圈。娜夜的表情有点木了。徐伟像只泄了气的皮球。

桌上又是一阵欢呼雀跃、拍手称快。一不做、二不休，林雪又忽地站起，手指徐伟对菊菊说：“菊菊，快给徐爸爸送恭喜！”“菊菊，别乱来哟！”娜夜如梦方醒，赶紧用手轻轻拍拍菊菊的屁股。可说时达、那时快，菊菊马上就一双小手抱拳，躬腰、勾头，毕恭毕敬，满是那么回事地向徐伟连送了三次恭喜。

桌上像烧开了的水，沸腾起来。林雪趁热打铁，对着徐伟激动地高喊："徐伟，你小子福好，快给菊菊送红包！"其他人也眉飞色舞、一哄而上："徐伟，别小气哟，给菊菊送红色、送红包！""这……"徐伟娇羞得像朵水莲花。他借口要方便方便，溜进卫生间避风去了。娜夜的脸上好像有无数虫子在爬，十分复杂的表情。满桌的人都望着徐伟的背影，责怪他不像个男人。

林雪就如释重负、暗自得意。"该相信娜夜和徐伟之间的婚外情、风流事了吧。海局长！"飞快地瞟一眼海男，林雪愉快地想。

此时，海男也抬头看了一眼林雪，又下意识地盯了一眼徐伟和娜夜，先是不动声色地笑笑，然后不动声色地摁灭了烟头的火星。

（原载2008年7月25日《湖南工人报》，转载于《微型小说选刊》2008年第19期）

他们说我缺德

村级财务清理刚刚开始，我们就发现了一件怪事：柳沄村接待苇岸乡马乡长一次，竟吃了3000斤甜瓜！

我不解，就给马乡长打电话。

“他们混账！那次我和梁秘书下村，天太热，才每人吃了个小甜瓜。”马乡长大发雷霆。

“可发票上写得清清楚楚：招待马乡长检查抗旱工作，购甜瓜3000斤。还有经手人、出纳、会计和牛村长签字为证呢！”我提醒马乡长。

马乡长反问：“我和梁秘书长了宰相肚？撑破宰相肚也盛不下3000斤甜瓜吧？”

我说：“的确！可是……”

“你问问牛村长吧。”

我便找来牛村长。我开门见山：“牛村长，你实话相告，马乡长和梁秘书一顿吃得下3000斤甜瓜？”

见我指着那张发票，牛村长尴尬一笑："实不相瞒，整个热天村里购买的全部甜瓜都一次性入账，记在马乡长名下了。这些甜瓜都是平常村干部们吃的。"

"那怎么能一股脑儿记在马乡长名下？"我追问。

"没办法，账只有这样做才有名目，而且名正言顺呀！"牛村长似乎很在理。

"你们……"我只有摇头。

满以为这种情况一定仅此一例。殊不知，梧桐村也一样：他们接待海棠县江副县长，一顿竟吃了4头大肥猪！

"江县长，有这种事？"我在电话里问。

江县长大吃一惊："天方夜谭！这可能吗？那次检查扶贫工作，我们一行就3人，3人啊！要真那样，我们的肚子都成大船舱了，否则，不撑死才怪！"

我又提醒江县长："您的话我信！可他们的账都记得明明白白：招待江县长检查工作，吃大肥猪4头。发票上还有经办人、出纳、会计和贾村长签字画押呢！"

江县长火了："乱弹琴！你再问问贾村长？"

找到贾村长，我同样直截了当："贾村长，江县长他们三人的肚子都是大船舱吗？要不，怎么一顿能吃下4头大肥猪？"

贾村长脸一红："实话实说，我们把今年来村干部吃的猪肉全记在江县长名下了。"

我不满："你们怎能如此栽赃领导？"

贾村长就一脸的无奈："有什么法子？总不能叫村干部自掏腰包吧？要公款报销，做账就得有正当的名目！"

"你们……"我还是只有摇头。

……

直到清理工作结束，我们才发现，不只苇岸乡的10多个村，其他乡的情况也都一样：在村里，大得惊人的招待费无一不是记在县、乡两级领导的名下，还美其名曰"名正言顺"！

此风不刹，后患无穷！

咬咬牙，我只好上书建议县里：以后县、乡两级干部下村检查工作，村里一律不准“招待”。县里研究后很快采纳我的建议，并以县委、县政府的名义下发了红头文件。

这下，村里傻眼了。不少村干部还在背后戳我的脊梁骨，大骂我不是东西、缺德！

我笑，笑得很开心。

（原载2013年12月31日《杂文报》，转载于《微型小说选刊·金故事》2014年第5期）

喝茅台酒的狗

很强势的一个局，车前子又是局长。位高权重，求他的人自然很多。求他的人一多，家里的茅台便堆积如山，弥漫着沁人心脾的酒香。

车前子的老婆王妍丁喜欢宠物狗。为讨王妍丁欢心，就有人给她送了条价格不菲的牧羊犬。牧羊犬名叫俞强。

有天，车前子设家宴款待一个很重要的朋友。

坐在餐桌旁，车前子和朋友一边推杯换盏，一边密谋商机。王妍丁呢，就在两人中间左右逢源，满面春风地给他们斟酒。酒是家里比自来水还多的茅台。

开始，俞强一直端坐地上，垂涎欲滴地目睹他们海吃海喝。

目睹一阵，俞强憋不住“嗯嗯嗯”地哼起来。俞强想提醒他们它的存在，他们却没在意。

俞强不满，起身围着餐桌转圈。一边转，一边狠狠地嗅着满屋子绵绵的酒香。他们仍置之不理。

“汪汪！汪汪！”俞强怒，终于蹲在桌旁，紧盯餐桌上诱人的美酒，响亮地狂吠起来。

他们这才打住，不约而同地把目光投向俞强。

“畜生！你捣什么鬼？”车前子讦问。

“哎——去，去，去，一边儿玩儿玩儿去，别惊扰大人们，啊？”王妍丁也柔声相劝。

俞强不从，又望着餐桌上的美酒，“汪汪！汪汪！”地大叫。

朋友茅塞顿开，便笑：“它也想喝酒吧？是美酒呀！”

“喝酒？俞强也想喝酒？”车前子和王妍丁都觉得滑稽。

为了支持朋友的判断，俞强下意识“汪汪！汪汪！”轻轻地连叫了两声。

朋友心领神会，催道：“一定没错！快，给它倒酒！”

“那……？”王妍丁看了看车前子，“我们试试？”

车前子点头。

王妍丁便找来一只小碗，向碗里倒入一点酒，把碗小心放在地上。

俞强喜，摇头摆尾直奔过去，三下五除二就把碗里的美酒喝了。

喝过，又舔舔嘴，可怜巴巴地瞄着桌上的美酒。

没法，王妍丁只好一边给车前子他们斟酒，一边回应俞强的欲望。

那一顿，车前子和朋友喝得摇摇欲醉，俞强也喝得东倒西歪。

只有王妍丁，旁观者清，仿佛看了一幕喜剧。

第二天，车前子和王妍丁要上班了，俞强却紧紧缠着他们，一边围着满屋子的茅台酒转啊嗅啊，一边“嗯嗯嗯”地低眉相求。

王妍丁笑笑：“俞强是要喝酒了！”便问车前子，“宝贝要喝酒哩，你说咋办？”

“快给它倒一点吧，这玩意儿——多！”车前子也笑。

王妍丁便找来那只碗，把酒倒得满满当当。俞强呢，摇头摆尾直奔过去，转眼又把碗里的美酒喝了个精光。

就这样，俞强染上酒瘾，成了酒鬼。每天不喝他几两茅台，准喋喋不休地没完没了。

好景不长，因贪腐之事东窗事发，车前子很快锒铛入狱。入狱后，一直堆积如山的茅台被一股脑儿查收，车前子家也从此门庭冷落。

可俞强不更事，每天依旧吵着闹着要喝茅台。王妍丁苦不堪言，只好含泪相劝："宝贝，三十年河东，三十年河西。如今，咱家衰败至此，茅台已买不起了。一家人啊，有难同当。你也将就将就，改喝邵阳大曲吧？这酒虽价廉，但味道还好。"说着拧开刚买的"邵大"，给俞强的碗里倒酒。

闻到酒香，俞强精神一振，立马摇头摆尾直奔碗边。可只嗅了两下，它就沮丧地转身，无力地耷拉下脑袋。

为尽量提高酒的品级，接下来的日子，王妍丁咬牙试买过枝江大曲、泸州老窖、武陵酒等，俞强都只是嗅嗅酒味便转身告退，压根儿没有尝一点的意思。

王妍丁明白，喝惯了茅台的俞强，要改口再喝其他酒类已无可能。

眼看俞强一天天消沉，一天天憔悴，王妍丁心疼又无助。"要不，妈把你转送官宦人家，让你继续喝茅台，过好日子？"王妍丁轻轻抚摸着俞强的头。

"汪汪！汪汪！"俞强先是不满地抗议，继而趴在地上，默默地淌泪。王妍丁感动，紧紧地抱住俞强，泣不成声。

万万想不到的是，当她下班回家时，俞强已摔死在楼下，死了嘴还张着，垂涎欲滴像要喝茅台的模样。看得出，它是爬上自家窗台跳楼自尽的。

可窗户又是怎么打开的呢？

（原载《小小说大世界》2013年第9期，选入《2013中国年度微型小说》）

救命藤条

领导最大的爱好就是登山。领导说，登山最能强身健体。只有身体好了，才能更好地为人民服务。

星期天天朗气清，正适合登山。领导又要秘书小颜和司机小桑陪他。

三人边登山边说段子。开心之际，一不留神，几乎同时跌下悬崖。

领导急中生智，双手抓紧一根从山顶垂下的藤条。颜秘书和桑司机很机灵，也牢牢地抓住这根藤条不放。

三人刚刚松口气，但很快又惊慌起来。

他们都听到了藤条在风中嘎吱嘎吱的痛苦呻吟，感觉到了藤条随时会有绷断的危险。很明显，这根藤条不可能较长时间地承受三个大汉的重压，就是承受两个人的重量也有问题。怎么办？

领导不得不下达最新指标。领导说，小颜、小桑，你们快松手呀！大海航行靠舵手。领导是单位的舵手，单位不能没有舵手啊！

不！小颜掷地有声，我不能松手！我曾经发誓，无论何时何地都要紧跟领导，除非领导您……领导一愣。

那你呢？领导又问小桑。

一样啊！我也发过毒誓永远紧跟您的。

领导的全身都凉透了，脸上阴云密布。但领导就是领导，领导眉头一皱，又计上心来。

领导开始为他们作报告。领导说，危难关头显身手，群众安全大于天！领导干部任何时候都要积极发挥党员先锋模范作用，为确保群众的平安，为树立时代的楷模，冲锋在前、万死不辞！好了，现在，我松手，跳崖！

领导真是我们学习的好榜样！小颜和小桑一激动，立马响亮地鼓掌。

可小颜和小桑鼓完掌时，领导的双手依然紧抓着藤条。

目睹小颜和小桑已在自由落体，领导窃喜。

领导连连摇头，轻叹道，还说永远对我无限忠诚，甘愿为我抛头颅、洒热血呢，屁！

所幸小颜和小桑命大，只是受了重伤。出院后，领导让人为他俩办了工伤，还召开大会，隆重表彰他俩“一不怕苦，二不怕死”的奉献精神，号召全体干部职工向他俩学习。

只是后来，领导又以他俩的身体需要好好调养为由，很快将他俩调离自己的身边。

（原载《小小说大世界》2014年第12期）

一瓶洋酒的旅行

企业老板苏泊平送给村支部书记张小洛一瓶洋酒。他俩密切交往已有不少时日了。

送酒时，苏老板对张支书说："这可是特好的洋酒哦，喝了既不晕头，也不醉人，而且对身体出奇地好！不信，你回去试试？"

张支书心动，但张支书并不想试。他和乡党委书记李红兵走得很近，欲请李书记继续关照。

张支书便把这瓶洋酒送给李书记。

张支书对李书记说："这可是特好的洋酒哩，喝了既不晕头，也不醉人，而且对身体出奇的好！李老板请您不妨一试？"

李书记心热，但李书记也不想试。他和县委组织部部长刘养宗关系很铁，儿子的升迁之事正想请刘部长发话。

李书记便把这瓶洋酒送给刘部长。

李书记对刘部长说："这可是特好的洋酒哩，喝了既不晕头，也不醉人，而且对身体出奇的好！刘老板，请您回家一试？”

刘部长心痒，但刘部长亦不想试。他是县委书记宋玉垒的铁杆，心里觊觎县长的宝座已久，正巴望宋书记向市委好好推荐推荐。

他想好了要把这瓶洋酒送给宋书记。

可宋书记出差在外，3天后才能返回。

宋书记一回来，刘部长就想起把那瓶洋酒赶紧送给他。

刘部长在家里翻箱倒柜地找啊找，奇怪？那瓶洋酒什么时候不翼而飞了！

刘部长又沮丧又气恼。

正闷闷不乐之际，县公安局局长邹以亮打来电话，说他儿子刘一郎在红花休闲中心“那个”时，被城关镇派出所抓走了。他知道后狠狠地训斥派出所有眼无珠，命他们立马放人并向刘公子道歉。因派出所事先不知是刘公子犯事，所以冒昧之处还请刘部长谅解。

不争气的猪！刘部长咬牙切齿地骂，该死的畜生！

等刘一郎蔫头耷脑地一回家，刘部长劈头盖脸就训：快说，你在外面都干了啥？一个中学生不好好读书，却去那种倒霉的地方，丢人不丢人啦，你？

不想刘一郎却十二分的委屈：爸，您也别怪我，怪只怪您放在柜子里的那瓶洋酒！

那瓶洋酒招你惹你啦？刘部长一愣。

是啊，刘一郎噘起嘴，我把它全喝了！

你看你，你怎么……？刘部长直摇头。

刘一郎就小心替自己辩解：开始是好奇，想尝尝而已。哪知那洋酒味好，喝完既不晕头，也不醉人，只是……

只是什么呀？刘部长追问。

喝过十分燥热，全身像无数只蚂蚁在叮，心中有团火呼呼燃烧……那种欲仙欲死的感觉！实在受不了啦，就……就去……

找小姐啦？刘部长瞪着刘一郎。

刘一郎犯罪似的低下头。

唉，怎么会这样？怎么会这样呢？刘部长怅叹。

（原载《当代小说》2014年10月上半月刊，转载于2014年12月8日《文学报》）

高人

大街上，闯红灯的警车被如花似玉的女交警拦住。

“请把你的驾照拿给我！”女交警在警车前敬了个礼。

司机梅颖却爱搭理不搭理：“干吗？”

“你闯红灯了，”女交警一脸正气，“我要查验你的驾照！”

梅颖淡然一笑：“咱领导有急事要办，我不抢时间不行。”

“所以就要违章？”女交警反问，“不管你有什么理由，都不能强闯红灯！”女交警训道。

“那——”梅颖一双鼻孔朝天，“如果车后坐着咱公安局局长呢？”

女交警斩钉截铁：“天大的领导都一样，谁也不能无法无天！”

“好哇，你要把我咋样？”梅颖从鼻孔里哼出一句。

“按规定：第一，罚款200元；第二，扣交通违规分6分。”女交警声色俱厉。

梅颖冷笑。回头看一眼坐在车后的公安局局长高梁伟，用目光征求高局长的指示。

高局长竟一声不吭地直点头。

梅颖软了，只得屈从。

回到局里，高局长匆匆奔向会议室，主持召开局党委会议。

"小梅呀，把你今天闯红灯之事向大家说说。"会一开始，高局长就吩咐梅颖。

"这……"梅颖一番嗫嚅，径直把矛头对准女交警，"这娘儿，真她妈茅坑里的石头又臭又硬！我以前闯红灯被拦，只要说小车是咱公安局局长的坐骑，连男交警都赔笑放行。虽然，我闯红灯时局长并不在车上。可今天，咱高局长还坐在车后，那娘儿却有眼不识泰山，硬逼我交出驾照，接受处罚。你们说，这不是把咱高局长和公安局三下五除二吗？"

"小梅同志！"高局长的脸一下黑了，"你闯红灯竟有理，违章还不思悔改？以前啊，你乱来我不知情，那是我失察失职！可今天，我既然亲眼看见了你的鲁莽，那就不能放任你一错再错！现在，你必须在局党委会上做出深刻检查，保证往后决不再犯。否则，我只能拿你开刀，让你立马下岗！"

说完这段话，高局长又语重心长："我一局之长不能以身作则，你是局长司机横冲直闯，我们还能要求别人遵守交通规则？小梅呀小梅，你败坏了我的形象，败坏了公安局的形象，你糊涂、糊涂啊！"

"这……"梅颖惊慌失措，只得低头向高局长道歉，哭丧着脸在局党委会上做检查。

做完检查，高局长挥手让梅颖离去。局党委会则继续研究对女交警的处理意见。

"女交警铁面无私的执法精神，正是我们当下必须倡导的时代精神。在一些地方和单位，执法犯法现象比较严重的今天，她的所言所行难能可贵、难能可贵啊！"高局长感叹。

"为了树立样板，弘扬人间正道，我们是不是应该褒奖褒奖这个女交警？"高局长环顾两周，问道。

有人点头。

“那，”高局长又问，“我们怎样褒奖她是好？”

“发表彰通报，号召全体交警向她学习！”有人提议。

高局长摇头。

“既发表彰通报，又给经济奖励。比如，奖励女交警5000元吧？”有人加码。

高局长依然摇头。

“力度小了不能震撼人心，”高局长想了想，“这样吧，好鼓要用重锤，我们索性提拔重用她！目的嘛，既充分肯定女交警严格执法，又大力鼓励全体交警敢于担当。”

班子成员无人反对。

高局长笑笑：“至于职务吗，大家想想看？”

有人建议让女交警当交警支队人事科副科长，有人建议让女交警当交警支队纪委书记，高局长都不满意。

“我的意见，”高局长最后发言，“任命女交警为交警支队副大队长，在副职中排位第一。同志们，为了深入推进公正执法和严格执法，我们必须把这样的好同志推上领导岗位，让她发挥模范带头作用！”

班子成员察言观色，一致赞同高局长的意见。

“那好，”高局长接着指示，“先查准这个女交警的工作单位和姓名，再按相关程序进行组织调动和任命。”

很快，女交警就摇身一变，由普通得不能再普通的警员，直接擢升为交警支队副大队长。

公安局常务副局长张凌云总觉得这事蹊跷。

“要么，徐红霞是高梁伟的至亲；要么，就是他高梁伟的情妇。否则，高局长不会小题大做，破天荒提拔重用与己无关的小警员。”张凌云猜想，“也许，高局长和徐红霞早密谋好了呢。高为有妇之夫，如果徐红霞是他情人，那么，扳倒他就如瓮中捉鳖。而一旦扳倒了他，接任局长者不是我张凌云还会有谁？”

于是马不停蹄，秘密调查徐红霞和高梁伟的特殊关系。

可调查的结果，他俩不仅不是至亲，连亲戚也不是。

“既然如此，徐红霞只能是高梁伟的情妇！”张凌云欣喜，“这不更好？”

机不可失！张凌云赶紧向纪委写了封举报信。

信发出后，就翘首等待纪委的调查结果。自己和自己安排的人也暗中窥探高梁伟的一举一动。

左望右盼，纪委的调查结果终于出炉。可未想徐红霞根本不是高梁伟的情妇，密谋升迁之事纯属子虚乌有。而自己和自己安排的人也并未发现高梁伟和徐红霞有任何异常。

咄咄怪事？这个高梁伟还绝非凡夫俗子！

从此，张凌云不仅没有了撵走高梁伟、自己取而代之的念想，而且从内心深处对高梁伟刮目相看、佩服得五体投地。

（原载《啄木鸟》2014年第10期）

金戒包在饺子里

厂子垮了夫妻俩也下岗了。下岗了怎么办？夫妻俩一咬牙，把所有的积蓄拿出来开了家饺子店。起初饺子店的生意还不错，可近来却愈来愈冷清了，夫妻俩急得像热锅上的蚂蚁，团团转。

屋漏偏遭连阴雨！就在夫妻俩闷闷不乐烦恼不已之时，妻子的金戒指又不知什么时候弄丢了，那还是夫妻俩热恋阶段，丈夫特地送给妻子的定情礼物。

妻子难过得几乎泪如雨下。丈夫的心里也疼，但丈夫毕竟是男人，男人应该大度，男人不会疼在脸上，于是丈夫从容不迫地劝妻子说："店子里里外外我们都找遍了，还是没找着，是不是一不小心包在饺子里了？"经丈夫这么一指点，妻子的眼睛唰地亮了。妻子转悲为喜，十分急切地说："那我们赶紧把所有的饺子打开看看？"丈夫并不赞成，丈夫却说："打开所有的饺子多烦！我们累得还不够吗？不如，索性让别人帮我们吃出来？”妻子将信将疑：“真能吃出来？”丈夫盯着妻子：“也许可以！就算吃不出来，打开饺子去找也是白搭。”妻子一想也是，便依了丈夫。

很快，丈夫就在饺子店前贴出了一张醒目的告示：“因生意火爆，忙乱之中，本店女主人的金戒指不慎包进了饺子里，为了答谢顾客们对本饺子店的青睐与厚爱，今后不论谁吃饺子时吃出了金戒指，我们都忍痛送给他作为纪念。只是，恳请各位吃饺子时，千万不要太性急，如若不慎让金戒指卡住了嗓子，本店概不承担任何责任。”

妻子斗大的字识不了几个，也无心去看告示上在说什么。

围观的人越来越多。告示的内容一传十、十传百，饺子店里又热闹起来。

每个吃饺子的人都很留心，妻子也十分紧张地扫视着店子里每个吃饺子的人。可吃饺子的人走了一批又一批，就是不见有谁吃出了金戒指。

这天忙碌完后，妻子终于不安地问起金戒指来。“金戒指是吃不出来了，它压根儿就没包进饺子里。”丈夫不紧不慢地说。妻子惊讶了：“那怎么办？”丈夫回答：“还能怎么办？它就在我的上衣口袋里！”说完得意扬扬地掏出那枚金戒指，双手捧着将它还给了妻子。妻子的目光一亮，高兴得不得了。

“金戒指肯定是你存心藏着的，干吗骗我？”稍稍平静下来，妻子嗔怪丈夫说，“看你把我急得……”丈夫就嘿嘿一笑：“不是想吃出金戒指，哪会有那么多顾客光临我们的饺子店？早让你知道金戒指让我藏着了，你会那么虎视眈眈地注视每一个吃饺子的顾客，让他们都信以为真？”

妻子这才恍然大悟。她十分怜爱地用手点了点丈夫的鼻尖：“你呀，你！”

（原载《南叶》2000年第5期，选入《最具阅读价值的小小说选》）

羊吃什么

南野养的羊体形又肥又大，南野养的羊长得又快又好，南野养的羊数量又多品质又优，南野赚了大钱发了大财。南野成了远近闻名的养羊专业户。

就有环保局的慕名而至。环保局的问南野羊吃什么？南野不以为然就吃青草呗。环保局的声色俱厉羊吃青草影响绿化破坏生态环境这还得了！南野一愣那可怎么办？环保局的铁青着脸罚款吧南野！南野又问要罚多少才能息事宁人？环保局的回答要开收据6000不开收据3000南野你自己选择。南野不假思索那就3000元吧。南野交了罚款，环保局的走人。

就有林业局的闻风而来。林业局的问南野羊吃什么？南野想羊吃青草要罚款便说吃树叶啃树皮呗。林业局的拍案而起这不损树伤林阻挠林业生产问题十分严重！南野一惊那可怎么办？林业局的紧绷着脸罚款吧南野！南野又问要罚多少才能放条生路？林业局的回答要开收据8000不开收据4000南野你自己看看。南野搓搓手掌那就4000元吧。南野交了罚款，林业局的转身。

就有畜牧局的接踵而至。畜牧局的问南野羊吃什么？南野想羊吃植物都要罚款便说吃鸡鸭禽蛋呗。畜牧局的勃然大怒南野你怎么不识时务？如今发生了禽流感空气中都有紧张味，万一鸡鸭禽有禽流感你的羊岂不传染禽流感？你的羊有禽流感岂不又传染给人？这可是人命关天后果不堪设想！南野一慌那可怎么办？畜牧局的阴沉着脸罚款吧南野！南野又问要罚多少才能遮掩得好？畜牧局的回答要开收据1万不开收据5000南野你自己想想。南野拍拍脑门那就5000元吧。南野交了罚款，畜牧局的返回。

就有卫生局的匆匆而来。卫生局的问南野羊吃什么？南野想羊吃自然天成的要罚款就说人工饲料呗。卫生局的义愤填膺饲料中有激素羊吃激素羊肉里就有激素，羊肉里有激素人吃了就生病危害人民健康。你这不是坑人利己吗好你个南野！南野一急那可怎么办？卫生局的冷冰着脸罚款吧南野！南野又问要罚多少才能网开一面？卫生局的回答要开收据12000不开收据6000南野你自己说说。南野欠下身子那就6000元吧。南野交了罚款，卫生局的凯旋。

就有技术监督局的大驾光临。技术监督局的问南野羊吃什么？南野想羊吃自然天成的要罚款羊吃人工生产的也要罚款，南野就眨眨眼笑一笑我真不知我的羊都吃什么。技术监督局的诧异不已哭笑不是那你的羊干吗养得又肥大大长得又快又好？技术监督局的又郑重其事认真提醒南野不说实话不讲真情我们要立马关闭你的养羊场南野你考虑清楚！南野依然眨眨眼笑一笑羊想吃啥吃啥爱吃啥吃啥我每天只给羊吃东西的钱羊自己到外面去买，我还真不知我的羊都吃了什么怎么吃的吃了多少！技术监督局的木了……

［原载2008年12月5日《讽刺与幽默》，转载于《杂文选刊》2008年12月中旬版、《经典杂文》2009年第2期、《小小说选刊》2009年第3期、《微型小说选刊》2009年第4期、《领导文萃》2009年4月下半月刊、2009年5月16日《南方农村报》、《半月选读》2009年第6期、《我\u3000》2009年9月刊、《微型小说月报》2010年第9期、《智慧90后》2010年第10期，选入《中外经典微型小说大系》《新中国六十年文学大系·小小说精选》，获第七届全国微型小说（小小说）年度评选二等奖、《小小说选刊》2009—2010年度全国小小说佳作奖］

第五辑

死亡之约

DIWU JI

SIWANG ZHI YUE

鹿战

不知道是哪个年代的故事了，反正当时诸侯割据，群雄鼎立。时间一长，各诸侯国有盛有衰，其中北方的齐国与南方的楚国势均力敌，齐王与楚王都成为当世两大霸主。齐王是个有野心的人，他一心想独霸天下。要称霸必须除楚，但楚国军事力量强大，想用武力征服，并无胜算把握。为此，齐王常常食不甘味，夜不能寐，长了一嘴的燎泡。

有一次，齐王与大臣仲渊闲聊，聊着聊着就聊到了齐楚关系上。齐王说："齐楚之战是迟早的事。他楚国战将如云、军力强悍，两国开战，还不知鹿死谁手。您智谋过人，可有良策？"

"《孙子兵法》上说，不战而屈人之兵，善之善者也。"仲渊献策说，"大王，您就高价收购楚国特产的鹿吧？"

"高价收购楚国特产的鹿？"齐王大吃一惊，"此招管用？"

"大王放心，管用！"

仲渊是名相，谋略过人，深得齐王信赖，虽齐王心存疑惑，见仲渊胸有成竹，便依计行事。

听说齐国要高价收购楚国的活鹿，这可乐坏了楚王。他迫不及待地招来宰相敖安，眉飞色舞地说：“钱这东西人人喜欢，也是国家生存和发展必需的。而活鹿，楚国多如牛毛。退一万步而言，即使压根儿没有也无所谓，此物不过是禽兽耳。现在，齐国高价收购活鹿，这是楚国的福音、福音啊！齐王这个大傻帽儿心甘情愿地让我们占便宜，此乃天赐良机！你赶紧发布命令，动员全国各地火速猎捕活鹿吧！我们一定要尽快把齐国人的钱都赚进楚国人的口袋，赚得满满当当的！你看呢？”敖安听得连连点头、随声附和。

很快，楚国大地风起云涌，掀起捕捉活鹿的高潮。

目睹一批接一批的楚国人送来一群又一群的活鹿，仲渊窃喜。

“大王，您再赏赐赏赐捕鹿有功的楚国人吧？”仲渊又向齐王进言。

“赏赐？我们已经是天价收购啦！”齐王大愣，“为什么还要加赏赐？”

“要加赏赐。凡一次向齐国出售20只活鹿者，赏银10两；一次出售200只者，赏银100两……”仲渊掷地有声地说，却并不解释缘由。

齐王欲言又止，心想：仲渊啊仲渊，你这葫芦里到底卖的什么药？

虽然心中不解，齐王还是表现得很慷慨，“好，依丞相所言，给楚人赏赐！”

于是，接踵而至的楚国人押着一群又一群的活鹿风风火火急赴齐国，接踵而至的楚国人领了赏银，招摇过市返回楚国。

楚国沸腾了！无论男女老少，无论官员百姓，皆激情燃烧，倾巢出动。皇亲国戚、公子王孙也跃跃欲试，一窝蜂地进山捕鹿。漫山遍野都是鹿们在惊恐地奔逃，漫山遍野都是铆足了劲捕鹿的人群……

楚国虽然盛产野鹿，但毕竟数量有限。没多久，山林里的鹿就捕光了，可齐国仍在敞开大门高价收购，且加大了赏赐的力度。

鹿价高企，种草养鹿一本万利。很快，老百姓都自觉地开始了种草养鹿。楚国全境又人声鼎沸，掀起毁田种草、弃农养鹿的热浪。待楚王和敖安感觉不对时，楚国大部分的良田都摇身一变，成了像模像样的养鹿场。

仲渊闻信大喜，赶紧向齐王进言："大王，现在停止收购楚国鹿！"

"下一步怎么做？"齐王追问。

"准备伐楚！"仲渊斩钉截铁地说。

"伐楚？"齐王皱眉。

"对，伐楚！"

"说说你的理由。"

"这么长的时间啊，楚国上下都在捕鹿养鹿，他们既毁良田，又误农时，现在已是人心涣散，粮库空虚！"

"可他们卖鹿赚大了，国库里有的是钱！"

"如果咱们让他们买不到粮呢……"

"唔，好主意！"

"大王想一想，我国是楚国最大的邻国，我国粮食储备充足，当然不会卖粮给楚国。而楚国向来以大国自居，周边其他小国家早对楚王恨之入骨，只要我们发出伐楚号令，他们就算不愿与我国合作，也必然会封锁城门，不会出手援救楚国，到时候我们再发精兵拦截楚国的运粮军队……"仲渊的陈述有板有眼，齐王听得频频颔首。

风云突变、灾祸临头，楚国一下乱了方寸。

卖鹿？再便宜齐国也不买了。买粮？出再高的价齐国也不卖。楚王派人四处购粮，一出境就被齐军拦截……粮荒导致楚国人心不稳，社会动荡。未出3年，就有近半的楚国难民逃往齐国。一年之后，楚国元气大伤，战力锐减，不得不委曲求全，向齐国俯首称臣。

（原载2012年9月29日《常德社会组织》，转载于《小小说选刊》2012年第24期、《领导文萃》2013年第5期、《微型小说选刊》2013年第5期、《小说选刊》2016年第4期，选入《最难忘的军旅美文·沉默的子弹》《2013年中国微型小说排行榜》《2013年中国微型小说精选》《2013中国年度微型小说》，入围"2012中国小小说排行榜"）

鹞鹰之死

那时，鹞鹰几乎人见人爱。它像鹰但比鹰小，长着鹰的尖喙却没有鹰之凶猛。只要训练有素，会用自己的尖喙给主人梳头、挠痒痒。盛夏酷热的夜晚，还会伫立主人的床头，轻轻扇动翅膀为主人送凉驱蚊。如果主人的偏头疼犯了，甚至会用尖喙和爪子轻轻按摩主人的头部穴位，据说很有奇效。当然，大唐时流行的胡旋舞，鹞鹰也跳得很美……

唐太宗李世民亦爱鹞鹰。

贞观四年的一天，鲜花盛开、风和日丽，有人给唐太宗送来一只鹞鹰。这只鹞鹰形态俊美、毛色漂亮。

唐太宗甚喜，就在内宫赏玩。他把鹞鹰放于肩头，向前平伸出左臂，让鹞鹰在自己的肩头和手臂上翩翩起舞。

“咱大唐啊，一年判死刑者仅20来人，百姓安居乐业。到处道不拾遗、夜不闭户。四海一统、天下和谐、寰宇来朝，这种盛世景观，中国几朝几代有过？”唐太宗一边欣赏鹞鹰舞之蹈之，一边扬扬自得，“嘘，嘘，嘘”地吹起口哨。

正在兴头上，忽报谏臣魏徵已到门前，有事奏请。

俨然顽童要见严师，唐太宗龙颜惶遽。四顾无处可藏，便将鹞鹰隐蔽于怀。然后正襟危坐，清清嗓子，准备接受魏徵禀报。

这一切，魏徵看得分明，却佯装不知。

“臣闻求木之长者，必固其根本；欲流之远者，必浚其泉源；思国之安者，必积其德义……”礼毕，魏徵就大讲特讲治国安邦之道。还列举尧舜、秦二世、梁武帝、隋炀帝等中国古代君王详加说明。用心阐述有的皇帝就因贪图安逸享乐、沉醉声色犬马，最终导致丧国灭身……

奏请之时，还不动声色地偷窥唐太宗怀中的动静。

魏徵滔滔不绝，唐太宗心急如焚。怀中鹞鹰的气息已越来越弱，唐太宗欲暗示魏徵下次再奏。想想，又觉不妥。因为向来敬重魏徵，只好耐心听他进谏。

结果，魏徵得寸进尺、没完没了，直讲得喉咙干燥如十年未下雨的旱地，嘴角淌出的白沫沾满胡须像初冬的霜挂。

“皇上玩鹞鹰，我就玩皇上！”魏徵暗下决心，“既然我都口吐白沫了，鹞鹰不口吐白沫才怪！”他又使劲给自己打气。

继续天南地北口若悬河，直到唐太宗的怀中毫无动静，估摸那鹞鹰已一命呜呼，才心满意足地退下。

魏徵一走，唐太宗就迫不及待，从怀中掏出鹞鹰。一看，那宝贝早已气绝身亡。心疼之余，不禁火冒三丈。

“朕一定要诛杀这个乡巴佬！”唐太宗怒吼。

正巧长孙皇后轻轻走进，便问：“谁冒犯了二哥呀？”

“除了魏徵，还能有谁？这个乡巴佬，简直肆无忌惮！”唐太宗气不打一处来。

长孙皇后一愣：“魏徵？他又说了些什么啦？”

“乱七八糟讲上一大堆，还指责我杀兄弟于殿前，囚慈父于后宫……说什么当皇帝就是赎罪的，当知耻而后进。你看你看，我不就玩了一下鹞鹰，犯得上他如此大做文章？”

“哦，这个——”长孙皇后略一思虑，便默不作声地退下，换上朝服后又匆匆折回，毕恭毕敬地给唐太宗行大礼。

“观音婢，你这是……？”唐太宗一头雾水。

“恭喜陛下！陛下有福、大唐大吉啦！”长孙皇后满面春风。

唐太宗皱眉：“此话怎讲？”

“臣闻君明臣直。只有皇上圣明，大臣才会正直。……所谓魏徵者，为政也；世民者，世世代代济世安民也。……古人云，玩物丧志。魏徵只是想奉劝陛下励精图治、心无旁骛呀……”

唐太宗终于转怒为喜。

长孙皇后也窃喜。

原来是长孙皇后听说唐太宗在玩鹞鹰，便悄悄派人给魏徵通风报信，再和魏徵里应外合……唐太宗被蒙在鼓里。

从此，唐太宗再也没有玩过鹞鹰。

贞观之治得以延续并发扬光大。

魏徵死后不久，长孙皇后也英年早逝。

不知从什么时候起，寂寞之余，唐太宗就拿出一面铜镜照着自己，有时眼角闪着泪花。

群臣不解，唐太宗便道：“以铜为镜，可以正衣冠；以古为镜，可以知兴替；以人为镜，可以明得失。今魏徵去矣，朕痛失一镜也！”

［原载《创作与评论》2013年9月号（上半月刊），转载于《小小说选刊》2013年第22期、《微型小说选刊》2013年第24期，选入《选择游戏——全国勤廉微型小说选》，获“太仓杯”全国勤廉微型小说评选优秀奖］

谁最珍贵

那时，中国很强大。

那时，每年都有不少国家向中国的朝廷进贡。

有年岁末，某小国又向中国的朝廷进贡，贡品是3个看起来没有区别的金人。中国的皇帝很开心。

小国的使者有一请求，要中国的朝廷3日内回答他：3个金人谁最珍贵？

中国是令人仰慕的泱泱大国，如果还被这等问题难住，岂不颜面尽失？所以，小国使者一退出，中国皇帝就请大臣巧匠们对3个金人进行全面而深入的鉴定。可是：称重量，3个金人没有差异；看大小，3个金人一模一样；测质地，3个金人完全相同；论工艺，3个金人难分伯仲……转眼两天过去，大臣匠人们也想不出锦囊妙计，皇帝急得七窍生烟。

天无绝人之路。就在那时，一个已退位多年的老臣忽然要求拜见皇上。他对皇上信誓旦旦，如果鉴定不出3个金人谁最珍贵，他愿献上身家性命！皇上将信将疑，又无妙法可施，只好接受老臣奏请。

翌日，老臣和小国使者上朝。

众目睽睽之下，只见老臣把一根稻草轻轻插入第一个金人的左耳。群臣定睛细看，发现那稻草已从金人的右耳中穿出。他们顿觉滑稽。

老臣不动声色，又将一根稻草小心插入第2个金人的左耳。群臣屏息静观，又见那稻草竟从金人的口中吐出。他们忍俊不禁。

老臣也莞尔一笑。笑过，便将一根稻草径直插入第3个金人的左耳。群臣拭目以待。可这次，稻草却被“吞”进金人的肚里，再也未见露出。群臣愣。老臣举目四望，问：“谁最珍贵？”鸦雀无声。老臣只好亮出答案：“就第三个金人嘛！”

小国使者颔首称是，皇上亦龙颜大悦。

小国使者退朝后，皇上有意当着群臣之面询问老臣：“爱卿，你凭什么认定第3个金人最珍贵？”老臣毕恭毕敬：“第一个金人左耳进的东西就会从右耳中穿出，第2个金人左耳进的东西亦很快从口中吐出，只有第3个金人——能让进入耳中的东西，牢牢封存在肚里。上帝给我们人类两只耳朵一张嘴，不就是要我们虚心倾听、多听少说，最好金口玉言、守口如瓶吗？”皇上连连点头，群臣对老臣更是刮目相看。

然而那晚，老臣却做了一个噩梦：梦见大山深处，骄阳之下，有只老虎突遭一群豺狼围攻。老虎猝不及防，倒在血泊之中。老臣吓出一身冷汗。醒来，赶紧夹住尾巴，悄悄远逃。

第二天，皇上欲赏赐老臣。传令老臣进宫，方知老臣已无影无踪！

（原载2011年8月4日《常德日报》，转载于《微型小说选刊》2012年第5期）

特别赏赐

天有不测风云。这不，左骁卫大将军长孙顺德满以为其贪腐之事压根儿不会走风，哪料未出三日就传得满朝皆知。

这是贞观元年（627年）。

唐太宗闻之气恨交加：一者，当时位高权重的宰辅大臣温彦博、戴胄等人，哪个不是倾心于治国理政，以“我瘦天下肥”为荣？二者，一粒老鼠屎，搞臭一仓谷。可这粒老鼠屎，干吗偏偏就是自己的叔岳父长孙顺德？这个长孙顺德，干吗这样不守气节、不顾声誉？

满朝文武拭目以待，他们要看唐太宗如何惩处长孙顺德。

唐太宗彻夜未眠。苦思苦索一番，天亮前终于心生一计。

赶紧叫中书舍人岑文本迅速拟好诏令，命五品以上在朝官员翌日全部参加早朝，谁也不得迟误。

早朝之时，文武百官各就各位，站得整整齐齐，无一不是洗耳恭听的模样。

唐太宗端坐金銮殿上，环顾文官武将，然后紧盯长孙顺德，重重地干咳两声。

“顺德公啊，受贿绢绸一事，还是你自己通报吧！”唐太宗语气温和。

长孙顺德却面如土色，浑身筛糠似的抖动。

“……这几个奴仆联手偷盗宫中财宝被我发现，他们魂飞魄散，齐刷刷地跪在地上向我求饶……说什么也要塞给我20匹绢绸……然后……”长孙顺德嗫嚅道。

“那——各位爱卿，你们说，长孙顺德为什么要收受绢绸？”唐太宗下意识地问。

谏臣魏徵脱口而答：“很简单，他就是个贪官！”

“可他为什么要贪绢绸？”唐太宗追问。

“这个嘛……”魏徵皱眉。

唐太宗不愠不火道：“这不是和尚头上的虱子，明摆着吗？长孙顺德家里紧缺这玩意儿。顺德公家里紧缺它朕却不知，朕也有失察之过啊！既然这样，不如朕再赏赐他50匹绢绸，让他背回家去？”

“皇上，”魏徵急了，“不可，万万不可呀！”

“那魏爱卿说咋办？”唐太宗笑问。

“王子犯法，与庶民同罪。长孙顺德虽是大唐开国功臣，也应交大理寺查处，按唐律治罪！”魏徵正色道。

唐太宗捂嘴而笑低声道：“魏爱卿可见过猫捉老鼠？”

魏徵不假思索：“当然！”

“猫捉到老鼠后，不是要把老鼠抛一抛、玩一玩吗？”

“这……”

“就听朕一次，这回先赏赐赏赐顺德公吧？”

唐太宗呵令：“来人！”

立马有人搬来50匹绢绸。

“顺德公啊，还得让你屈尊一下，弯腰弓背哩！”唐太宗悠然下殿，轻轻拍拍长孙顺德的肩膀。

长孙顺德的额头开始冒汗，腰背弯曲得几乎让头叩地。

“来呀，把绢绸一匹一匹地放在顺德公的背上！”唐太宗指着长孙顺德的背。

于是，绢绸就开始一匹接一匹地压向长孙顺德。

每放好一匹，唐太宗都会关心地问：“顺德公，不重吧？还能扛得住、背得起吗？”

长孙顺德羞得脸一阵红，一阵白，一阵清，一阵紫。对唐太宗赏赐的绢绸，自然是欲卸不敢、欲背不能。僵在那里，他大气不敢出，恨不得找个地缝钻进去。目睹此景，满朝文武都忍不住窃笑，俨然在看一曲诙谐、幽默而辛辣的闹剧。

早朝完，文武百官一身轻松、匆匆散去。

唐太宗欲起驾回宫，大理寺少卿胡演却忧心如焚，紧跟在其身后。

“皇上，长孙顺德贪赃枉法，罪不可赦，皇上干吗反其道而行之，加倍赏赐他？”胡演小心探问。

唐太宗轻轻转身，笑道：“胡爱卿，你说，只要长孙顺德还有人性、良心未泯，那么，朕在众目睽睽之下加倍赏赐绢绸给他的羞辱，是不是会比判他下狱伏法更剜心？反过来，如果面对如此羞辱，他仍无动于衷、不知愧疚，那他不就是一介禽兽，即使杀他又有何用？”

“可是皇上，不怕一万，只怕万一。万一……”胡演忐忑不安。

“放心，朕自有安排。”唐太宗安慰他。

胡演将信将疑。

其后，长孙顺德就像一只泄了气的皮球，很长一段时间都消沉、沮丧，不敢抬头走路。

唐太宗观之，又反其道而行之，诏令他为泽州刺史。

长孙顺德感恩不已，发誓一定改邪归正、改过自新。

果然，上任不久，他就大胆地将前任刺史张长贵、赵士达在郡内多占几十顷良田之事上报朝廷，把全力追回的田地尽数分给当地贫穷的农民。此后，他又亲自查办了泽州的几个贪官，硬是把泽州治理得道不拾遗、风清气正。老百姓都夸他是廉洁奉公的好官。

唐太宗龙颜大悦，有意召胡演进宫。

“胡爱卿，可曾听说老百姓怎样评价现在的长孙顺德？”唐太宗佯装担忧。

“都夸他是青天大老爷呢！想不到啊想不到。”胡演禁不住感叹，“能让长孙顺德发生如此大的改变，皇上真神！”

“真的吗？”唐太宗这才“转忧为喜”，笑道，“那也不能夸朕神，要赞就赞咱大唐政治清明，贪官根本没有立足之地呀！”

（原载《广西文学》2015年第6期，转载于《小说选刊》2015年第5期、《小小说选刊》2015年第16期、《微型小说选刊》2015年第18期、《小小说月刊》2015年12月上半月，选入《2015中国年度小小说》《2016中国好小说·微小说卷》《当代文学作品选粹2015》，入选2015年中国小小说排行榜，获武陵“德孝廉”杯·全国微小说精品奖一等奖）

将军的瓶子

宋太祖赵匡胤神呵！只一曲“杯酒释兵权”，就让叱咤疆场、战功赫赫的大将军周侗欣然交出兵权、解甲归田。

解甲归田后的周侗百无聊赖，竟渐渐喜欢上收藏，并发展到痴迷古董，视古董如同生命的地步。

为了博得周侗开心，夫人也夫唱妇随、鼎力相助。很快，周侗家里的古董就林林总总、排列有序。

但周侗最珍爱的古董却是一只精致的小古瓶。每晚，只有看一看、摸一摸这只古瓶，周侗才能心满意足、安然入睡。周侗也乐于在亲朋好友面前炫耀这只古瓶。如果有人夸赞，他更会满脸的阳光灿烂。

有天，一群朋友慕名来到周侗家中。周侗又兴致勃勃、如数家珍地向朋友们一一介绍自己的藏品。可当他小心托起那只古瓶，准备浓墨重彩地向朋友们推介，一不留神，古瓶忽然从手中滑落。情急之下，周侗赶紧弯腰、伸手，迅雷不及掩耳地抱住古瓶。因为反应敏捷、出手平稳，古瓶不仅没有落地，而且毫发无损。尽管如此，周倜仍吓得面如土色、全身冒汗。

此后，周倜开始神情恍惚、食不甘味。起初，夫人还不在意。可经常如此，夫人就心急火燎、坐不住了。

怎么会这样呢？要不，咱赶紧请大夫看看？夫人关切地问。

别紧张，都是晚上睡不好所致，不必大惊小怪！周倜安慰夫人。

又没烦心事，怎会睡不好？夫人追问。

周倜便直言相告：自从上次朋友们来家中欣赏藏品之后，晚上他就老是梦幻绵绵。有时梦见古瓶不慎落地，摔得粉碎；有时梦见盗贼入室，偷走古瓶；有时梦见房屋垮塌，古瓶被砸……唉！总担心古瓶不保，所以……

哦，原来这样！夫人一副漫不经心的模样。悄然转身，不动声色地走进那间藏品室。

趁周倜不备，夫人眼疾手快，找到并抓起那只古瓶，狠狠地朝地上摔去。只听“嘭”的一声，古瓶立马摔成了碎片。

周倜闻声而至，见古瓶已成满地的碎片，不禁咬牙切齿，高高地扬起巴掌。可耳光尚未扇到夫人的脸上，自己旋即面如死灰、晕倒在地。

夫人惊惧，赶紧伸手相扶，并唤来儿女，将周倜弄至床头。

几天煎熬，几夜沉寂。数日之后，周倜的气色终于变好，人也精神起来。

夫君，真对不起！我那是一时失手。现在，你——你——还——怨我吗？夫人又心疼又欣慰。

一时失手？周倜审视着夫人，摇头叹道，你跟我大半辈子，什么时候不是和风细雨、谨小慎微？怎么那天就粗枝大叶、判若两人了呢？

我也是为你好呵！从周倜的眼神里，看到自己的谎言已被识破，夫人干脆像个哲人似的说：夫君，你之所以常做噩梦，精神萎靡，是因为你太迷恋古瓶、患得患失！长痛不如短疼。我狠心摔了古瓶，你就没了古瓶之累；没了古瓶之累，是不是反倒解脱了、轻松了？

是呵！周倜略一思忖，继而感叹。

此时，他简直不敢相信，一个决胜千里的大将军，戎马生涯大半生，不知经历了多少血雨腥风，闯过了多少刀山火海，总能镇定自若、视死如归，怎么一只小小的古瓶，就会让自己牵肠挂肚、魂不守舍呢？

[原载2012年3月23日《湖南工人报》，转载于2013年4月22日《文学报》、《意林（少年版）》2013年第9期、《微型小说选刊》2013年第13期，选入《2012中国年度微型小说》《2013年中国微型小说排行榜》]

死亡之约

贞观七年腊月初八，迎着纷纷扬扬、漫天飞舞的大雪，唐太宗李世民忽然驾临朝廷大狱。

大狱里关押着已判死刑、只等批准执行的390名囚犯。

此时，他们有人直勾勾地盯着唐太宗，有人眉头紧锁，有人不停地眨巴着眼睛……都不知道玉树临风、英俊潇洒的唐太宗，酒葫芦里装的是什么药。

“我是李世民，今天问你们两个问题，你们要如实回答！”唐太宗目光炯炯地注视着囚犯，“第一，对朝廷大狱给你们所定的罪行和罪责，你们可有异议？”

“皇上，我们一点不冤，我们认罪伏法！”囚犯们应声跪下。

“那好！第二，”唐太宗声如洪钟，“说说临死前，你们最后的心愿！”

跪在最前面、家住京畿扶风的囚犯徐福林，赶紧连磕三个响头，抬起头哽咽着说：“皇上，我想回家，看看我的父母妻儿，与他们做最后的话别！”

“这个！”唐太宗仔细打量一眼他，把目光转向其他囚犯，“你们呢？都不要顾忌，但说无妨！”

“皇上，我们也一样！”囚犯们迫不及待地叩头、高喊。

“既然这样，我和你们订个‘死亡之约’。可都愿意？”

“我们愿意！皇上。”

“好！”唐太宗点头，“第一，准许你们不受任何约束地回家，看望你们的父母妻儿！”

囚犯们颤抖了，他们的眼里都有泪光闪烁。

唐太宗威严地审视他们，又说：“第二，你们必须保证：来年九月初四晌午之前，一个不少，自行、准时地返回朝廷大狱，伏法受罪，主动送死！”

囚犯们一愣。他们相互看看，点头示意，高喊：“皇上，我们保证！”

户部尚书兼大理寺卿戴胄额上沁出豆大的汗珠，立即小心翼翼地靠近唐太宗：“皇上，这些囚犯可是杀人越货、罪大恶极之徒！他们丧尽天良、毫无人性。您放他们出狱，万一他们凶相毕露，或者逃之夭夭，怎么办？”

唐太宗轻轻拍拍戴胄的肩膀：“爱卿，用诚心才能换忠心！我肯定他们不会辜负我对他们的信任！”

“这……”戴胄不由自主地摇头。“别说了！”唐太宗对他摆了摆手，然后毅然转向囚犯们，“此事已定！你们，都起来吧！”

霎时，囚犯们泪如泉涌，情不自禁地欢呼雀跃起来。

牢门一开，囚犯们就像挣脱了牢笼的野兽，撒开双腿，没命地向家中奔跑。他们担心唐太宗变卦。可他们错了。

秋高气爽，惠风和畅。都城长安。从四面八方赶来的民众潮水般地涌向朝廷大狱所在的朱雀大街。一时间，150米宽的朱雀大街上人头攒动。人们踮起脚尖，好奇地张望，耐心地等待。

这是贞观八年九月初四，一个史无前例的“死亡之约”！

没人相信囚犯们守信用！他们来是想验证自己的猜想，是想亲眼看看唐太宗怎样应对突然的变故。

然而出人意料：那些个囚犯很快就接踵而至地来到长安，返回朝廷大狱。他们个个昂首挺胸，人人精神抖擞。

人们目瞪口呆，不得不对他们刮目相看。

晌午到了。清点人数，已返狱389名！还差1名？戴胄急了。“怎么办呢？皇上！”他小心翼翼地问。

唐太宗浓眉一皱：“再清点一次，查查有谁未到？”

又清点人数，依然是389名，未到者正是徐福林！消息传开，不仅看热闹的民众七嘴八舌，已返狱的囚犯们也开始咆哮了：狗日的徐福林，他怎么能出尔反尔？狗日的徐福林，他胆敢欺骗皇上？狗日的徐福林，他是浑蛋、孬种……

“怎么办呢，皇上？”戴胄诚惶诚恐地靠近唐太宗。人们也不约而同把目光投向这边。

“等等吧！”唐太宗把右手一挥。

半个时辰过去，不见徐福林的踪影。人们急得如热锅上的蚂蚁。囚犯们则怒目圆睁、咬牙切齿。

“怎么办呢，皇上？”戴胄又小心谨慎，问唐太宗。

“再等等吧！”唐太宗拍了拍戴胄的肩膀。

又半个时辰过去，依然不闻徐福林的声息。人们忧心如焚。囚犯们暴跳如雷。

“怎么办呢，皇上？”戴胄怯问。

就在这时，忽然有人高喊：“来了，来了！”

“来啦！”人们寻着吱嘎吱嘎的车轮声望出，还真有一辆牛车由远及近、匆匆赶来。

很快，从牛车的车篷里探出一张男人的脸。这张脸消瘦、蜡黄、病恹恹的。狱吏定睛细看，不错，此人正是徐福林！

人们长长地嘘了一口气。囚犯们的怒容也渐渐消弭。

“说说吧，怎么来晚啦？”唐太宗端详着徐福林的脸。

“返回长安的路上，我突然病倒了。幸亏中途拦住了一辆牛车，就雇了它继续赶路。”徐福林喘着粗气，“我起了个大早，本想早点返狱伏法，哪料事与愿违。唉，我有罪，罪孽深重啊。皇上！”

“不，你能抱病返狱，精神可嘉！”唐太宗向徐福林投出赞许的目光。

徐福林挣扎了一下，要奔出牛车给唐太宗下跪。唐太宗走过去扶住他：“徐福林，你别动，就在车上待着。”

“现在怎么办，皇上？”戴胄毕恭毕敬地问。

囚犯们无可奈何地低下头。他们明白，真正的死期就要到了。

“怎么办？”唐太宗把囚犯们一一打量过，突然朗声宣布，“大赦所有囚犯，让他们自由回家！”

人们惊讶得把嘴张成了大大的“○”形。囚犯们也半晌回不过神来。等终于回过神来，就见他们五体投地地跪在唐太宗面前，热泪盈眶地高呼：“皇上万岁、万岁、万万岁！”

风云突变，西域叛乱。贞观十四年唐太宗任命唐朝名将侯君集为西域远征军统帅，统领15万铁骑远征西域。闻讯，390名囚犯慷慨激昂、自愿请战。他们在侯君集的带领下，一路冲锋陷阵、英勇杀敌，最后全部血洒疆场、壮烈殉国……

西域转眼收复，大唐开始抒写拓土开疆的壮丽史诗！

（原载《百花园·小小说原创版》2010年第4期，转载于《微型小说选刊》2010年第4期、《小小说月刊》2010年8月上半月刊、《小小说选刊》2010年第19期、《小说选刊》2015年第9期，选入《中外经典微型小说大系》《21世纪中国最佳小小说2000—2011》《2010年中国微型小说精选》《2010中国年度小小说》《启迪孩子一生的诚信故事·一个温暖世界的方向》《2016中国好小说·微小说卷》）